谨以这组美文，献给

我和我的祖国

「学习强国」
-征文选编-

# 拾掇70年的片段
## ——我和我的祖国

山东人民出版社　天地出版社　TIANDI PRESS

2019年是中华人民共和国成立70周年，中宣部、中央文明办、教育部、文化和旅游部、中国文联、中国作协联合开展"我和我的祖国"大型征文征集活动。"学习强国"学习平台是征文活动指定的作品刊载平台，我们从收到的数万篇作品中精选出部分结集出版，以此献给新中国成立70周年，献给广大读者。

编　者

## 编委会

刘汉俊　郭晓军　涂仲林　范希春
叶再春　陈双喜　张　丛　王　磊

# 目 录

## 散文卷

| | |
|---|---|
| 井，乡村嬗变的美丽"句号" | 熊雪峰 / 003 |
| 木楼　土楼　金楼 | 杨福臣 / 007 |
| 陶河泥土红又红 | 郑能新 / 011 |
| 母亲的愿望 | 娄国标 / 015 |
| 一川烟雨 | 海丹青 / 018 |
| 舌尖上的"前世今生" | 贾双玉 / 023 |
| 麦收如歌 | 李兴甲 / 027 |
| 炊烟散尽是新城 | 李新华 / 032 |
| 乡愁，是一种美好的希望 | 张家玮 / 035 |
| 我是客家人 | 冯燕花 / 039 |
| 拜母河梁去 | 陈先礼 / 044 |
| 老宅子的记忆 | 李晓斌 / 048 |
| 枫叶红透西部天 | 薛美娟 / 051 |
| 我家的电视机变奏曲 | 梁永刚 / 056 |
| 千里万里，游子难忘一片林 | 赵文瑞 / 060 |

| | | |
|---|---|---|
| 春风化雨：我家和祖国的二三事 | 亚力坤江·艾思格 | /064 |
| "立"起来的衣服 | 杨军民 | /067 |
| 大爷爷与老家 | 马云龙 | /070 |
| 三代人与电话 | 王 璐 | /074 |
| 山乡春色美 | 李人庆 | /080 |
| 三个难忘的"9"年 | 年 越 | /083 |
| 春到红安小丰山 | 秦和元 | /087 |
| 稻香之恋 | 吴术球 | /092 |
| 衣食住行中的点滴感受 | 詹少辉 | /095 |
| 从农民工到记者 | 张喜洋 | /100 |
| 城市的幸福变奏 | 林文钦 | /104 |
| 此生幸为援疆人 | 徐 新 | /109 |
| 最美人间四月天 | 贺慧宇 | /112 |
| 家乡的小溪清悠悠 | 秦和元 | /118 |
| 行走的时光 | 郑宗栖 | /121 |
| 耕读继世 | 毕玉青 | /126 |
| 故乡素书（三章） | 丁 纬 | /129 |
| 离原陌上秋草香 | 叶家坤 | /136 |
| 难忘的"蛇皮口袋" | 张喜洋 | /142 |
| 乡村雨后 | 夏洪纪 | /145 |
| 父母常说的一句话 | 邢晓荣 | /148 |
| 酒泉印象 | 张晓凌 | /151 |
| 两代人圆梦义乌 | 杜晓波 | /154 |
| 在美国小学讲春节 | 许 博 | /157 |
| 我和祖国的"四季歌" | 邹 慧 | /161 |
| 一棵皂角树 | 赵灵芝 | /165 |

## 诗歌卷

| | | |
|---|---|---|
| 美姑的色彩（组诗） | 许 岚 | 175 |
| 在大洋的那一边（组诗） | 齐冬平 | 182 |
| 一块闲铁的思想 | 何盛辉 | 191 |
| 我是开山岛（组诗） | 李复国 | 193 |
| 我为祖国种下一棵树 | 熊元龙 | 198 |
| 新时代轨道之路 | 潘 利 | 200 |
| 从此，你携春天一路同行 | 李光明 | 202 |
| 该怎样爱你——这脚下的土地 | 梁 刚 | 204 |
| 使 命 | 王大鹏 | 206 |
| 春天的手风琴 | 范思岳 | 209 |
| 我多想变成一粒细沙 | 李羽彤 | 211 |
| 我爱你，中国！ | 王海娜 | 213 |
| 红色的血液 | 牟惠嫄 | 215 |
| 港珠澳，爱你是座桥 | 余玉明 | 217 |
| 我当过兵 | 马红彪 | 219 |
| 闪亮的名字 | 柳永建 | 221 |
| 我们都热爱这片山河（组诗） | 李愫生 | 223 |

## 报告文学卷

| | | |
|---|---|---|
| 三年河西 | 崔展红 | 231 |
| 一个人改变一个村 | 陈秀民 | 259 |
| 露天矿之春 | 余玉明 | 276 |

逐梦山乡 ................................................ 陈庆发 / 284
不一样的后洼 ........................................ 王仁贵 / 290
护砂猎人，在江上 ................................ 陈松平 / 302
一路向西：到祖国最需要的地方去 .................. 邢小俊 / 315

散文卷

# 井,乡村嬗变的美丽"句号"

‖ 熊雪峰

井,是一个村庄繁衍生息和兴旺发达的保证,往往与村庄的历史同步,与农耕文明相息。越是名流辈出的古村,井的故事与文化,越是久远、丰富、厚重与绵长。可是,谁也没有想到,时代发展到今天,井,竟然会慢慢退出历史舞台。那圆圆的井圈,恰似一个乡村嬗变的美丽"句号"。

我的村庄原本有两口古井,村南、村北各一口。两口井就像一双灵秀的眼睛,读着村庄的点点滴滴。只是,在清末,有个地主家的丫鬟跳入村北那口井中自杀了。于是,这口井就被掩埋,只剩下村南这一口井了。

村南这口井,旁边长着一棵很大的苦楝树,还有一簇竹子。井台原本有个古亭,抗战时期,古亭被日军捣毁,楠木被日军拆走。井圈用整块红石打磨而成。井台用厚厚的青石板铺就,足有一间大客厅那么大。井台总体由井口向边缘呈放射状倾斜,便于流水。井台边缘是麻条石砌的"檐",高于青石板面,下凿槽洞,连着外面的排水沟。这样,在井台洗衣、洗菜后的废水,就会很快排掉,不会渗入水井造成污染。井口离水面有4米多深。内壁是先人用老青砖层层盘上来的,长满了毛茸茸的苔藓,四季常绿,水汪汪,油汪汪的。那井水,清冽可鉴,人趴于井口,可以清晰地看到自己的面容。

井水,作为相对清洁的水源,受到全村人的集体敬重。小时候,奶奶就告诫我和弟弟妹妹们，不能向井里吐痰和扔东西。父母挑稻子回家，最痛快的，莫过于饮一瓢刚从井里打出的水，那个解渴、清凉与畅快，真没得说。整个热天儿很多人家是不烧开水的，直接往壶里、瓶里装井水。相比沿海大城市里带漂白粉味儿和一点咸味儿的自来水，家乡甘甜的井水简直是琼浆玉液。井水，是可以承载情感的，它的味道，是每个游子生命中不灭的胎记。我们村庄一个台湾老兵，辗转从香港回到阔别30多年的故乡，用颤抖的手舀着从老井里打来的水，喝了又喝，说，这才是故乡的味道！

暑期，阴凉的井边，成了我们这些孩子的天堂。磨小刀子，做竹笛竹哨，做竹叶小船，收集当弹弓"子弹"的苦楝子。但是，大家自觉恪守祖训，不会往井里扔东西。而这纳凉的季节，也正是农忙"双抢"的时候。当田野突然飘来一嗓子："某某，你死哪儿去啦？还不送水来！"不管是哪个母亲的"河东狮吼"，在空旷的田野上，都能传好几里远。这时，我们便会作鸟兽散，纷纷从家里拿出那种用细绳索拴着的小竹筒，一个个又来到井台，将小竹筒吊入水井取水，然后，顶着火辣辣的太阳，拎到田间地头送给各自劳作的亲人。

冬天，积雪皑皑的时候，唯有井台黑黑的那一圈，在一片白茫茫中隐隐可见。河流结冰的日子，井水，相比外面零下十来摄氏度的温度，就显得非常暖和。雪后初晴，井台边就成了妇女们的天下，那些个婆婆、媳妇、小姑，像约好了似的，一起拥到井台边，洗菜、洗衣，用米汤浆被褥。水桶上下翻飞，井台蒸汽腾腾，女人们叽叽喳喳，谈东家长论西家短，那可真热闹。

洗井，是村里世代沿袭下来的春节前的传统。洗井那天，族长率领众男丁，手捧祭品来到井台。燃香三炷，深作三揖后，族长开始喝彩。喝一句，司锣的就敲一下锣。喝完彩后，燃放爆竹，再将祭品退下，洗井正式开始。这时，沐浴更衣之后，腰系红丝带的劳力上场，轮流接力用水桶吊出井水，倾入排水沟，一刻也不停息，与潜水冒出的速度比赛。直到井水见底后，一个脱得只剩短衣短裤的瘦小汉子，冒着寒风套上雨衣，顶上斗笠，带上铁瓢，被用木桶吊入十几米深的井底。然后，他紧张地清洗井壁，清理淤泥杂物，并不时让井上的人把涌出的潜水吊上来。洗好井后，需封井三天再用，届时，水更清澈甘甜。

抢"新"水，是正月初一的习俗，新水喻示着"新财与清爽"。为讨这个彩头儿，村民暗暗较劲儿，都想挑新年第一担水。过去的农村，以鸡鸣为一天的开始。于是，很多人后半夜就起床，只等鸡鸣。不知谁家的鸡领鸣一声，接着全村的鸡叫此起彼伏。这时，门闩声、水桶撞担钩声、女人的喊叫声、摔跤后水桶滚落的声音，不时从全村各个角落发出，好不热闹。井台边，更是战场。第一个来的，抢了先机，以胜利者的姿态，唱着曲儿，担着"新水"回家。后来的，一会儿就挤满了井台。别看平时都是乡亲，这会儿，你不让我，我不让你，争相把水桶吊到井中。有的才提上一半，就被别的绳啊桶啊绞住卡住，也有的桶没绑紧，"砰"的一声掉到水井中。不过，乱归乱，众人边提水边开玩笑，谁也不会在"初一"这个中国人特别看重的日子里口出恶言。不管抢水成功与否，大家都会送上好的"口彩"。

时代在发展，水井也在变迁。二十世纪八十年代末，压水井开始在农村出现。用一种小型机器钻头往土里一钻，几个小时就可以钻出一口井来了，再装个压水井头，轻松一压，水就流出来了。而且压水井想在哪儿钻都行，院子里、厨房外、厨房内都可以。毕竟，到古井去吊水、挑水都是力气活儿，又是每家每户绕不过的日常生活内容。哪怕干完农活再累、再不愿动弹，水缸没水了，还得去挑几担水来。这种"压水井"从出现到流行再到普及，顺应了时代潮流。一则，这种井安全、省力、方便，男女老少都可操作；二则，改革开放后，老百姓的日子好过了，手里可支配的钞票也多了，打一口压水井完全没有问题了。所以，我们村子家家户户都钻了压水井。连距老井最近的近来大叔家，也钻了压水井。村南那口老井也慢慢荒废了。

谁又能想到，短短二十年不到，压水井也在悄悄地退出历史舞台。这些年,我们村搞新农村建设,不但通了水泥路和光纤宽带,而且改水改厕,乡里建了自来水厂,我们村的条件好,家家接上了自来水。没接通自来水的稍偏僻的村庄,则在政府帮助下,对压水井进行了改造,安装了电机,并在屋顶上装一个大大的铁皮水桶,只要一按开关,水就自动抽到屋顶,再把家中龙头一拧,一种具有农村特色的"自来水"就哗哗流出。

那口老井及曾经的故事,村里的90后中,知之者甚少了,00后中,有的从小就随父母在外地打工生活,看都没有看到过那口老井,遑论知道那些关于井的故事。

老井,似一个历经沧桑的老人,辉煌过、热闹过、举足轻重过,目睹了村庄世世代代的悲欢离合,见证了村庄一草一木的枯荣,是一部不会说话的村史。老井,因为没有了维护,犹如迟暮老人的眼睛,变得浑浊。老井的文化,虽然印刻在几代人的心中,却走在失传的不归路上。也许,这算是一种进步的代价吧!历史终归是要大浪淘沙的,一些东西,你记忆再深,依恋再重,也是要被历史扬弃的。如果老井真有灵性,当它看到农村发展到如此境界,它一定会把自己的隐退当成一个完美的结局,为村庄走向新时代而默默祝福。是的,圆形的井,恰是一个乡村嬗变的美丽"句号"。

(熊雪峰,中共江西省永修县委组织部)

# 木楼　土楼　金楼

‖ 杨福臣

我的家乡坐落在淮河北岸，隶属于被誉为"禹会诸侯地，淮畔明珠城"的蚌埠市，是一个风情浓郁的花鼓之村。村子离中国农村改革第一村——安徽省凤阳县小岗村不远。淮河支流北淝河、清沟河，一南一北，把村子夹在中间，每当淮河发怒的时候，我们村就失去了往日的宁静，咆哮的河水瞬间就吞噬了万亩良田。

抗洪救灾是我爷爷的最痛，吃不上饭是我父亲的最苦，登小楼却是我童年的最爱。

我们村的小楼位于庄台子的中心。听爷爷说，明末清初，这个地方是个驿站，南来北往的人多了，自然就热闹了起来。热闹中，从山东来了几户杨姓人家，他们在驿站边建了个木楼。木楼很显眼，也很气派，路人问之，有人说是姓杨的人建的楼，久而久之，众人口口相传，这地儿就被称为"杨楼"。也许这是个传说，反正爷爷没有见过那很气派、很显眼的"杨楼"。

1949年以前，小楼只是个木头架子，几根木头榫榫相扣，绕着一棵足有四五米高的枣树攀附而成。可能是历经风霜吧，木头架子已破旧不堪，常在风雨中哗哗作响。多少次，有人要取木架子盖房，也有人要把它劈了烧火做饭，要不是爷爷兄弟几个拼命保护，木架子也许早作古了。爷爷说，这小楼是我们村的魂呀!

1949年,小楼春风起。村里来了工作组,组里的几个年轻人用麻绳将小楼进行了加固,又在小楼伸出的树杈上挂了个破锅。破锅一响,村里的老少爷们儿三五成群地聚拢来,听听国家大事,议议邻里纠纷,说说庄稼农事。这木楼自然就成了全村的议事厅和花鼓场。

木楼保了下来,村里的小伙伴们有了玩耍的天地,可是洪水来了。1950年淮河两岸洪水肆虐,爷爷唱的花鼓歌谣这样描述:"洪水滚滚来,哭喊声不停,少壮攀大树,老弱上房屋,小孩吊树上,可怜我的爹爹,可怜我的娘……"

洪水退去,木楼散了架,村里人好像丢了魂一样。那几个年轻人又找来了些木棍、绳子,准备重新架楼,被我爷爷阻止了。爷爷说,不修好淮河,搭好的架子还得散,不如省点料子修河去。

1951年,毛主席亲笔题词:"一定要把淮河修好!"我们村的老百姓沸腾了,爷爷和他的"小伙伴"们精神抖擞,劲头十足。他们一边高喊着"一定要把淮河修好"的口号,一边不遗余力地推车取土、夯堤筑坝。为了治淮,爷爷把盖房用的房梁捐了出来,奶奶拆了棉被,用被面制作成抬土的布兜。每一天,每一年,他们都上紧发条,英姿飒爽,雄赳赳,气昂昂,唱着《没有共产党就没有新中国》《团结就是力量》,撒欢儿地奔波在治淮工地上。然而驯服淮河可不是一日之功,她像一匹野马,时不时地要性子、尥蹶子。从1954年到1991年,淮河流域发生了10次特大洪灾,而每一次我们村都遭受巨大损失。1969年抗洪时需要破堤行洪,望着即将抽节拔穗的麦田,爷爷哭了,奶奶哭了,乡亲们都哭了,但当木楼的铁锅响起,所有人都自行撤离,没有任何人有一句怨言。用爷爷的话说,没有国家,哪有小家呀!

1970年,我们村要挖几个防空洞,重建小楼的事又被提了起来。父亲说,当时有争议,有人说重建小楼是搞迷信,也有人说把小楼建成防空瞭望哨,利国利民。争来争去,时任生产队长的二大爷力排众议:开建!大约用了两个月的时间,一个土坯楼就建成了,楼上还装上了高音喇叭,每天播放着《大刀进行曲》《大海航行靠舵手》等革命歌曲。我和小伙伴们甭提多高兴了，防空洞和土楼成了我们的好"战场"。我们在这里埋伏过"神兵"千百万，打得"小鬼子"魂飞胆也颤；我们在这里四面八方齐开战，打得"小鬼子"人仰马也翻……

土楼有了，大枣树下的花鼓声又响了起来。"花鼓一打头对头，玩灯的尽是光蛋猴，一无银钱买灯草，二无银钱买灯油，玩灯全靠月亮头……"说实话，那时候，我们村确实很穷，乡亲们吃不饱肚子，唱出的花鼓都带有些许苦涩。

1979年，小楼又春风。这一年，我们村学着凤阳小岗村搞起了大包干，家家户户分到了责任田。端午节的晚上，乡亲们不约而同地来到土楼前，深情地讴歌改革开放的好政策："大包干、大包干，直来直去不拐弯。保证国家的，留足集体的，剩下的都是自己的。""责任田来琴一盘，锄是弓来垄是弦。只要政策不走调，丰收新歌唱不完，农户人人心喜欢。"……

1991年，洪水又来了。百年不遇的洪灾，让我们村一夜之间变成了泽国，土楼也在浸泡几天后倒了下去。父亲叹气说，淮河治不好，我们村无安澜呀！不久，国家对淮河进行了综合治理，疏通了河道，修建了河闸，新建了支流，淮河真正成了两岸人民的母亲河、致富河、生态河、幸福河。

2012年，小楼春风劲。富裕起来的乡亲们在土楼的原址建起了杨楼小学。小学的主楼甚是气派，由于外观被涂上了金黄色，乡亲们随口称之为"金楼"。金楼里开辟了花鼓灯排练场，每天下午4点半，孩子们会踩着时代的舞步，用欢乐和喜悦演绎几十年来杨楼不远、不偏、不穷、不静、不丑的时代变迁。

杨楼不远。本来杨楼离蚌埠城不过30里地，可是在水一把、泥一把的土路时代，赶个蚌埠集需要两个多小时，而如今出了城一直向北，半个小时的车程即可到达那鲜花盛开的村庄。

杨楼不偏。原来的杨楼隶属安徽省怀远县，虽然离县城不远，但一条泥泞不堪的土路，使她蜗居在县城东南一隅，而如今划归蚌埠市淮上区，一色的水泥路，把她拉进了城市区域。

杨楼不穷。原来的杨楼是个兔子不拉屎的地方，而如今映入眼帘的是规划整齐的蔬菜大棚、川流不息的农用小三轮和错落有致的小洋楼。

杨楼不静。原来的杨楼几乎见不到外来人，而如今一条南北不过千米的小路，使这里成了"闹市区"。区内小饭馆、小歌厅、小网吧等场所齐全，上馆子已是我老家人的首选，迟一点，可订不到包间哟！

杨楼不丑。原来的杨楼清一色草房、草棚，常常是"床头屋漏无干处，雨脚如麻未断绝"，而如今一栋栋"新杨楼"拔地而起，一条条管线连接千家，一辆辆小车鱼贯而入，杨楼焕然一新了！

2017年，小楼春风润。翌年的清明，我携妻儿倚东风、豪兴徜徉。登临金楼，美景扑面！春天里，那大片大片的麦苗，把无边的大地染成一片青绿；那一排排杨树，把天空涂抹得片片青翠。千里淮河，碧水悠悠，栖息的水鸟、飞翔的燕子，或浮或飞，或上或下，构成了"只余鸥鹭无拘管，北去南来自在飞"的淮河生态图。

"三爹，到我的大棚走一走。"侄孙毛毛的邀请，让我从金楼走了下来。毛毛，大名叫杨连亮，是我儿时的玩伴，现在是芹菜专业合作社的负责人，每天销售的芹菜多达几万斤。中午时分，毛毛具鸡黍，邀我至他家。我们"开轩面场圃，把酒话桑麻"。喝到兴奋处，他哼起了花鼓调："农民种田有补贴，我们不再交公粮。小楼房建成一排排，公交车开到家门外。手机响起彩铃声，互联网做起大买卖。日子越过越开心，俺农民赶上新时代！"

是啊，木楼、土楼、金楼，寄托着爷爷、父亲、我和乡亲们一生的期盼，我们做梦也想不到杨楼变成了富裕楼、文明楼、和谐楼和美丽楼。想到这儿，我和妻子尽兴地和了一曲："打起鼓，敲起锣，欢歌献给大中国，十九大精神传四方，传到人民心窝窝；跳好舞，踩好跷，花鼓唱美新生活；新思想，指方向，中国道路宽敞敞……"

（杨福臣，安徽省蚌埠市文明办）

# 陶河泥土红又红

‖ 郑能新

"梨花风起正清明,游子寻春半出城。"别人放归牧野,踏青寻春,我也走出斗室,和几位朋友冒着蒙蒙细雨,驱车从古城黄州出发,直抵故乡英山,去拜谒红二十五军长征出发地——陶家河。或许是此行目的具有一种仪式感吧,一路上,大家都凝神敛气,听着汽车轮子在湿漉漉的柏油路面上发出单调悠长的"嗞嗞"声,看着宽阔马路两旁烟雨迷蒙的田园风光,本应热闹活跃的气氛,却在车内凝固板结了,一个个脸上露出了凝重的神色。

进入陶家河地界,便是山重峦叠。此时天已放晴,雨后的薄雾缠绕山间,点染山色,看似人间仙境。

车子走在顺山而上的九曲十八弯的山间公路上,再也没有先前的轻快了。耳旁震响着马达的轰鸣声。每有急弯,不是高山挡住去路,便疑峡谷锁住通途,真有"山重水复"之感。我虽心悬胆上,但仍忍不住偷眼看路边景色。幽谷深涧,溪水淙淙,飞瀑流响,好一处世外桃源也!

虽然故乡在英山,但我到故乡这个东北山区鄂皖交界的边远小镇的次数并不多。行前,有朋友告诉我,几年前,陶家河还是个只有一条小街和一溜红砖蓝瓦房子的小村镇,乍看,与其赫赫声名实不相符。但正是这样一个小地方,竟与中国多路红军队伍有着不解之缘!红四军、红二十七军、红二十八军先后在此屯扎。红二十五军也在此驻扎三月有余，并在这里粉碎了国民党四十七师、五十四师的重兵围剿，突出重围，挥师北上，开始了震惊世界的二万五千里长征。于是，陶家河这个小小村镇以红二十五军长征出发地被写进了中国历史。

上得山顶，眼前豁然开朗。举头天高远，俯首白云低。也许是上苍垂青，我们来得正是时候。陶家河已经完成了新镇建设，各单位都在紧锣密鼓地搬迁。见我们到来，镇文化站站长安庆祥放下忙碌的基建工作，热情地接待了我们。得知我们的来意，他激动地滔滔不绝地向我们介绍起当年红军在陶家河的革命斗争情况。他说，陶家河，当地人习惯称作"陶河"。别看这个地方小，它经历的事可不小！"一部英山革命史，半部陶河斗争书"，他从红军惩办匪霸说到打土豪、分田地，从红二十五军粉碎敌精锐部队的五次重兵围剿，说到"牛背脊骨（山名）大战"。安站长的深情讲述，把我们也带进了那个腥风血雨的战争场面。那真是一场恶战，战斗打了几天几夜，陶河人民给红军送饭、送水，救助伤员，使红军全身心地投入战斗，在天上飞机轰炸、地上重兵围剿的情况下，还把进犯之敌打得落花流水。后来敌人调集鄂、皖两个省的兵力合围，才迫使红军突出重围后北上长征。红军主力北上后，留下的伤病员，全部分散隐蔽在陶河山山岭岭、村村寨寨的农户家中。尽管国民党反动派实行"户籍连坐法"，并到处设哨立卡，搜捕红军，但陶河人民仍然演绎了许多感人的故事，"陈氏二兄弟大义护伤兵""母子守口如瓶誓死救红军"等，不仅代代传承，晓谕后世，还被载入史册，永志存照。可见陶河人民当年与红军是怎样一种血肉之情了。难怪当年国民党军队说："陶河完全被赤化了，连土巴都红了三尺。"

听着这样的故事，我的内心着实很不平静：当年红军施了怎样的"魔法"，竟让老百姓豁出命来也要保护他们？诚所谓"得人心者得天下"是也！

午饭前，镇土管所的小南赶来看望我，他是一个很有才气的文学青年，我们曾经有过交往。说了一会儿话，小南要带我去看红二十五军纪念碑，我欣然前往。纪念碑建在镇外的一个圆圆的山包上。从远处看，纪念碑就像一面飘扬的红旗，近观，却又像一堵城墙，通体朱红色，正面塑有"红二十五军陶家河革命根据地"，背面刻有"陶阳门"等字样，气势恢宏，不落俗套。纪念碑落成时，中央电视台、《人民日报》和《解放军报》都有报道。

站在纪念碑前，看着山下日新月异的陶河新镇，我的思绪久久不能平静。陶河人民没有辜负烈士们抛头颅洒热血的这片热土，短短几年，其变化不可谓不大矣。原来只有一条小街、全是平房的陶河，忽然拉开了建设框架，湖北大道、长征大道、钟鼓大道、沿河大道纵横交错，排列有序，楼房建设各具特色。从目前来看，最好的建筑还属学校和文化站，看来，陶河人民是非常重视文化和教育的。说到这里，小南告诉我，他刚刚调到陶河工作时，以为山里尽是粗人。有一次他与人打赌，说对方如果能背上几首唐诗宋词，他愿意拜之为师。结果，人家张口就来，一连背了十多首。由此，他彻底改变了对山里人的看法。

陶河人的热情好客也是人所共知的。只要客人到家，无不用好酒好肉相待，他们哪怕是倾其所有，也在所不惜，就像当年对待红军一样。

站在陶河山顶，我充分体会到了"一脚踏鄂皖，两眼看江淮"的豪迈气概，还领略了"水分南北界分途，一向南流一北流。南流长江北淮水，谁人到此划鸿沟"的翩翩诗情。勤劳朴实的陶河人民充分利用山区独特的自然优势，广泛种植药材，其天麻、茯苓畅销国内外，成为抢手货，因此，陶河也赢得了"药材之乡"的称谓，当地百姓因此而致富。

朋友把午饭安排在自己家里，除了自己爱人亲自上阵，还请来乡下几个厉害的厨娘帮厨。我又一次感受到了陶河人火一样的热情。他们端上十八大碗具有山里特色的好菜，一叠一叠地堆在面前，让人不要说吃，就是看都看得眼花。主人请来几位与我相熟的陪客，并拿出了窖藏十几年的纯粮酒，鼓动大家轮番向我敬酒，每杯酒都有说不完道不尽的理由，直把我喝得头重脚轻、飘飘欲仙才罢休。而且饭桌上几位友人都向我发出了邀请，还排列出了次序。真是酒浓情更浓!如果不是日程安排得紧,我真想在陶河痛痛快快地做几天"醉翁"。

离开陶河时,我已醉眼蒙眬,但陶河人的音容笑貌和陶河那精美的山水,却在我脑海里越来越清晰了。

(郑能新,湖北省黄冈市作家协会副主席)

# 母亲的愿望

‖ 娄国标

母亲是个苦命人,却乐观坚强。她常常告诉我们姐弟三人,甘蔗没有两头甜,尝过生活的苦,才能品出岁月的甜。

母亲兄弟姊妹五人,她排行老小,按理说本该最得宠爱,没想到却吃了最多的苦。刚到学龄时,碰上外婆生病偏瘫在床,母亲仅仅读了一年小学,就迫不得已辍学在家,养猪、放牛、烧饭、照顾外婆,担负起小小年纪不该承担的责任。没有学到文化,是母亲这一辈子最大的遗憾。

母亲就在"文盲"的底色下,开始了跌宕而拼搏的人生。

二十岁,她嫁给了父亲,一个同样没有多少文化的农村男子,先后生下三个娃,过起紧巴巴的穷日子。几年之后,改革春风吹到农村,分田到户解放了生产力,加上父亲有泥瓦匠的手艺,全家勤劳节俭努力奋斗,日子慢慢好起来了。盖新房,拔穷根,是母亲那时最大的愿望。

然而,天有不测风云,人有旦夕祸福。1987年,我才八岁,好好的父亲忽然患病,求医问药一年多之后,还是病重不治撒手人寰了。留给母亲的,是治病欠下的一大笔债务和三个正在上学的孩子。父亲的过早离去,让我们没有拔去穷根的家,又增添了新的穷困。

家中的顶梁柱倒了,母亲羸弱的肩膀不得不扛起全部的重担。再苦再难,不能让孩子们辍学。尝过辍学滋味的母亲,把培养孩子作为她人生的终极目标,咬牙坚持着让我们继续学业。米不够吃,就用野菜凑凑;油不够用,就以红锅(不放油)炒菜……

好强的母亲,不肯认输。虽然没有文化,但她的智商情商并不比别人差。农闲时候,她开始贩卖鸡蛋补贴家用。母亲走家串户,从农民手里把鸡蛋一个个买来,再挑到城里卖出去,挣取这中间一个鸡蛋几分钱的差价。

没有交通工具,母亲靠着双脚,走遍了四里八乡的田埂村道,贩卖着农民们的鸡蛋,也收集着生活的希望。那时,从村里到城里20公里的路程,班车需要运行一个小时,晕车的母亲就一路忍受着呕吐的煎熬,带着满满两篮鸡蛋到城里去卖。

一个大雪纷飞的冬日,我们迟迟没有等到母亲回家,一直到晚上八点,才看见母亲步履艰难地出现在家门口,她的头上、肩上覆盖着厚厚一层白雪。原来,大雪封路,班车停运,她足足走了五个小时才到家。

我想象着母亲一个人在风雪中孤独的身影,禁不住潸然泪下。等我长大了,一定要让母亲坐上汽车,坐上火车,坐上这世界上最快的车。这是我的愿望,我想也是母亲的期盼。

1995年,我考上中专,离开家乡去省城读书。机缘巧合,我读的是铁路学校,与交通运输行业结下了不解之缘。四年之后,我毕业分配留在省城,开上了火车。因为工作性质的关系,回家探亲的机会不多。那时,虽然家里的生活条件大大改善,但我与母亲的距离却显得遥远了。

一天,大姐打电话给我:"你是火车司机,妈妈想坐趟你开的火车,去省城看看。"大姐一提醒,我羞愧不已。参加工作几年了,我还没有主动邀请母亲坐火车来省城看看,当初的愿望,是否已经被我抛到九霄云外了?

一辈子没有离开过家乡的母亲,终于踏上了驶向远方的火车。这是她第一次坐火车,坐上了儿子开的火车。那天,我一边驾驶着火车,一边想象着母亲坐在车厢里的情景:她一定是新奇的、兴奋的、激动的、感慨的——这样的生活，这样的变化，真不知该用什么词语来形容。

再一次邀请母亲坐火车，是2007年。那一年，铁路实施第六次大提速，沪昆铁路开行了时速200公里的动车组，从家乡到省城，只需一个半小时就可以到达，这在以前是不可想象的。那时，我已离开火车司机岗位，便陪着母亲坐在动车组里，享受风驰电掣的感觉。母亲说："真想不到，几十年时间变化这么大，原来我从村里走到市里就要五个小时，现在从村里到省城，只要一个多小时。"

"这不算什么，将来还会有更快的速度呢。"到新岗位工作的我，获取了更大的信息量，信心满满地对母亲说。我和母亲约定，以后火车有了更快的速度，我还要陪她一起体验。

没想到，仅仅过了七年，家乡与省城之间，就有了运行时速高达300公里的火车。2014年，沪昆高铁开通，我与母亲的距离，缩短为50分钟。

网上购票，刷脸进站，走过宽敞明亮的候车厅，坐在舒适的座位上，高铁平稳启动，不知不觉速度就达到了每小时300公里，母亲好像进了"大观园"，不停地看，不停地问。泡上一杯茶，茶还没凉透，高铁列车就到了目的地。

母亲没有太多的言语和我交流感受，但从她的眼神中，我读到了惊喜、欣慰和满足。斗转星移，换了人间。她是文盲，但她的孩子有了文化。她一辈子守在村子里，但她的孩子走出了小村，走向了更为广阔的天地。她尝够了生活的苦，如今终于开始品味人生的甜。

"这些年，国家的变化真大啊！"母亲掰着手指跟我数：种田不仅不用交粮，还有补贴；农村人买社保后，也可以领退休工资；村里人收入来源渠道多了，吃喝用度不用发愁；公路、铁路修得越来越好，想去哪儿就可以去哪儿了。

"等到京九高铁修通后，我们坐上更快的火车，去北京，上首都。"就这样，我和母亲再次愉快地约定了。

（娄国标，中国铁路南昌局集团公司宣传部）

# 一川烟雨

‖ 海丹青

祖父的身体状况始终是主治医生的一大担忧，可他的精神状态却是病友中最值得嘉奖的。尽管如此，大家却始终都不知道，这个看似倔强的老头儿，到底依靠着什么力量，与病魔鏖战了如此之久。

大约是十年之前的秋天，祖母在一场秋雨中作别。那场雨来得很是突然，让刚刚还沉浸在正午暖阳中的人们如梦初醒般地四散奔逃，顿时，大街上就了无人烟了。

风雨席卷着尘埃，在天地之间扬起了一层浩荡的烟雾。

原本熟睡着的祖父被窗口吹进的罡风惊醒，才猛然想起，外出的祖母尚未归来。风雨如此之大，她在哪里？

焦急中，祖父急忙披上一件雨衣，奔进风雨中⋯⋯

这场雨，仿佛也飘洒在了多年以前⋯⋯

经过抗日战争，有很多中国战士永久地长眠，也有很多战士仍然奋战在解放战争的战场上，挥洒着热血。

天空阴云密布。收到转移阵地的指令后，部队进入了全员警戒的状态。这是战役开始以来，最为艰难的一次转移——伤员人数空前增多。因为作战激烈，伤亡情况也甚为堪忧。因为腹部中弹疼痛难忍，祖父无法顺利地移动下肢,头部由于炮弹爆炸而产生的阵痛与震荡,使得他无法轻易地睁开眼睛或是说话。临时搭建的竹棚中混杂着皮肉烧焦的味道和伤员不能自持的呻吟声。缠在头部的绷带也因为物资的紧缺,几天没有及时更换了,散发出呛人的血腥味。透过绷带的缝隙,祖父看着卫生员们艰难地搀扶着尚能行走的伤员离开竹棚的身影,女卫生员柔弱的肩膀,此时,更像是钢铁的构架,担起了这些伤员生存的可能。

时间非常紧迫,炮弹的轰炸声就在耳边,越来越近。受伤较重的祖父深知自己或许不能幸免于难,他闭上眼睛,开始回想家中的太奶奶,还有奔赴其他战场的三位哥哥,感到这时候的轰鸣声,似乎就不那么可怕了……

"同志……你,还醒着吗?"一句急促而轻柔的问话,让祖父从回想中回过神来。他艰难地睁开眼睛,模糊中,看见一位身材消瘦的女卫生员正和另外两位卫生员一起,为他整理担架,准备帮他转移。

祖父艰难地动了动嘴唇,示意自己还醒着。

于是,一场艰难的转移就此开始了……没有交通工具,只能依靠徒步前行,而突然降下的大雨,让转移的山路变得更加泥泞而难以行进。因为转移得较晚,敌机的扫射更是近在咫尺,三位女卫生员中的两位中枪而壮烈牺牲了。情势危急,那位身材消瘦的女孩子果断地拉起担架的担绳,一步一个趔趄地将祖父拽进了山洞,躲过了一劫。

劫后余生的夜晚,没有更多的喜悦。为了不暴露目标,女卫生员没有点篝火,夜风吹来,冰冷刺骨。月光很皎洁,祖父在回忆中曾形容,那月光反射在洞壁上,辉映着那女孩子的脸,让她看起来很像是一尊雕像,柔美中带着刚强。夜越来越深,天越来越冷,祖父腹部中弹处的疼痛再次复发,冷汗浸透了残破的军装,女卫生员脱下自己的外套,躺下身,拥着祖父,用体温给他取暖。黑暗中,伤势过重的祖父虽然不能言语,可百感交集的泪水,却顺着眼角,流了下来。

之后就是长久的昏迷……

当祖父再次醒来，已然是他与大部队团聚的时刻了。身边的战友时不时就开玩笑地对他说："你的命哪，是天女救回来的！"大家口中的"天女"，正是那位帮祖父取暖的女卫生员——秀莲。从战友的转述中，祖父得知，次日清晨，战友返回寻找掉队的伤员和卫生员的时候，发现了被雨水淋得湿透的两人。当时的秀莲，将自己的外套披在祖父身上，自己却紧紧地抱着祖父。

在恢复身体的日子里，秀莲也经常出现在祖父的日常起居中，然而，祖父始终装作不知道那一晚，她曾为他做过的事。可每当秀莲穿起一件老旧的红棉袄，为大家唱上一段《白毛女》选段的时候，他看她的眼神，总会比别人多一些内容。

时间是一个可怕又可喜的东西。它可以让人变老，也可以让等待许久的人收获幸福。

在1949年伟大的中华人民共和国成立之后，祖父和秀莲分别来到了同属一个地区的机关单位，开始了和平时期的新工作。然而战争带给祖父的梦魇却没有完全消散。很多时候，他会在睡梦中看到牺牲的战友、血流成河的战场，还有那晚的劫后余生……

虽然身体上的伤口已经愈合，但战争给人内心带来的创伤却需要长久的和平来慢慢治愈。

之后的很多个清晨，祖父会在公园散步时遇到那个曾经救过他的秀莲，每次见面，秀莲总是微笑着，和曾经为祖父换纱布、上消炎药粉的时候一样，露出两个深深的酒窝……

秀莲生日那天，祖父精心准备了一份特别的礼物。当打开封包的一瞬间，秀莲被感动了——那是一面折叠规整的党旗，上面平整地放着一本党章。

"那天为了救我，你那样为我取暖，真是难为你了……"一句憋在心里多年的话语，就这样沉甸甸地被祖父艰难地说了出来。

秀莲沉默了良久，说："因为，我们都是共产党员啊！为了党和人民，你连生命都可以不顾，我做这些又算得了什么呢？"

此时此地，两人的眼底晶莹了。

后来，不难想象，秀莲，成了我的祖母。两名一心向党的青年终于有情人终成眷属。随着年龄的增长和岗位的历练，祖父和祖母分别走上了领导岗位。时代的发展变化惊人又喜人，改革开放的大潮带着势不可当的趋势，一时间激励了几代人。人们开始接受新事物，大街小巷也开始洋溢着新文化的浓厚氛围。因为热爱文艺的缘故，祖母也开始喜欢起歌唱新生活的歌者们，在祖父的眼中，她始终年轻并且还是那个曾经让众多战士仰慕的"喜儿"，从不会因为年龄的增长而逊色半分。于是，祖父想让祖母多穿一些带有更多时尚元素的服装，或是佩戴一些其他女伴都有的饰品，可每当此时，祖母都婉言拒绝了，"党的干部，还是简朴一点吧，你的心意我知道，可我还年轻呢，暂时不用。"

是啊，革命者永远是年轻的。祖母的一句"年轻"和长久不变的简朴，让祖父在同事中享有了很好的口碑。祖父知道，祖母所做的一切，都是为了让他能够做一名更加合格的人民公仆，不辜负党和人民的信任。

人的一生其实很短暂，一场风雨，也许，就持续了一生。

焦急的祖父奔出门去，四处寻找风雨中未归的祖母。终于，在公园的廊桥上，祖父找到了已经浑身湿透且深度昏迷的祖母。可令人惊异的是，祖母在昏迷中，仍然保持着站立的姿势：双手紧紧地攥着廊桥的扶手，身体靠在廊桥的栏杆上……当120急救车赶到时，几名护士合力掰了良久，才掰开祖母紧握的手指。护士感慨地说："这阿姨的意志太惊人了！这是怎样坚强的意志和求生的欲望啊……"

经过两天两夜的抢救，祖母还是走了。医生惋惜地表示，是淋了急雨而引发脑出血的缘故，抢救得也比较晚了。

那一晚，祖父没有合眼。他一直低着头，坐在祖母的床边，不停地说："你啊……还是年轻时候的脾气，一点儿都没变！"

悲痛之后的我们，是无法体会祖父这种长久的悲伤的，更确切地说，是长情。很多时候，我都能看见祖父在一个老旧的本子上抄写报纸上的消息。他常常说："你祖母在世的时候，就喜欢关心国家大事，关心党的建设。现在我得接着抄写，让她能够看到，我一直是曾经那个积极上进的我。"

瞬间，我的内心澎湃了，感到心里的潮水，就要涌出眼眶。

"将来等我过身了，你们也要接着写下去，不要让我和你们的祖母不放心……"

祖父的话，我深深地记下了，心里，仿佛也下起了一川烟雨。

在祖父写给过身的祖母的信件中，我看到了这样的一行字：逝者已去，莫为她匆匆离开而流泪悲伤，因她已在新的路上，昂首阔步、满怀希望。今世渊源不过奈何，来生有缘再叙短长……

（海丹青，中共辽宁省营口市委宣传部）

# 舌尖上的"前世今生"

‖ 贾双玉

三月,春风吹过,春雨落下,城市已有了春意,人们开始忙碌起来。我吃完早餐,收拾利索,又盘算着午餐该做点什么吃。年节刚过,我想着应该多些青菜,少点肉食。"叮咚",打开手机一看,朋友正在微信上晒美食,还发了一段视频。点开一看,原来她在做葱花饼。只见她把小麦粉放入面盆中,立刻开始添水和面,反复揉搓后,等待发酵。点开下一个视频,见她把小葱洗净切碎,放在小碗内,倒入些许香油,洒入一点盐,拌和均匀。再后来,就是面团发酵后,她在平锅内煎面饼。葱花饼终于做好了,只见她尝了一口就放不下,一口气吃完了一个,高兴地说:"外脆里软,太好吃了!"

看着朋友的美食视频,我不由得想起了20世纪70年代的生活。小时候,位于下野地的连队种植着小麦、玉米和棉花,那些条田很长很长,感觉始终望不到边。父母起早贪黑在地里忙碌,开春播种,夏天锄草、定苗,秋天开始收获,冬天拉沙改善土壤。那时,家里的粮食供应是定量的,只有白面(小麦粉)和玉米面,而且,有一两年,每月供给百分之九十的玉米面,剩下的百分之十才是白面。刚上小学的我,在妈妈的指点下,时常帮着做点事,烧火,洗碗,早上做玉米面糊糊。后来,还学习擀面条,因为白面少,每次和面时都要掺和一些玉米面,不然白面不够吃。

记得有一年夏天,妈妈去地里干活了,盼咐我中午做面条。于是,我学着妈妈的样子,在白面里放入一些玉米面,揉好后,开始擀面条。由于没有掌握好比例,这种混合面不筋道,擀开的面边上裂开了口子,做不成长长的面条了。没办法,我只好将就着切成了面片。妈妈回来一看,笑着说:"傻丫头,玉米面不能放多,这下我们只能吃面片了。"小时候的玉米面多,勤快的妈妈也时常想各种办法来改善生活。玉米面漏鱼,就成了家中的小吃。每次做漏鱼时,妈妈先把玉米面煮成粥,然后用漏勺将稠粥漏到凉水盆内,就成了漏鱼,此时,捞出漏鱼放入大碗里,加入醋、盐、葱末等,就是可口的美食了。漏鱼比那玉米面糊糊要好吃许多倍,妈妈用这种方法让我和弟弟妹妹吃饱肚子。

那个时候的连队,食用油也很少,一个月只有几两油。每天炒菜时,只能放一点,有点油花就行了。只有过年时,家里才舍得炸油条和芝麻叶。为此,小时候,我就盼着过年,想天天吃油条,感觉那是非常好吃的东西。过年前,妈妈炸油条和芝麻叶时,作为家里的长女,我理所当然要在旁边帮忙。于是,出锅的芝麻叶放在搪瓷盆里,我时不时就可以顺手拿一个品尝,油条炸好了,我也可以先吃为快。记得有一年,过年时吃的东西比平时多,我这个吃一点,那个也吃一点,到了晚上,肚子疼了起来,原来是吃多积食了,妈妈赶紧给我吃了药,这才好些。记得隔壁高个子的陈叔叔,农忙时,没白天没黑夜地在田地里忙。有一天中午,浇完水回来的陈叔叔又累又饿,吃饭时把家里炼得的一碗猪油给喝了,看得我们目瞪口呆。叔叔家的阿姨为这事,唠叨了好几天。

20世纪80年代,我到外地上学时,星期天与同学到街上买本子、寄信,想在街上吃碗面,也要粮票,而且必须是全国粮票,不然的话,你是吃不成饭的。为此,我每次去上学前都要把地方粮票换成通用的全国粮票。有一次,我在学校附近的街上看见一种长长的膨化棒,据说非常好吃,于是星期天上街,就买了当零食吃。冬天放寒假,我想着给家里买些东西,千挑万选,还是觉着膨化棒可口,于是和几个同学一人买了一包。这东西脆,不能挤压,几天的火车,我们几个人就小心地看护着,生怕碰碎了。

岁月的长河来到了新的时代,改革开放的坚定步伐,让国家发生了翻天覆地的变化,如今,我们的生活条件越来越好,吃穿不愁。城市的农贸市场、超市、批发市场,供应着各种食物,肉类、蛋类、海鲜类等食品,只有你想不到,没有你买不到的。曾经一到冬天,碗里就只有白菜、土豆、萝卜,现在各种蔬菜、水果一年四季都有供应,琳琅满目摆满货架,让人挑花了眼。小时候,每天做饭想的是下面条、煮玉米糊糊,现在每天做饭,考虑的是营养如何搭配。粗粮、蔬菜已成了人们的最爱,低盐、少油,也成了常态。童年时期心心念念的油条等油炸食品,我现在已经吃得少了,玉米糊糊、小米粥、南瓜粥、红薯粥等,纳入了我的食谱。

去年秋天,我和妹妹又回到了我们出生、长大的地方,那里已变成了小镇,一排排楼房整齐、漂亮,曾经住过的地方已变成了绿化广场。农贸市场里,有新鲜的蔬菜,还有葡萄、苹果、橘子、白兰瓜、西瓜、猪肉、羊肉、鸡肉、活鱼,应有尽有,家里常用的锅碗瓢盆摆了不少,外甥女看见一些小玩意儿,好奇得不得了。走着走着,看到卖雪糕的,我又想起过去几分钱一根的冰棍,好不容易有几分钱,才能买一根,咬一口,只有一点甜味,吃到最后都是冰了。尽管如此,这却是那个时代连队孩子非常稀罕的东西。

有一天,妹妹用面包机做了不少面包,让我去她家里拿几个。宽敞明亮的屋子,收拾得干干净净。妹妹一边说话,一边忙着做中午饭。不一会儿,粉丝扇贝、清蒸鲽鱼、清炒西蓝花、山药木耳就摆到餐桌上了,还有一碗红枣银耳汤。"哎哟,这么丰盛,又不是过年过节。"我说道。妹妹笑着说:"现在,天天都是过节,想吃什么都可以做的。"我俩边吃边聊,妹妹说:"小时候,我喜欢吃糖,可咱们连队里没有。有一次,一位阿姨从上海带回来奶糖,给了我一颗。我剥开糖纸,尝了一口,舍不得吃,就一小口一小口地吃,那滋味简直美极了。""现在还喜欢吃糖吗?"我明知故问。"如今，好吃的太多，很少买糖，你看，参加婚礼带回来的糖放在茶几上不记得吃，可能都过期了。"

"嘀嘀嘀"，微波炉的响声将我拉回现在，原来烤红薯熟了。回味小时候的饮食，再看这些年的美味，我感慨万千。过去吃饭，我们是为了填饱肚子，如今吃饭，我们开始讲究营养，注重色香味。时代的发展变化让我们的舌尖品尝到更多美味佳肴，让生活更加美好。所谓的岁月静好，不就是这样吗？

（贾双玉，乌鲁木齐市建筑节能墙体材料革新办公室退休干部）

# 麦收如歌

‖ 李兴甲

满野的绿浪现出金黄的端倪，人们便渴望着麦收的到来。

布谷鸟一声深情的召唤，传达了一个季节忙碌的信号，本来还凉快的天气猛然间就热了起来。阳光炙烤着大地，麦子已经走过了最贪婪的生长期，在太阳的催促下，麦浆已经开始变成淀粉，麦粒也变得硬了，麦芒紧紧地保护着麦粒，团结在麦秆之上。放眼望去，遍地黄金翻滚，丰收在望。曾经柔美秀气的麦子如披坚执锐的钢铁战士，威武雄壮地立于广袤的田野之上。麦芒如针如剑，精神抖擞，不像是等待一场大规模收割的到来，更像是迎接一次盛大的生命洗礼。

又是一年麦收季。此刻，一台台现代化的联合收割机已经取代了以往那些各式各样的收割工具。麦子成熟时，农民只需开着车、拿着口袋在地头等着装麦粒，再也不必为累人的麦收犯愁了。原来十多天方能完成的工作，联合收割机几小时内便将几十甚至上百亩的麦子颗粒归仓，麦糠、麦秸、麦根以及那些地表的杂草都被碾碎，深翻到地底下做了肥料，科技的进步使农民少受了许多劳累之苦。

站在时光的这头，回首张望，麦收的种种往事浮光掠影般涌上心头。我从芳华到不惑岁月都是在农村度过，目睹了麦收的岁月变迁，见证了农业科技的飞速发展、农村生产方式的巨变。

　　三十年前的麦收情景依然如昨天的故事刻骨铭心。那时的麦收季节是累并快乐着。

　　刚分到地的那年，父亲的干劲极高，麦子的长势也就极为喜人，加上我家的地多劳动力少，只有提前动手。

　　首先要准备好轧麦子的麦场。麦场是村庄的颜面，每年麦季到来之前，麦场是要重新整饬的。家乡所在的乡镇属北方山区，真正的水足养肥、一年种两季庄稼的平地并不多，其余山岭薄地只能种一季花生或地瓜，小麦自然就"物以稀为贵"了。小麦的种植面积也就象征了一个村庄的富裕程度。村子富了，形象就好，年轻人就好找对象。因此，小麦就愈发变得"金贵"起来。经历了一年的风雨洗礼，麦场已坑坑洼洼，深浅不平。父亲把家门前的一片空地洒上水，牵来分来的一头老牛，把缰套拴在它身上，身后拖上只几百斤重的碌碡，人站在空地中间，牵着缰绳，让牛围着场转圈，这就开始轧场了。直到场地平整了，麦场才算好。只等割后的麦子运进来。如果家里没有牲口，那就靠人力了，用绳子系在碌碡的木框上，人肩背绳子用力拉动，碌碡便随着人的脚步吃力地挪动起来。

　　割麦，是一种早已习惯了的叫法，可在我儿时的记忆里，最初的收麦方式却不是割，而是拔。说来有些难以置信，刚分田到户那会儿，就连镰刀都是奢侈品，能拥有三五把用来割麦的镰刀，就算是富裕人家了。没有割麦的镰刀，那就只能拔。

　　拔麦的确是个力气活。

　　要说起拔一天麦子的那个累呀，真是连吃饭的劲儿都没了。拔麦也不光是累，在时间上也有很大的学问：白天，麦穗在太阳的暴晒下变得很脆很容易折断；夜晚的潮气太重，麦秧麦穗上全是露水。白天太热与夜晚太冷时是不能下地干活的，只有趁着太阳出来的前后或傍晚那两段工夫抢收。没等麦子完全成熟时就开始拔，可待到全部成熟、麦穗一遇到风就折断时还没有拔完……

那一年,我家着实尝到了拔麦的苦头。年底,父亲用自家麦子换来的钱一下子买了六把新镰刀。这六把如月牙般弯弯的镰刀,伴随着我一年年长大,也目睹了我的家境一步步走向殷实。

刚改革开放那几年,镰刀的确是农民的好帮手。俗话说,"磨刀不误砍柴工"。麦收前,父亲就开始磨镰刃。磨镰刃是个技术活,在磨石上撩些水,把镰刃斜放,利刃一边向前,左手按,右手推送,钢铁与磨石磨合发出"咻——咻——咻"的闷声。有的人磨,看起来很用力,结果只把刀磨亮了,没有磨到刃;有的人看起来说说笑笑,很快两下就磨好了。检验刀刃是否锋利、是否卷刃,要用大拇指在刀刃上侧着刮几下,这种体触用心校验的方法,只能意会却不能言传。如果磨好了,就会再磨下一把,如果感觉还不理想,就在磨石上撩水再补几下,直到自己满意为止。割麦时,一个个家庭如一个个方队,人们弓腰、低头,右手握镰、左手揽麦,驱赶着麦子向前方移动。麦子齐刷刷倒下,又被牢牢地捆成捆,不规则摆放在人们的身后。镰刀与麦秆碰撞发出"刺啦刺啦"的声音,奏响劳动的最强音。刚开始的收割,人们拥有足够的心劲和力量,平坦华丽的麦田不大会儿工夫就被撕开一个个或长或方的裂口。天异常炎热,热浪一股股扑面而来,每个毛孔都张开着,汗滴从额上流下来,流到脖子里,流到前胸后背,很快衣服就汗淋淋地贴在身上。拽起来呼扇两下也是徒劳,因为风也是热的,所以任由衣服湿了又干、干了又湿。麦芒钻进衣服里,如百爪挠心,奇痒难忍,恨不得马上跳入水塘里,我真切地体会到什么叫如芒在背了,那可真是一种折磨。但没有人敢懈怠,即使休息那也是很短暂的,因为每个人的心中都有一个很明确的念头,那就是趁着天好赶快收,否则麦子熟过了就会落到地里,如果遇到阴雨天那就不单是减产的问题了。

将打成捆的带麦秆的麦子用平板车或独轮车运到麦场,平摊开,人们牵来牛、驴或骡子,把缰套拴在它们身上,后面拉着碌碡,人牵着缰绳,让牲口围着场转圈,会轧麦子、使唤牲口的大多是老年人,嘴里喊着牲口能听懂的号子,有时兴致来了,还要哼上一段小曲,牲口似懂非懂,耳朵忽闪忽闪的,悠然画着自己的圆。麦子被均匀地挤压出来,满满地铺了一地。用叉子挑走麦秸,把混着麦糠的麦子堆起来,就"只欠东风"了。风一起,老把式们扬起木锨,迎风一洒,恍如满天布满了星星,麦糠顺风飘出去,麦粒自然降到跟前,渐渐堆成一座小丘,然后是晾晒入仓,人们眼角的皱纹便密密匝匝,脸上荡起一袭喜悦的波纹。

夜色浓重的时候,人们才肯拖着疲惫的身子依依不舍地回家吃晚饭,这样的情景要持续好几天呢。

随着农村改革步伐的一步步加快,农业机械化程度也逐步提高。后来村里买了辆"大五零"的拖拉机,按时间收费,给各家打麦。那真是个有劲儿的家伙,带着四五排放大了的算盘珠子模样的铁轱辘在场里"哗啦哗啦"地转圈。一遍下来,麦子的倔强与顽强就偃旗息鼓,逆来顺受地接受着"大五零"无情的碾压。不过这也为日后翻种制造了麻烦,因为地被压得太硬了,必须要吃透了水一点点用锄头铁锨挖才行。

再后来就有了用电的脱粒机,那才叫一个热火朝天。先把晒好的麦穗在脱粒机的入口处堆成小山,出粒和出秸的地方都要有足够的人手。一旦开始就没有一点停留的可能,入口处三四个人做着接力连续不断地往里输送,还要有人不断地把底处的麦穗堆高。脱粒机像野兽一般大口大口地吞着麦穗,又从其他两个出口把麦粒和麦秸分开吐出来。每一道程序都不给人以喘息的机会。这么复杂的劳动是一定需要几家合伙才能完成的,一场下来,个个都没有了人样,从头发根到脚趾头,到处都蒙上了一层厚厚的灰尘,甚至鼻涕里痰液里都是乌黑的颜色。

如今,有了最新型的现代化收割机,从地里就直接可以接到麦粒了,真是太神奇了。

麦收的艰辛本不是一曲动人的歌,细细回味起来却似一幅美丽的风景画。三十年来，从当初的手拔、镰割、拖拉机，到现在的联合收割机，轧场、扬场已成为历史，乡亲们尽情享受现代文明带来的便利和改革开放带来的红利，麦收也成了中国社会变迁、农村经济发展的最好见证。"我们都是从父辈的阡陌中走出来的"，我们这一代人无论生活多么富裕，总还是会想到麦香的不易和珍贵。我们没有权力忘掉父母的麦事！我们更没权力忘掉躬耕如斯的农民们和带有他们身上汗珠味道的麦香！

（李兴甲，山东省邹城市教体局）

# 炊烟散尽是新城

‖ 李新华

1984年，我从乡村小学调到汉南纱帽的区教育局直属小学任教。当时的汉南才成区不久，纱帽虽说是区政府所在地，但仅有两条街道、几栋像样的房子，那景象与农村一个样。

虽说是区教育局直属小学，但学校没有提供宿舍，老师大多都只得在外租房。出租房俏得很，我托岳母张罗，好不容易才在纱帽当时最大的民居地"新村"租了一间房。房子在二楼，与东家隔个堂屋对屋而居。这二楼没有水，也没有厕所，烧火做饭就在堂屋的一角。当时的液化气是稀罕东西，在纱帽是没有几家能用的。"新村"的家家户户都在正屋后建有伙房，大多家庭仍然是烧着柴火做饭，只有我们这些工薪族才能凭票购得蜂窝煤。烧蜂窝煤是先要用小劈柴生炉子的，生炉子就免不了会生出浓浓的烟。记得那段时间，我家购买的蜂窝煤质量差得很，常常是夜间封好的小煤炉不待天亮就熄了个透凉。于是，大清早赶紧做的第一件事就是生煤炉，尽管我将小煤炉提到了房前的阳台上，双手奋力地挥动着大蒲扇把烟向外赶，但仍免不了滚滚的浓烟向房子里面袭来。一连几次，房东的小儿子就受不了了，竟用粗口骂了起来，妻听见了难过得直抹眼泪。但终是没办法，要填饱肚皮，也只得硬着耳朵听着。

到了90年代，纱帽得到了巨大的发展，终究像一个有模有样的新城区了。我所租住的"新村"也更换了一个洋气的名字叫"绿苑路"。为顺应潮流，许多民房也开始拆了重建，尽管当时我们夫妻工资不高，但也咬紧牙关，借来一些钱，从一个周姓居民家买来一间房，拆掉重建成一幢四层的面积近200平方米的小楼房。从此，我便真正地有了自己的房子，也有了让妻羡慕已久的液化气。妻像一个久历饥饿后报复性饱食的孩子，一下子置办了三个液化气瓶。我说，液化气再也不是什么稀罕之物了，更别说要受计划的控制了，只要有钱，家家户户都可以放开用。妻说，为烧火愁怕了，多备些踏实。尽管如此，仍有一些老年居民，嫌液化气贵，为了省钱，仍然乐此不疲地生着小煤炉烧火做饭，傍晚时分又用那能从中间投进劈柴的节能的直桶型小水壶烧水洗漱。妻也受此感染，也曾照样买回一个，在门前屋后鼓捣，加入了这炊烟的制造队伍之中。于是，在早晚时分，总能看见一柱又一柱的炊烟升起，在房顶上空散成一朵又一朵的烟花，成了这"新村"的一道独特的风景。

时间进入新世纪后，尽管汉南地处大武汉遥远的西南一隅，但纱帽依然按规划通了天然气。如雨后春笋般涌现出的一个又一个气派漂亮的小区里，黄色锃亮的天然气管亮眼醒目，把人们简洁方便、干净舒适的生活从楼底直送楼顶。但我所居住的"新村"却迟迟没有"气讯"，其原因是，这里一排又一排的房子全是三四层的私房，房子高低不一，前后参差不齐，这里搭盖，那里添加，施工难度大，耗材、人力费用高，因此没有公司承接。一晃十多年，依然有炊烟从这里升起。

步入新时代后，居民的呼声与诉求，政府的决心与魄力，终于让这超千家过万人的"新村"通了天然气。尽管天然气管在家家户户屋后高高低低、曲曲折折地蜿蜒前行，但"新村"人都欢欢喜喜，说一点也不难看，感觉天然气管和日子都是美的。妻一口气申报安装了三块表，说是一楼老人用，二楼自己用，三楼租给别人用。从此，"新村"人也与时髦的小区人一样，过上了有天然气的生活,屋前屋后再也没有炊烟的踪影了。

"新村"的炊烟终成过往,人们也将"新村"这个名字渐渐淡忘。"中央名都""凤凰城""纱河公寓"等小区也顺势入驻,一条新修的六车道柏油公路从南至北穿村而过,公路两旁停的小车如爬满的龟甲,公路入口上方的标牌上赫然书着"绿苑路"。"绿苑路"实至名归,名副其实。炊烟散尽,由村变城,这是对我的家日渐富裕,对我的城日渐美丽,对我的国日渐强盛最好的诠释!

(李新华,湖北省武汉市汉南区纱帽街绿苑路居民)

# 乡愁，是一种美好的希望

‖ 张家玮

"露从今夜白，月是故乡明"是杜甫的乡愁，"来日绮窗前，寒梅著花未"是王维的乡愁，"举头望明月，低头思故乡"是李白的乡愁。

很难说清"乡愁"这个词，更难形容这是一种什么样的感受。无论是余光中写到的"一枚小小的邮票""一湾浅浅的海峡"，还是席慕蓉刻画的"一支清远的笛""一棵没有年轮的树"，这些有温度的文字把思乡的情怀表达出来，乡愁几乎是每一个人私密且真实的情感。

爷爷奶奶去世后，我就没回过农村老家，一晃得有十几年了。尽管儿时也仅仅是暑假、春节回去小住几日，但点滴生活却牢牢印记，正如"羁鸟恋旧林，池鱼思故渊"，在城市的高楼大厦关久了，我就时不时地会想起村口的那条河、坡上的那垄地、山上的那座庙、庄里的那院房，经常会遐想"暖暖远人村，依依墟里烟"的恬淡意境。

太原村在甘肃天水张家川县，没有村志、没有史料、没有遗址能证明这个太原和山西的太原有什么联系，一切都是传说或者是"老人说"，还有那句耳熟能详的民谣"问我祖先来何处，山西洪洞大槐树"。当地人更习惯称村名为"郭湾"，其实我也没弄太明白，家家姓张，为何不叫个"张湾"呢？

1982年的冬天，出生8个月的我就跟父母回老家过年，从那时起，我对过年的印象都是在农村的。央视在每年春节前夕都会报道"过年回家路"，离乡外出务工、求学，各行各业的人们背起行囊，形成"人类历史上规模最大、周期性的人类大迁徙"，堪称"全球罕见的人口流动"的春运。"有钱没钱回家过年"，一语道出返乡过年的心情，同样，我的父母也是这种心情。80年代的交通可不像今天这样发达，火车不能直达，三百公里的山路一走一天，还要冒着班车坏在道上的风险，所以每当听妈妈讲起当年抱着我赶路的艰辛，我就庆幸自己生活在今天这个四通八达的时代。

不得不说，西北农村过年，尽管条件有限，但家家户户都会把年过得有滋有味。进了腊月，所有活动都是围绕着过年进行的，扫房、赶集，蒸馍馍、炸油饼，大年三十上午贴对联、晚上祭祖，零点去庙里上香祈求来年风调雨顺；初一早上，全村人挨家挨户拜年，孩子们从老奶奶的手里抢糖果；初二，把家里的牲口牵到场里遛一遛、跑一跑；初三，开始走亲戚；初四开始，各村各乡的社火、狮子、旱船则耍了起来。那几日，村里的锣鼓声、爆竹声持续不断。如今，农村过年虽然简化了很多过去的风俗、礼节，但热闹程度也是城市比不了的。

受地理、环境、交通等客观因素制约，再加上教育、观念落后，过去的家乡确实穷，真是"交通基本靠走，通讯基本靠吼"，没有电话，没有信号，电视只能收到一两个台，有时连用电都不能保证；商店里多数都是三无产品，最典型的就是千篇一律的餐桌，一碗长面，散饭搅团，土豆韭菜，再无其他。今天看来这些都是少油少盐的健康饮食，但在当时，确实因为条件所限。今天的餐桌和往日不同，一碗牛肉萝卜烩菜打开味蕾，摆个酒碟，划拳喝酒搞好气氛，最后上碗热腾腾的面条压轴，浇一勺用醋勾兑的汤水，家乡的"酸饭"就呈现在餐桌上。热面不仅仅是冬天里充饥、补充能量的食物，更是对一年辛勤劳作的肯定，美食只留给最勤劳的人们，也只有通过劳动才能获得。

成形于两千多年前的中国历书，依据时间更替与气象变化的规律，一年里安排了二十四个节气来指导农事，春雨惊春清谷天，夏满芒夏暑相连，秋处露秋寒霜降，冬雪雪冬小大寒。爷爷是典型的农民，他用自己的方式感知季节的变化。在过去"靠天吃饭"的农村，对节气的熟悉是全家生活的保障。四季轮回，应季而作，应季而收，爷爷用祖先的经验获得丰沛的回报。小学毕业的那年暑假，我几乎都住在老家，体验了过年之外的农村生活。家有七块地，六亩左右，分布在不同的地段，最近的在村口河边，最远的要走两个多小时，翻好几座山才能到。地依山势而修，机器无法开进蜿蜒盘旋的山间小路，只有人力才能完成收割，爷爷找来麦客帮忙。为了避开晌午最正的日头，麦客们下午三点才出发，忙碌到很晚才回来，一顿干饭过后，还有更繁重的劳动等待着他们，收割、打捆、曝晒、扬场、分类、回仓、翻地。一个夏天，爷爷都在忙碌，吃着自己种的粮食，一家人因为勤劳而感到踏实。

　　还有一件事情让我印象深刻。上城门有一家油坊，一年中的绝大多数时间都是关门的，只有胡麻成熟的时候，油坊才有生意做。爷爷把提前炒熟了的胡麻送到油坊排队等候，排上几天也不稀奇。过去榨油全靠人工，七八百斤的胡麻才可以榨成一桶油，磨胡麻的不是电器，而是牲口拉着石磨，人在旁边不断搅拌。用成捆的胡麻秆烧蒸锅，将磨好的胡麻籽蒸到恰好，再用碾场的石杵往下压，反反复复榨出油。这样一桶饱含辛勤汗水的胡麻油，不久后就会出现在300公里之外我家的餐桌上。如今时代快速发展，榨油也告别了烦琐复杂的程序，等我再去寻找那间油坊，已找不到它的踪迹。

　　今年春节，我回到了阔别已久的老家，从过去几公里都见不到一辆车到现在的车来车往，已感觉到明显的变化。公路两边的新农村建设已具规模，昔日的沙石路变为柏油路，告别了尘土飞扬的年代；村口架起的桥方便出入，夹道泥泞的土路铺上了水泥，再也不用担心车陷进去；巷道两边盖起不少新房，停满了返乡的车辆；爬山小道修建了阶梯，半山的公园、戏台和体育设施是村民的休闲场所，村里的商店方便快捷，新落成的小学也即将投入使用。农村离不开养殖。过去，猪圈、牛棚、鸡窝等与厕所混在一起，夏天蚊蝇滋生，如今，养殖大户集中科学养殖，村里正在实施"厕所革命"。这些翻天覆地的变化让我兴奋不已。

今天的家乡已不是我印象中的家乡了，童年的记忆只能从发黄的老照片里寻找。变化的是岁月时间，不变的是乡土乡情；变化的是村容村貌，不变的是乡里乡亲。围坐在炉子旁，烤烤土豆玉米，聊聊家长里短，正是这些人间烟火，让家庭组织更加紧密。

乡愁是道不尽、写不完的。"看得见山，望得见水，记得住乡愁"，这是城市与农村共同的生活愿景。

（张家玮，天津师范大学）

# 我是客家人

‖ 冯燕花

"客家山歌真好听，句句山歌有妹名……"

"东边落雨西边晴，新做田唇唔敢行。灯芯造桥唔敢过，心肝想妹唔敢声……"

是春天。白云挂在蓝天上。风是轻轻柔柔的，阳光也是温温柔柔的。客家公园开满了桃花。这时候，我居然在广场上听见几个大叔大婶唱山歌。这充满浓郁乡土气息的歌，让我遽然生出许多温暖的情怀。

郎在对面唱山歌，妹在山头把草割。客家山歌是用客家方言吟唱的山歌，它产生于客家劳动人民中间。客家人在山上砍柴、铲松油、挑担及田间劳动时唱山歌，或为寻觅同伴，以驱野兽强盗；或为消除疲劳对歌打趣；或为表达男女爱慕之情。"唱戏一半假，山歌句句真"，其丰富多彩的内容，是客家人民生活的一面镜子。

我是听着父辈的山歌长大的。此时此刻，我仿佛回到那些旧时光，看着隔壁的阿妈在锅头灶尾、田头地尾唱着同样的歌谣。她们曾一边割草，一边和身边的女姑（姑娘）谈论着那个喜欢自己的小伙，听他在山头唱歌；也曾盘起头发，背着小孩，在灶台旁转来转去，哼几句年轻时唱过的歌。

我记忆中最深刻的是在花生地里，忙忙碌碌，却依然可以听见父亲唱山歌:"石榴打花红津津,嫁人就唔好嫁读书人,读书阿哥冇腰筋,算盘厉啦吵死人。"而我一边摘花生一边编一段歌词和父亲对唱:"石榴打花红津津,嫁人就唔好嫁耕田人,耕田阿哥冇文化,写信捉笔爱求人。"这时候,父亲这个耕田人哭笑不得,只好呵呵地笑骂我忘本,然后表扬我对得还挺工整。

我常常回忆这段时光,父女两人一唱一和,唱着世间最朴实最纯美的歌。

我喜欢听老人讲那些山歌的故事,一男一女在不同的山头砍柴割草,对了一上午的山歌,结果什么都没有做,一个忘了砍柴,一个草也没有割。有的回到家才发现,和自己对唱的那个人原来是自己的另一半。两个人哈哈大笑,一上午就挣得一场欢乐。

我觉得最可爱的歌词是讲蜘蛛和蟑螂吵架——"蜘蛛骂蟑螂,日爬夜爬,爬到没下巴。蟑螂骂蜘蛛,日织夜织,织得一件烂衫巾。"幽默风趣,让人忍俊不禁。

我最喜欢的歌是《看月光》:"八月十五看月光,看见鲤鱼跟水上;鲤鱼不怕飘江水,探妹不怕路途长。八月十五看月华,阿哥出饼妹出茶;吃哥月饼甜到肚,喝妹细茶开心花。"这首歌热情洋溢,富有文采,委婉押韵,能够引起所有恩爱的男女强烈的共鸣。

这就是客家人自己的歌。在这美妙动听的歌声中,很难想象客家人曾经经历过的苦难。记得刚刚懂事的时候,我常常觉得父亲很傻,因为他把我的爷爷奶奶叫作叔叔婶婶,而将叔公叔婆唤作爹和娘。后来发现傻的人不止我父亲,还有人叫自己的父母叫得更生分——"阿舍""阿奶"。"阿舍"意思是隔离邻舍的孩子。这让我百思不得其解。后来听说,客家人的祖先是战乱时期迁徙过来的,在逃亡的路上,怕被灭门杀害,因此亲人之间叫得生分一点,可以保住一些人。这样的解释,让我开始心疼我的祖先,他们为了逃避战乱,背井离乡,隐姓埋名。最开始的时候,他们肯定也是叫爹娘的吧?也许是有人全家遇难,悲伤的故事让其他人吸取教训——只是这一声改口,经历了多少血和泪的痛苦。

"要问客从哪里来，客家来自黄河边。要问客家哪里住，逢山有客客住山……"诵读着这多少年来铭记在心的歌谣，我却总是对"客家"这个称谓有些陌生。迄今为止，有不少学者对其进行考证研究，但众说纷纭，莫衷一是。流传最广泛的是：历史上客家人经历了五次大迁徙，先后流落南方。迁移规模之大，范围之广，让今天的我们只是想象都对其间的艰难困苦感到惧怕。

饱受战乱之苦的客家人，一次次拖家带口，远离自己的家乡，艰难地走在他乡的路上，寻找他们梦中的桃花源。多少次在途中回望，盼望硝烟退去，可以回到最初的地方，像从前一样和乐融融。可是总是在一次次的回望中失望，他们只能走向离家园越来越远的地方。而作为客家人，我总是非常敏感地记住和"逃难"有关的故事。

端午节，在客家人的门楣上，除了悬菖蒲、艾叶，还会挂上红线捆扎、叶片如蝶的葛藤。据说唐末黄巢起义中，一名中原女子独自带着两个年幼的孩童徒步千里，流亡到宁化石壁。奇怪的是，她将年纪稍大的孩子背着身上，却将幼小的男童牵在手里，小男童走在路上踉踉跄跄。这有悖常理的行为，引发了黄巢的好奇心。一问才知道，妇人背上的大孩子是她兄嫂的遗孤，手中牵着的幼童才是她的亲生儿子。在颠沛流离的乱世里，这个中原女子为保存兄嫂的一点血脉，只好做出如此牺牲。

这位中原女子千里逃亡的悲壮，触动了黄巢内心最柔软的部分，黄巢便私下嘱咐她落户后在家门口挂上葛藤，并承诺她一定会平安。黄巢回去后立马下令不准砍杀门前挂着葛藤的人家。一传十，十传百，老百姓们都在门口挂上葛藤，因门口的葛藤，很多百姓在兵荒马乱中得保平安。故事的结局也算是个好结局，却不免让人唏嘘。

听说，所谓的故乡，是我们的祖先漂泊的最后一站，而我们客家人的祖先在流落他乡的旅途中，永远不知道哪里才是漂泊的最后一站。这样长年累月的迁移什么时候是个头？他们心里相信，在中国南部一定有远离战乱的桃花源。而多数人在找到桃花源之前就已经离开人世，弥留之际对自己的亲属千叮咛万嘱咐："你可不能把我丢在荒山野岭，一定要将我的老骨头带回老家去。"于是客家人有了非常特别的二次葬习俗。在近千年来流离迁徙的生活中，客家人的祖先，每转移一处地方，便要把已故亲人的骸骨带上，一起迁到新居留地，再行选地安葬或建坟场，不让亲人的骸骨遗落他乡。战乱中，他们拖家带口，扛着先人的遗骨，背负着祖先的期待，背负着整个家族的命脉，背负着对未知生活的向往，继续流亡。

这些逃难的客家人所去之处，好的土地与资源，早有人占有和居住，他们只能寻求偏僻和不适合耕种的山区和丘陵地带，所以有"逢山必有客，无客不住山"之说。

生存环境的恶劣，还要防止外敌及野兽侵扰，让客家人认识到居住环境安全性的重要。既要群居在一起，还要把房子建设得牢固、结实、安全，于是形成了围龙屋、走马楼、五凤楼、土围楼、四角楼等大型一体建筑，其中以围龙屋存世最多和最为著名，是客家建筑文化的集中体现。

客家围龙屋始于唐宋时期，客家人采用中原传统汉族建筑工艺中先进的抬梁式与穿斗式相结合的技艺，选择丘陵地带或斜坡地段建造围龙屋，其主体结构多为"一进三厅两厢一围"，配套的还有晒坪和水塘，具有防火、防盗、防野兽等功能。

一间围龙屋就是一座客家人的巨大堡垒，最多可以容纳几百人在此居住。屋内分别建有多间卧室、厨房、大小厅堂及水井、猪圈、鸡窝、厕所、仓库等生活设施，形成一个自给自足、自得其乐的社会小群体。

安全的家才是真正的家，围起来的房屋才是客家人温暖的家，才是客家人的平安天下。受到中原儒家文化的影响，由家族这种血缘姻亲关系网，发展到乡里、乡党这种乡土情谊，共同的流浪命运和族群文化凝聚力，让客家人和睦共处，守望相助。

这些故事无不体现客家祖先逃难的悲痛以及创建、守护家园的艰难。可是我们的祖先相信，总有一个地方没有你争我斗，没有尔虞我诈，是没有战争、没有硝烟的净土。于是，一支支动人心弦的山歌从客家人的心灵深处荡漾开来，是那样自然淳朴的真情流露，夹杂着浓浓的乡土韵味，带着农耕生活的烟火，藏着客家人对美好安定生活的向往与憧憬，在高山上、在田园间、在流水旁，随风而歌，宛转悠扬。

　　那些不幸与苦难终究成为过去。我们的生活离战争远了，离野兽远了，离排斥远了。在漫长的融合过程中，客家人终于找到了"漂泊的最后一站"，生活在梦中的桃花源。

　　现如今，我又听见那熟悉的歌声，在那桃花盛开的地方，唱着平安幸福，唱着美好和平的新时代，唱着伟大可爱的新中国。

（冯燕花，河源晚报社）

# 拜母河梁去

‖ 陈先礼

对于母亲，我们永远无法用诗文穷述其伟大之处，也不可用画笔描尽其形象的光荣，更难以止息为之而产生的无穷话题和亘古至今的讨论与争辩。一片云朵、一枝杨柳足以引发人们对母亲的无尽思念，让诗人奋笔抒怀，让壮士催马还乡。

别离，从我们呱呱坠地那一刻便开始演绎，因此而带来的流连与悲伤也从那一刻启航。我在乡下教书之时，常常看见初入学堂的稚子在教室前踌躇却步，继而大放悲声，对母亲的呼唤与哀求撼动天地。是的，在我们的本能里，别离了母亲总是危险的，母亲总是强大的，跟着母亲总是安全的。

当面对生活的困厄和前路的迷茫时，我们往往最是思念母亲。孟东野一生官场失意、漂泊终生，在他高简的笔力之下，一个充满无限慈祥、博爱而又望子成龙、望子早归的市井老妇的形象是多么的鲜明啊！翻遍浩瀚的历史卷帙，我没有找到创作《游子吟》的时间、地点和情景，但是我相信，孟东野一定是在破庙青灯、寒衣卖尽的极度困厄中写下的。与"国家不幸诗家幸"一个道理，物质生活极度匮乏致人上天无路、入地无门之时，往往是诗人们才思泉涌、笔落风雨、高歌猛进的春秋。

当我们收获成功的时候，第一个想告诉的人往往是母亲。行孝的方式有千万种，但是最能告慰母亲的无疑是"出息"二字。因为不辜负母亲的期待，将士们慷慨冒死而远渡关山，书生欣然面壁而寒窗苦读。当他们功成名就时，忍辱负重的艰辛、不负母志的壮思、边关和伟业的召唤一起激荡着孝子们的心胸，使英雄泪与母亲的泪水一起滚滚横流。唐贞元十二年的秋天，有人在湖州看见寒瘦诗人与母亲抱头痛哭，那是进士及第后的孟东野回乡告慰母亲。

十六岁那年，我吃过一顿较平时稍好的晚饭后，背着乡亲们送来的黄梨与煮鸡蛋，拜别偏僻而贫穷的家乡，到遥远的北疆去读书。母亲和我沿着像草绳那样蜿蜒的山路步行到镇子上去坐班车，柏树皮照亮了脚下的路，河水在没有星星的暗夜里流淌，母亲的叮嘱像柳絮那样温暖而绵绵不绝。在她的絮语里，乡亲的深情寄望如书信般一页页无尽展开，直到车门一声"哐当"将其斩断。我站在拥挤不堪的班车里，看着挥动着点燃的树皮的母亲，第一次懂得人活着不单单是为了自己。

我总是以为，孟东野应该写更多关于母亲的诗，我相信母亲在诗人心中的面积一定是广袤无边的，就像我无法写尽母亲为我揩干的每一滴泪水。在异地求学的我，无数次在穷愁困厄中看见站在石子路上为我送行的母亲的身影，一团柏树皮的火光照着她瘦小的身体，凌晨时分，周围一片黑暗。这样的光辉记忆让我走出了无数次阴影，克服过无数次困难。五年之后，当我捧着鲜花站在毕业典礼的讲台上作告别演讲的那一刻，我猛然顿悟，母亲的强大就在于她像信仰一样让人奋进，让她的儿女们变得更加强大。

因为读了太多的文学书，大学毕业后我竟年少痴狂起来，一心想在江湖闯荡别样的人生。十六年前的元宵，我推却了在家乡教书的政策分配，回绝了亲友的规劝和哀告，独自背上单薄的包裹和沉重的书囊离开了我贫瘠的家乡。母亲的送别再度让我终生难忘，她像小雨沙沙那样讲述的，不是乡亲们对我的挽留与失望，而是我那贫困乡关的夏日蛙叫与蝉鸣，是牛角灶里炊火的升腾与熄灭，是香炉里的尘埃在阳光里的飘飞与降落。也许母亲知道，与其强留儿子使其按照规定路线行走，不如放开手让其远赴江湖折羽而归。

天涯已是沦落人，在乡传为子弟戒。我早该想到这次不知深浅的"壮游"应有的结果。在那个雪国般的高原绝域里，朝暮与虎狼之人为伴，当初的盲目自信与浪漫之感连同身上的盘缠很快消耗殆尽，对前途的绝望和对过去的悔恨一同涌上心头，极度的劳累和无助感使人支不起贫弱的身躯。苏武、徐霞客——我曾经的偶像如青烟般飘在万里长空，像灯塔那样光耀茫茫四海，我哪能和他们相比？他们为了忠孝节义或旅行或冒险的别样人生，在中国渺远的历史长河中绝无仅有、旗帜孤悬、形影相吊，他们的绝世之才与钢铁不催的坚强意志岂是常人可及？我终于明白我只是芸芸众生中的孤独一人。

在高原的车水马龙与璀璨烟花里，我病卧草床，感到了天荒地老的孤单，我看见自己骑在一粒会飞的大米上，在故乡的虚空中飞翔，我看见新辟的田垄上飞满了蝴蝶，老宅的炊烟里托着金黄的南瓜，太阳与月亮在农人的水桶里摇晃……那是多么奇异而温馨的画面啊！一切都是母亲送别时的讲述，母亲的如丝絮语里的美丽家乡让游子思归、浪子回头。

醒来以后，我发现泪水打湿了枕头，苹果花被午后的阳光打落一地，床头上有我高烧时用竹管笔涂抹的古诗：梦里不知身是客。诗人李重光对囚徒的描写是多么生动贴切，非亲身经历者，永远不能读出诗人对故国乡愁的血泪之痛。我终于恢复了走出困境的意志，一个月后，我得到朋友的帮助，有惊无险地逃离了高原，衣衫褴褛地哭倒在故乡的山原上。

我与诗人孟郊如此不同，虽然同样经历人生的孤穷风雨，结果竟是以这种令我羞煞至今的方式告慰白发慈母。

母亲是知识分子永远的精神寄托。母亲是中国人心里永远的丰碑。

…………

某日与外国朋友谈到抗战时的昆明，朋友问题不断：西南联大的学子何以在国难当头时，衣衫褴褛却器宇轩昂地屹立于天地间？乱世之中，他们何以做到贫贱不能移,威武不能屈?他们不过是些文弱的书生,大丈夫的浩然正气从何处来?我说其实很简单,因为他们把祖国当成了母亲,他们的身后屹立着像母亲一样的伟大中国。

是的,我们与母亲休戚相关,母亲强大了,孩子就不会弱小;孩子争气了,我们的伟大母亲就会更加伟大。

(陈先礼,四川省宜宾市翠屏区人)

# 老宅子的记忆

‖ 李晓斌

一棵空洞多窍的古树,假如它有谛听的欲望,肯定还回响着那激动人心的声音。一座百年沧桑的老宅子,如果它有刻骨的记忆,肯定还记得那旌旗招展的日子。风雨飘摇,岁月易老,昔日辉煌气派的大宅子已经破旧不堪,眼看就要坍塌成一片废墟。缀满石阶的苔藓,在和蝼蚁私语。杂树从庭内蹿起,比墙还高,摩挲着一片蓝天。茅草在墙头上搔首弄姿。油光水滑的黄鼠狼、行踪诡异的大花蛇、鸟雀昆虫成了老宅子的主人。

老宅子的墙壁上,模糊的标语依稀可见:"武装保护苏维埃!"

这样的老宅子,是见证,更是载体。怎能就此沦为废墟?

忽有一日,一群操着外地口音的建筑工人来了。他们端详着这座老宅子,那眼神就像端详硕大无朋、稍碰即碎的老瓷器。他们小心翼翼地清理着,擦拭这"旧瓷"上的污秽,然后,将散落一地的残砖断瓦一一捡起,巧夺天工地拼凑上去,大块的顶部已经缺失了,便进行了还原式的修复。一年之后,"旧瓷"重获新生,露出了完美无瑕的微笑,仿佛百年前刚竣工时的样子,就差前来祝贺的络绎不绝的嘉宾。

这座修复一新的老宅子,当地人称"花塘官厅",在以"一支枪闹革命"著称的江西省莲花县碧云峰下,是清宣统皇帝的老师朱益藩的老家,

"条门三进士"驰誉遐迩。然而,倘若它仅只是前清遗老的故居,如此苦心孤诣地修复,也许显得有些太郑重其事了。

从腐朽的晚清走过来的老宅子,是这大地上中国革命史的缩影。花塘官厅很不平凡,它和如火如荼的革命岁月、令人鼓舞的苏维埃政权紧紧联系在一起。1927年的秋天,毛泽东带领秋收起义部队从莲花引兵上井冈山,开辟了中国革命第一个红色根据地。此后,这座官厅,不再是封建官吏的老宅,成了革命的摇篮。花塘官厅大院前辟有广场,中间有一把指向南方、指向井冈山的司南,以及毛泽东带领秋收起义部队进军井冈山的大型群雕。广场被命名为"决策广场",以此纪念那次著名的战略决策。

毛委员来到了井冈山,莲花成了全红县。记得小时候,听祖母聊起苏维埃,那神往之情、豪迈之意,溢于言表。1930年的晚春,官厅成了中共湘东南特委驻地、列宁学校的校址。次年金秋,湘赣省委第一次党代会、省苏维埃第一次代表大会在官厅召开。后来,红六军团前身湘东独立师、红十七师也在此组编。官厅成了红色政权、革命军队的摇篮。

列宁学校有300多个学员,走出了许多革命的栋梁。青年胡耀邦担任列宁学校教员时,在这座老宅子工作生活了三年,迈出了他革命生涯的第一步。官厅现存一块列宁学校牌匾,是1986年时任中共中央总书记胡耀邦亲笔题写的。而"莲花——胡耀邦同志革命生涯第一站",凝聚着90多岁的胡耀邦夫人李昭对老区的无限深情。

走进这座修复后的老宅子,我看见从岁月风尘中层层剥离显现出来的众多红军标语,那赭红不褪的色泽告诉我,这令人热血沸腾的标语,分明带有坚硬的铁质、滚烫的温度。

苏维埃、革命……这些词语还是如此的鲜活,多少铁血青年为此激情满怀、舍生忘死。跨过大门玄关进入四方天井的大厅,两个大胡子的伟人像,那民国黑白版画的味道,让我一下子就跨越了时空的距离。镰刀铁锤的旗帜、手写的标语、排排条凳、横幅会标,仿佛湘赣苏维埃第一次代表大会的与会人员才刚刚离开，会场上的热烈气氛还在，那股烟草味还没散。湘赣省苏维埃政府成立的那个晚上，花塘官厅里举办了一场自编自演的文艺晚会。激昂的歌声、矫健的舞姿、洋溢在人们脸上的微笑，在歌颂和赞美新生的政权。

长方形的天井射进条条光线，抬头望天，恍惚间，我似乎闯进了那攒动的人群、听见了那铿锵的旋律……

再往里走，就是列宁学校。黑板上的粉笔字还没有擦尽，哦，那是歌曲《共产儿童团》的歌词！谁人挂在墙上的挎包还在轻轻地晃，那些红孩子呢？是去操场上集合去了吗？还是到斗争的一线去了？

彭德怀、陈毅、胡耀邦、王震、萧克、谭余保……他们曾经在这里传播真理，忘我工作。那一间间厢房，就是他们的寝室。砚台上还搁着毛笔，油灯刚刚拧灭，椅子上还留有体温……

不知从哪个墙石缝里响起蟋蟀的叫声，这岁月的蛮音穿过岁月，迢迢而来。我环视宽敞的庭园，那回廊、瓦檐、窗棂、门楣、青砖……老宅子所有的构件，都带着灵性，都藏着故事，都有着花白的胡须。

此时，我感觉到，重新屹立的不仅仅是一座老宅子，而是那段感人的历史、那段激情的岁月。巍然屹立在天地间的，是一种不朽的精神。

花塘官厅只是当地人的俗称，它有个很高雅的名字——定园。古云，乾坤定矣。莲花人民一支枪闹革命的故事写进了伟人的著作。一枪定乾坤，星星之火从这块土地开始燎原。定园，奠定的是中华人民共和国的江山！

（李晓斌，江西省莲花县市场监督管理局）

# 枫叶红透西部天

‖ 薛美娟

奶奶活着的时候曾经一本正经地跟我说："记住了啊，以后咱找婆家，千万不要找'西边儿'的。听说那是兔子不拉屎的地方，穷得山上草都不长。"

其实，那时候，我还从来没有去过所谓的"西边儿"，年近九旬的奶奶也从来没有去过。但是，奶奶说的好像是真的。

所谓"西边儿的"，是老胶南许多人对西部乡镇百姓的统一称谓。二十多年以前，老胶南从地域和经济上很明显地分为东部乡镇和西部乡镇。东部乡镇靠着大海，经济比较发达。西部乡镇据说多丘陵，贫穷落后而且交通极度不方便。后来我才知道，其实，"西边儿"同样有山有海有平川。生活在东部乡镇的人们总是习惯性地称西部乡镇的人为"西边儿的"或者"西来子"。这种不很礼貌的称谓里，虽然没有歧视，但绝对是带着一种优越感的。

记得我们村里曾经娶过几个"西边儿"的媳妇儿。没有人知道她们具体是哪个乡镇哪个村庄的。我们村几个小伙子，家里条件不太好，又不乐意打光棍儿，实在没有办法，才到"西边儿"去攀了这么几门亲事。"西边儿"的媳妇儿，说话总是带着和我们不一样的浓重的乡音，这一度成为村里老百姓茶余饭后的笑料。

可是，我找的婆家偏偏就是"西边儿"的！婆婆家位于过去的老胶南市（现在的青岛西海岸新区）一个西部乡镇里的偏僻村庄，位置偏远却有一个美丽的名字：张家楼。年轻的时候，总以为爱情就是婚姻，爱情可以当饭吃，所以找对象的时候对经济条件并不在乎，长辈们的叮嘱自然也成为耳旁风。

第一次去婆婆家是2003年的国庆假期，虽然只有不到50公里的路程，却花了两个小时倒了两次公共汽车，再徒步走了半个小时。走进村子里，许多男人蹲在大街上抽烟，许多女人竟然也跟男人一样，指头缝里夹着一根土烟卷儿，在大街上喷云吐雾。我看到的，不仅仅是贫穷和落后，还有愚昧。那个村庄很大，一排排低矮破旧的房子在大街两旁罗列着。婆婆家有四间老房子，同样又矮又破，竟然还是土坯打造的。院子里迈不开脚，婆婆养的几只鸡在院子里飞过来跑过去，地面上的鸡屎这儿一堆那儿一堆。听着未来的公婆满含风情的乡音，虽然我之前做了自以为很充足的思想准备，但是心里依然很不是滋味。婚事定下来的时候，奶奶什么也没说，只是轻轻地叹了一口气，然后用红纸包了八百块钱给我压箱底。八百块钱，那时候比我一个月的工资还多。

结婚之后，我终于对奶奶的叮嘱有了深刻的体会。虽然同在农村，我娘家的经济条件也不是很宽裕，但是父母在20世纪90年代初，就翻盖起了五间大瓦房。我们结婚的时代，在我们东部乡镇，家长们一般都是趁着操办儿子婚姻大事，新盖或者翻盖房子，亮亮堂堂地娶媳妇儿。婆婆家自然没有这么做，因为穷，没钱。我们就在老家的四间破旧屋子里举办了婚礼，结婚的第三天就只能搬到厢房去住。厢房里寒冷潮湿，第二天起床，新婚被子上面竟然凝了一层湿漉漉的冰冷的水汽。结婚头一年回老家过年，公公婆婆一分钱的压岁钱都没有拿出来。按照当地的风俗，公公婆婆是应该给新进门的儿媳妇很厚实的问好钱的。当然，我在乎的，不只是钱。

家里穷，但是公婆嗜好喝茶，宁可不吃饭，不能不喝茶。他们喝的茶，是从附近集市上买的，几块钱一斤。他们管那不叫茶，叫叶子。早晨起床第一件事，就是烧开水冲叶子喝。结婚之后好几年，我们都会给公婆买上一点茶叶。我对老公说，过年就给老人买好点儿的茶叶喝吧。我买的茶叶三四十块钱一斤，当时算比较好的茶叶了。公公婆婆泡这个茶叶喝的时候，神情是陶醉的。

公婆家里有几亩薄地。每到农忙季节，我们回老家帮着收种。其实我在娘家很少干农活。在婆婆家，我竟然成了春种秋收的一大主力。在望不到地头儿的农田里，汗流浃背的我偶尔想想以后公公婆婆的生活，除了年迈和贫穷，一无所有，顿时迷茫了。我为什么就那么天真地不听奶奶的话呢？

后来，公公婆婆的年纪大了，再也耕种不了土地了。我们又不可能抛开工作天天回家帮着打理那几亩黄土薄地。一家子都很犯难。这时，村委会的大喇叭在村子上空敞亮地吆喝："政府帮着咱们西部的老百姓脱贫攻坚，根据咱们村的土地资源优势，引进了蓝莓种植的新型农业大项目，村里的一部分土地即将被征用建设蓝莓大棚，大力发展新农村特色产业，希望大家伙儿踊跃支持！"谢天谢地，公婆的几亩土地在规划范围。公公婆婆没有一点儿犹豫就在合同本本上摁上了鲜红的指印。土地以租赁的形式征用，每年每亩土地都有好几百块租赁费，而且租赁费每年都有涨幅。第一年公公婆婆领到了几千块钱的现金，在他们眼里，那的确是一笔很可观的收入。从那一年开始，我在公婆家过年的时候，可以领到压岁钱了。压岁钱虽然不多，但是我的心里洋溢着满满的幸福。

村里的几十座蓝莓大棚很快热火朝天地盖起来了，成为这个偏僻贫穷的村庄里一道亮丽的风景。听说村里许多人都进蓝莓大棚上班赚工资了，闲不住的公公已经六十多岁了，也积极报名到蓝莓大棚里做了一名勤劳的老工人，每个月有一定的收入，逢年过节还有福利呢。老爷子脸上深刻沧桑的皱纹笑成了一朵朵开心的花儿。蓝莓丰收的时候，公公工作的大棚，给每人发了一盒蓝莓。公公婆婆不舍得吃,非等着我们回了老家一块儿尝尝这个新鲜的玩意儿。尽管我不是第一次吃蓝莓,但那是我吃得最香甜的一次。我从那一盒带着一层可爱的白霜的新鲜蓝果果里,看到了农民们对于创造美好生活的殷殷期盼和向往,品尝到了老百姓们幸福甜美的生活味道。

不知道什么时候起,村里一排排低矮的老房子换成了一栋栋红砖大瓦房。村里的土路全部变成了干净整齐的水泥马路。村里到镇上、市里都通了公交车。村东头还建设了青岛地铁十三号线的站点,村里的老百姓可以跟城里人一样,乘着地铁去县城了。大街上抽烟的女人少见了。村里新建了三层楼的社区服务中心,修建了文化娱乐小广场。大人孩子在忙碌了一天之后,到小广场上散步、跳广场舞,欢声笑语一片片飞扬。

天时地利人和,过去的老胶南市成了今天的青岛西海岸新区。在乡镇政府的大力扶持下,周围的新型现代化农场一家一家地发展起来。他们大搞绿色蔬菜瓜果种植和生态猪牛鸡羊养殖,开发现代农村旅游产业,特色采摘和农家乐吸引了一拨儿又一拨儿的城里人。秋天的时候,我们特意顺路去了小镇上颇具名气和"颜值"的万亩红枫林赏秋。正是红叶好时节,一片片红红火火的枫叶染红了半边天空,这片美丽的红枫林点亮了整个西海岸新区的秋季。如果奶奶还在,我一定会陪着她老人家一起来这里赏枫叶。"西边儿",风景也很美!听说张家楼镇还建设了一个全国闻名的达尼画家村,山清水美的田园好风光,吸引着无数绘画人才从全国各地慕名而来,独具特色的文化旅游产业发展得风生水起。村里几乎每个人都会画画创作,油画作品走出国门,走向了全世界。我很期待有一天可以走进那一座充满艺术气息的村庄。

"西边儿"的老百姓们,腰杆子终于可以挺起来了。"西边儿"的姑娘们,嫁到哪里也不用低眉顺眼地过日子了。初中同学聚会时有人笑话我:"亲娘来,你现在说个话儿,怎么满嘴都是'西来子'腔啊?"说完我们相视哈哈笑作一团。什么"东边儿的""西边儿的",地域或者经济上的歧视和差别早已经烟消云散了。

多年前我曾经最犯愁的事情也有了结果，公公婆婆都入了农村的养老保险，俩人一个月有两千多元的收入。生活有了最基本的保障，老人们的日子终于过得舒坦了。公公婆婆现在喝的叶子，有绿茶有红茶还有黑茶，许多茶叶，我都叫不上名字了。喝茶，不再是庄户人的一种奢侈，而是一种情怀，一种对于靠劳动和智慧创造的幸福生活的美好期待。

产业兴旺，生态宜居，乡风文明，生活富裕，这是许多年以前老胶南市"西边儿"的无数贫苦农民心中期盼已久的梦想，这也是今天青岛西海岸新区西部乡镇老百姓们广阔而生机勃发的乡村生活的新图景！

（薛美娟，山东省青岛市西海岸新区王台镇政府）

# 我家的电视机变奏曲

‖ 梁永刚

1977年,我出生在河南省平顶山市新城区一个叫梁庄的偏僻小村,是沐浴着改革开放春风成长起来的一代。1983年,村上一户家境殷实的人家买回了一台14英寸的黑白电视机,全村老少都跑去看热闹,围着电视机东瞅瞅西看看,一些胆大的还上前摸了一下玻璃屏,那种前所未有的新奇和欣喜难以用语言来形容。几个上了岁数的老人吧嗒吧嗒吸着旱烟,绕到电视机后面一个劲儿地端详,他们无论如何也想不明白这个小匣子里面暗藏的玄机和奥妙。当天晚上喝罢汤,不少村人早早来到了买电视的这户人家,只盼着主人早点打开电视开开眼界。电视摆放在堂屋门口的一张木桌上,院子里挤挤挨挨站满了人,一些顽皮的孩子还爬到了院里的树上,伸长脖子嘻嘻笑着。千呼万唤中,主人终于把电视打开了,随着刺刺啦啦的声响传出,喧闹嘈杂的现场一下子安静下来,大伙儿屏气凝神,眼睛直勾勾地盯着电视屏幕。可能是没有安装室外天线的缘故,电视屏幕上白花花的净是雪花,连个人影也看不到。主人一番调试,把电视机上自带的两根天线抽到最长,小心翼翼地用手"咔、咔"地拧频道旋钮,忙活了半天,屏幕上终于出现了晃动的图像,虽然模糊不清,分不清鼻子眼睛,但毕竟让村人有生以来第一次领略了电视的神奇。此时,主人的脸上露出了一丝喜色,心中的一块石头落了地。接下来又发生了一件令人啼笑皆非的事儿：主人用手摸着天线，图像稍微清晰一点，他一松手，屏幕上又看不清了。主人急得满头大汗不知所措，人群中不知谁喊了一句"干脆割块肉挂天线上算了"。此言一出，一院子人哄堂大笑，现场的热闹气氛瞬间又被点燃，说笑声议论声不绝于耳。在改革开放初期的乡间，电视对于普通百姓来说是名副其实的紧俏货，也是寻常人家不敢问津的奢侈品，纵然在场的村人中不乏侍弄庄稼和牲口的老手，但面对一个羞羞答答始终不出人影的新鲜玩意儿，大家都是"老虎吃天无从下口"。折腾了大半夜，虽然连一个正儿八经的节目都没看到，但每个人的心情却异常亢奋，手里摇着老蒲扇，带着满心的欢喜和希冀回家睡觉去了。

　　自从有了第一台黑白电视机，老家村子里单调乏味的夜晚生活随之改变，"走，看电视去"成了彼此见面说得最多的一句话，拥有电视机的人家自然而然成了全村的娱乐中心。那家主人古道热肠，人很好，只要不是焦麦炸豆的忙天，每天晚上一擦黑，便准时把电视搬到当院，地扫净茶烧好，只等着村人来看。孩童们最积极，胡乱扒拉几口饭，火急火燎搬个木墩儿就来了，先是把墩儿放到最佳观看位置，而后三五成群飞跑出去疯玩。掌灯时分，大人们流水似的陆陆续续赶来了，抱着孩子，吸着旱烟，有的村妇手里还拿着没有纳完的鞋底子。主人乐呵呵地上前打着招呼，忙不迭地搬出自家的墩儿，让年老体弱的老头儿老太太坐下。人多墩儿少，一些来晚的人把鞋一脱垫在屁股下，或者找块砖头凑合着坐，只要前面的人不挡着电视，坐在哪儿都中。

　　到了20世纪80年代后期，随着农村经济条件的改善，村上有十几户富裕人家买了电视，如此一来，大家看电视不用从村南头大老远跑到北头来回奔波了，大都是就近串门子观看。印象中，那时候的电视只有一个频道，电视节目少得可怜，以电视连续剧为主。其实，对于土里刨食、孤陋寡闻的农人们来说，守住一个偏僻落后的村庄活了大半辈子，不少人甚至一辈子没有出过一趟远门。那时候，老实巴交的农人们不了解外面的生活，往往把电视上虚构的故事当成真实的情节。看到欢喜处，一张张皱纹遍布的脸上眉开眼笑，嘴都合不拢；看到气愤处，个个摩拳擦掌，恨不能跳到电视里将坏人痛打一顿；看到悲伤处，人群里的抽泣声不绝于耳，一些老太太不时撩起衣襟擦拭眼泪。孩童们看电视纯粹是凑热闹，别说曲折复杂的剧情了，很多时候连好人坏人都分不清，一边看一边问大人"这人是好的还是坏的"，有时候惹得大人们不耐烦了，也懒得回答，只是嗯啊几声敷衍了事。

  1993年，也就是我考上平顶山师范学校的第二年，父亲和母亲咬咬牙，拿出省吃俭用节省下来的钱，在那年的春节前夕买了一台14英寸的黑白电视机，实现了我坐在自己家中看中央电视台春节晚会的愿望。我家的第一台电视，花了整整四百元，这可不是一个小数目，当时当教师的父亲一年的工资也就四五百元。1999年，在我参加工作的第四个年头，随着工资不断上涨，手中也有了一定的积蓄，便狠狠心花了两千多元钱，买了一台21英寸的彩色电视机。彩电色彩鲜艳逼真，清晰度也高，无论是看电视剧还是体育赛事，都比黑白电视舒服得多。第二年，我又买了一台影碟机和一套功放音箱，组合成了当时颇为流行的家庭影院。母亲爱看戏，我从朋友那里借了一大堆戏曲光盘，让母亲足不出户就过足了戏瘾。2003年7月，我结婚的时候，又花了三千多元买了一台29英寸的彩色电视机，那台小彩电则放在父亲母亲的房间。到了2008年，市面上开始流行液晶电视，我和妻子嫌客厅里摆放的"大脑袋"彩电太占空间，于是花了一个月工资买了一台32英寸的液晶电视，清晰度比显像管电视不知强过多少倍，最关键的是机身薄溜溜的，就像一幅画挂在客厅的墙上。2012年，我家买了140平方米的新房，客厅面积是老房子客厅的两倍。妻子说，好马配好鞍，原来那台液晶电视屏幕太小，咱们再换一台大点儿的。我和妻子的想法不谋而合。乔迁新居那天，家电卖场的工作人员将一台超薄型55英寸的大液晶电视机送到了我家。这台曲面液晶电视外观好看，清晰度高，支持无线联网功能，不仅每年可以节省几百元的有线电视费，而且联网后拥有海量的节目资源，从此再也不受电视台播啥才能看啥的束缚了,真正实现了想看几集电视连续剧就看几集的任性和畅快。

新中国成立70年来,电视机这个曾经价格不菲,普通百姓不敢问津的奢侈品,一次次降低身价走进了寻常百姓家,且越来越智能化,成为一件再普通不过的生活必需品。我家先后更换了五台电视机,从黑白到彩色,从14英寸到55英寸,从大块头到超薄型,从电子管到等离子液晶,从接收有线信号到无线联网……每一次更换电视的难忘经历,都是家庭收入不断增长的反映,见证了时代变迁和物质文化生活的飞跃。一个个普通人家的电视机变奏曲,折射的是电视工业乃至中国制造的发展历史,汇聚成的是新中国成立70年来巨大成就的交响乐章。

(梁永刚,河南省平顶山市人大常委会)

# 千里万里，游子难忘一片林

‖ 赵文瑞

有一种树的年轮是在水中扩展的，如同荡起的涟漪，柔曼而独特；有一种记忆年轮和这种树的年轮环环相扣，在心中幻化成美丽的图腾。

在祖国南方深圳大鹏半岛，有一处神奇的地方，一半是海水一半是树林——东涌红树林。在这里，看得清繁星，浮华，明月，沧桑；看得清延绵四季的温舒，看得清红枝绿叶罅隙的小雨丝，听得到水鸟的啼啭。在这里，有从亘古而来的红土海滩，在诉说沧桑的风雨；有灿烂朝霞照耀下昭示辉煌的银网闪烁，有漂浮碧海柔波上的唱晚渔舟；有伴着海风潮韵在岁月的海滩上的感情拾贝。

我快上小学时，父母从内地来到深圳特区的大鹏半岛打工，我也在大鹏度过了一段美好的时光。

我们全家时常到东涌欣赏海景和这片红树林。海风夹杂着淡淡蚝壳的腥味，也夹杂着孩童娇稚的笑语徘徊在浅海的滩头上，拾起一片片如云色的贝壳，一片片遗落的白羽，把贝壳装在玲珑剔透的玻璃罐里，轻轻一摇，便发出轻盈的碰撞声；有时也把贝壳做成一串串风铃，挂在床边，当微风吹起的时候，就会听到叮叮的悦耳声，仿佛听到了大海的呼唤；白羽则成了我的书签，让我的文字插上飞翔的翅膀……

上中学时，学校经常组织课外活动，到东涌打沙滩排球，到红树林观鸟写作文。站在柔软的沙滩上，看连着天边的海，感到心胸特别开阔。那海水从绿变蓝，蔓延，蔓延，依稀的波纹扩散；海浪轻轻拍打着岸边，浪花似飘逸的白袖轻拂，不停地与岸边相拥相抱，礁石上留下海浪的吻痕；海风中，摇曳的红树林不时飞起落下片片琼翅……姿态各异的鸟儿成了我认识翠鸟、白鹭、斑鸠的生动教科书。

无鸟不成林，红树林是水禽的乐园，鸟儿的天堂。壮观时上百只种类不同的鸟儿静静地伫立在滩涂上，和睦相处，形成"落霞与千鸟齐飞，静水共长天一色"的气势磅礴的国画意境。

鸟儿是红树林最美丽的"舞蹈家"，最动人的"歌唱家"，鸟儿的声音也是大鹏半岛美妙的音乐，温婉流畅，韵味十足。倾来的鸟鸣，铺天盖地，让人无法拒绝，在繁华的都市里能享受这种鸟鸣的覆盖是一种幸福与幸运。海天一色中，身披欢快的鸟鸣，身内是情、意、美组合的心灵和谐，感到天地间是自然与人的和谐，抬头望去，那鸟儿飞翔的姿态就是一个个在心中跳跃的音符。

大鹏新区以最虔诚最有效的方式呵护红树林，让其英姿勃发，绵延成长。红树的根，互相绞合着，盘缠着，骨断脉通，脉阻筋连，掰不开、揉不碎、扯不断，她们一丛丛一簇簇聚集在一起，互相搂扶，互相依偎，互相牵扯，成态成群。在求生中彼此和谐发展，构成了人间美景、鸟的天堂。凭海临风，林中的每一片叶子都会让鸟儿和游人闻得到"树味"。红树林是有灵魂的，只要你久久嗅着，树的气息就会漂满整个海平面。

这片红树林是艺术的林子，不以大以势炫人，而是力求渗入自然深处，表现出一种平淡、含蓄、单纯和灵秀之美，使观赏者从这自然的艺术形态中体验一种静寂的景象，品味出一种幽玄留白之美，保持一种超脱的心灵境界，含蕴人生无限情怀。

这片红树林是一个感情细腻的世界。优雅的红树伴随海风轻曳在恋人执手的前方；悠闲的游客在柔软的细沙上享受阳光的亲近，享受一丝一缕饱和的光线洒遍每寸肌肤。哼着小曲，赤着脚在岸边大海的裙裾上印出花边；对着红树林，我可以尽情地把自由奔放、粗犷有力的歌声送给她。此时，歌声不仅为红树林增添了音符，还滋润着生活压力下蜷缩着的心，随曲飘然，那颗心渐渐舒展，这片红树林是我排遣忧愁的地方。

这片红树林是国泰民安、幸福美好的缩影。她伫立在这座海滨城市的前庭，守望着大海和大鹏新区。她的眼神穿越沧桑，俯视海的博大，细看潮起潮落，喜看城市巨变。红树林的一颦一笑、一声一息都被画家的笔、摄影家的镜头捕捉。这宁静与动感就这样在画布间、相纸上颔首了，绽放了……

古老的半岛，年轻的大鹏新区，与葱郁的红树林相依相偎，和谐共生。夜幕，彩灯，幽静，涨潮，这座不沉的海上森林就在大鹏温暖的怀抱里升华了。

红树林，太多的雄姿、风采与非凡的气度，让我久久难以忘怀。无论岁月怎么更迭，我都会无数次徜徉在心中的红树林，我知道那里有感情的海滩，有美丽的贝壳，有动听的音乐，有心儿插上双翅在等着我。我知道，在心里我已经成为红树林里的一棵树了。

曾有人说，"大鹏新区是鹏城高飞的翅膀"。在大鹏，总有一种飞翔的心态。几年前，当我接到英国萨塞克斯大学录取通知书时，这种感觉就更加强烈了。在我告别祖国远渡重洋之际，特意看望了这片红树林，这是我魂牵梦绕的祖国神奇之地。

回眸这片红树林，我再次感到了自己与祖国一种深刻的联系。在林边，我的脚步放得很慢很轻，生怕惊飞白鹭和红树的美梦。目光缠绕着红树林，心中牵挂着红树林，这已是生命之内的一种纠缠，频频回首和祖国母亲惜别，那时，恨不能挽了这林子远渡重洋。

在万里之外的英伦，这种红树林的元素跨越了国界，甚至渗透在我的毕业论文中。正是祖国、正是深圳大鹏、正是红树林给了我一些灵感。在导师Daniel Roggen教授指导下，我展开了"沙滩排球智能可穿戴设备"项目研发，并以此撰写毕业论文的核心内容。在可穿戴设备上，沙滩排球呈现在眼前的是奇妙的3D效果，在以大鹏红树林为背景的沙滩排球比赛中，逼真有趣，且不易产生视觉疲劳，黄球、银沙、碧海、绿树、白鹭，色彩的和谐搭配让画面充满梦幻，评委老师被深深吸引住了，几乎没有问刁钻的问题，我的论文顺利通过了。英国同窗对大鹏半岛、对红树林旖旎的风光也充满了好奇，让我回国后多发一些红树林的照片给他们。

在伦敦、布莱顿、萨里举办的中华传统文化艺术展会上，我和同学在课余时间拍摄的华夏文化宣传片中，让美丽的大鹏半岛精彩亮相，画面中一只大鹏以神奇的动漫效果展翅高飞，越过青黛山脉，翱翔浩渺大海，盘旋于红树林上空，引得百鸟朝凤般跟随，飞翔的轨迹，串起了大鹏半岛美丽的景色。在一块雄奇峻秀的巨石上，一位演员身穿汉服，轻歌曼舞，甩起的水袖在轻慢的音乐声中如锦似纱般落下，随着水袖落下的方向，一片葱郁的红树林呈现在眼前。短短几分钟的宣传片把红树林的元素嵌在其中，令英国观众眼前一亮，在异国他乡留下了一段瑰丽的传奇。

异国他乡的四年大学生涯终于结束了，我成了真正的海归。回到深圳的第二天，我便迫不及待地去看望久违的老朋友——东涌红树林。她的气场极具生命力，更加蓬勃葱郁，风采迷人，红树林深处的神话还在不断生长，不断蔓延。

在深圳，由蓝天、碧海、红树、白鸟、古城、青山、庙宇……组成的围美丽的"桃花源"里，在"中国最美的八大海岸"之一的大鹏半岛上，我对祖国的情怀浓缩到一片难忘的红树林中。

（赵文瑞，点水文化有限公司）

# 春风化雨：我家和祖国的二三事

‖ 亚力坤江·艾思格

1978年，16岁的爸爸初中毕业考入新疆新华印刷二厂技工班，坐着班车告别当时在畜牧局工作的爷爷和奶奶，只身离开家乡巴音郭楞蒙古自治州且末县到库尔勒市去上学。那时候来自小县城的孩子考学并不容易，能够走出沙漠，对于整个家庭来说，就是一件改变命运的大事。班车横穿"死亡之海"塔克拉玛干沙漠，走了四天四夜，才到达库尔勒。后来爸爸告诉我，别看沙漠荒凉，那里盛产石油和天然气。库尔勒是一个依山傍水的小城，传说东汉班超曾饮马于此，这条穿城而过的河被称为孔雀河。小城被群山环抱，由于地处大陆内部、沙漠北缘，春秋季节易出现沙尘天气。市郊的出入门户龙山曾是荒山，为了抵御沙暴，人们每年开春在山上开荒种树。就在这样一座小城，爸爸邂逅了来自喀什的妈妈。妈妈是一个美丽的汉族女孩，他们的爱情也像孔雀河的水一样绵长，像龙山上的树一样在两个民族间生根发芽。

1988年夏至，我出生了。在那个年代，维吾尔族和汉族通婚并不多见，爸爸妈妈珍惜他们来之不易的爱情，共同守护着这个家。那时候家并不大，我们一家住在爸爸妈妈工作的厂区平房里。厂里有自己的托儿所，老师给我们教一些简单的知识，我和各民族的小朋友在一起学习生活。那时候的桌椅板凳跟现在比起来很是破旧，但是我们这些小朋友却从来没有被知识亏待。

爸爸妈妈工作的印刷厂里常常印刷各种民族文字的课本、报纸和杂志。那个时代，信息和资讯不够发达，刚刚印出来的，还带着热气的课本、报刊便是我和小伙伴们了解世界的窗口。我最初的阅读启蒙，就是从爸爸妈妈印刷出来的带着油墨香气的文字开始的。

后来爸爸妈妈的工作单位有了变动，我们家也搬进了楼房。我出生后第一次跟随爸妈去妈妈的家乡喀什过春节。喀什是丝绸之路上的璀璨明珠，有着浓郁的民族风情，小孩子最喜欢的要数热闹的大巴扎，琳琅满目的商品和川流不息的人群让这座城市更加多元而迷人。就在那个春节，我才真正走近我的姥爷。姥爷是跟随王震将军的三五九旅挺进新疆屯垦戍边的老军人，他给我讲了很多当年参军的故事。记忆最深的是有一次部队冬天过河，他把棉裤让给战友，却冻坏了自己的腿，我很钦佩姥爷的精神。随着年龄长大，我才意识到正是有姥爷姥姥这样千千万万的兵团人屯垦戍边，才有了大美新疆的和平与安宁。

后来，我考入了西南大学教育学院，成了一名光荣的国家教育部属师范大学公费师范生。从那时起，我就与祖国的教育事业结下了不解之缘。还记得坐火车回家有3000公里，50多个小时的长途跋涉，途径好几个省份，绿皮火车穿行在祖国版图的大江南北。长长的铁轨，从山城雾都连接着雪山脚下的风车、道路两旁的白杨，倏忽间大学四年的时光便飞驰而过。在这里，我读完了本科、硕士，毕业后回到新疆，在新疆幼儿师范学校当了一名光荣的人民教师。巧的是，我所教的班级也是新疆的公费师范生，作为未来的教师，他们学成后将奔赴农村幼儿园。

我是党的民族政策的受益者，也是国家教育事业发展的见证者。支援中西部地区普通高校招生协作计划、对口援疆工作、开设内地新疆班、新疆农村学前幼儿园建设等一系列惠民政策，深刻改变着这片土地，也改变着这片土地上的孩子们。我看到知识让沙漠开出了鲜花，情怀让荒原流淌着清泉。

几年前，我所在的幼儿师范和新疆教育学院合并，如今我已成了一名高校教师。为了适应时代发展对高校教师的要求，我努力通过了"少数民族高层次骨干人才计划"的考试，目前在西南大学攻读博士学位。从学生到教师再到学生，随着身份的不断变化，我越来越觉得自己的命运和国家血脉相依。国家的发展变化影响着每一个家庭，每一个人都在发展变化中付出着自己勤劳的汗水和努力。

再一次踏上求学之路，行走的距离和时间不再像爸爸的班车和我十年前乘坐的绿皮火车那样漫长。如今，出疆也有了朝发夕至的高铁，天堑变通途，两小时的时差也不再是人们曾经认为的遥远与荒凉。这里不仅有资源丰饶的沙漠，更有优美的草场和洁白的雪山；这里牛羊成群，也有高楼大厦鳞次栉比，人们勤劳朴实，安居乐业。祖国的发展牵动着每一个普通百姓的心，我们每一个人、每一个家庭也在自己的岗位上、生活中深刻地改变着。

家是最小国，国是千万家。

（亚力坤江·艾思格，新疆师范高等学校）

# "立"起来的衣服

‖ 杨军民

　　与大伯家分家的时候，我家分到了一孔小窑洞，像样的家具是母亲陪嫁的一个枣木红柜。那是一个老款式的中式柜子，盖子是上下开的，能取下来。锁扣是黄铜的，狮子形，镶嵌在柜子的上沿中央。那一件家具让窑洞显得富华了一些。自然，我们的衣服都被母亲仔仔细细地叠好，放在柜子里。每隔几层就要放上几个"臭蛋"（卫生球），柜子一打开就有一种怪怪的味道。柜子很深，我们也没多少衣服，无非是换季换下来的，每次整理衣物，母亲都要把头扎进柜子里。

　　那一段时间，母亲在生产队劳动，父亲在兰州当合同工。有一年秋季，下了半个月连阴雨，小窑洞的崖面子滑了坡，一块牛大的石头把柜子砸坏了。母亲一边说："没事，没事，只要大人娃娃没事就好！"一边手在柜子上抚摸着，疼在心里头。后来找人修了，柜面子上的裂缝宽的地方足足有一指头宽。母亲只好找块塑料布盖上。

　　等到家里在居民点盖了土坯房的时候，父亲也从兰州回来了。父亲带回了两只大木箱子，箱子大小适中，做得也很细致。父亲听说了家里发生的事儿，知道母亲心疼她的柜子。父亲当时是搬运工，闲了便去火车站捡木板，攒够了找人做了两个木箱子。这两个木箱子没上油漆，上面木纹自然地流淌着。小时候，我和妹妹经常对着那些木纹瞎猜。妹妹说那些木纹像天上的云彩，我说谁说的谁说的，那明明是一头怒吼的狮子，为此我们经常争来争去。在我们的争辩声中，母亲把一些珍贵的浅颜色的衣服从柜子里挪出来。枣木红柜的柜面上虽然被细心的母亲盖上了塑料布，灰土还是往里面钻。

母亲在"臭蛋"的气息中整理着衣服，父亲坐在炕桌前，就着咸菜喝着小酒，哼着秦腔。窗外那棵老槐树上的喜鹊喳喳叫，阳光透过树叶洒下来，忽闪忽闪的。我和妹妹屋里屋外奔跑着玩耍，那是最惬意的一幅生活图景。

有一天，母亲从平凉的姑奶奶家回来，脸色绯红，步子轻快，心里似乎藏着一个秘密，看着我们欲言又止。姑爷爷是平凉城里有名的医生，他们家住在楼房里，过着我们当时最羡慕的"电灯电话，楼上楼下"的生活。

吃晚饭的时候，在饭桌上，母亲终于忍不住了，她对父亲说："他爸，你知道吗，姑姑家的衣服在柜子里是立起来的！"然后眼睛瞪得大大的。那时候母亲还很年轻，穿着一件黑红相间的格子呢上衣，两条大辫子一条搭在前胸，一条搭在后背。看母亲新奇的样子，父亲扑哧一声笑了。父亲在兰州待过，见过些世面，他对母亲说那种装衣服的柜子叫衣柜，衣服是挂在柜子里的，不是立着的。

从那一天起，想有一个衣柜，让衣服在柜子里"立"起来的愿望在母亲的心里迅速滋长起来。

母亲对父亲说："他爸，你看咱都盖新房子了，那棵树长在老庄子院边，万一让谁给伐了……"

"他爸，我今天打老庄子过，看见那棵树让谁划了那么长的口子……"

父亲知道母亲想的是个啥。他找了几个人，拉锯的拉锯，抡斧的抡斧，花了一上午时间把老庄子家门口的那棵大杨树伐了，改成了木板，一层层垫起来放在棚子里风干。木头干好的时候，父亲把村里的木匠王扁头请来，好吃好喝伺候着。斧头锯子的声音，到处飞扬的刨花，还有赶过来"出主意"的邻居们，让平时寂静的小院热闹了起来。母亲跑出跑进地端茶送水，满含笑容。

忙乎了半个多月，大衣柜做成了。没上油漆、两扇门关上有些错位，搬到屋角后柜子老放不稳。王扁头是个半吊子木匠，当时院子不平，柜子是稳的，屋角平了，反倒放不稳了。这件事，大家说起一次笑一次，母亲就制止我们，说不许笑，坏人家名声咧！再说，当时王扁头也没见过能把衣服"立"起来的柜子，也是难为他了。不管咋说，母亲的衣服总算立起来了。

家里的日子一天比一天好，我们拆了土坯房盖平板房了。临搬家的时候，母亲知道邻居李婶请了浙江师傅在做家具，就跑过去看。人家那家具，洋气轻巧，油漆亮晶晶的，还带着浅浅的暗纹。母亲一下就有了主意，让浙江师傅帮她做一个衣柜。跟李婶一说，李婶很爽快，让我们把木料拿过去，等她家的家具一做完就接着给我们做，我们管饭就行。两个瘦小精干、走起路来腿夹得紧紧的像裹着旗袍的小伙子，都是夜间干活，吃大米饭。那几天，我们的大铁锅里第一次蒸上了大米饭。一个礼拜后，衣柜抬回来了，看过的人都竖大拇指："南方人脑子就是活络，手巧！"新柜子和老柜子放在一起，一个婀娜多姿，一个抽抽巴巴；一个是美少女，一个就是村妇。自然新柜子抬进了新房子，旧柜子就放在柴房放一些旧衣服了。

几年前，家里对房子又进行了改造，在平板房的基础上加盖二层，设计成厨卫暖气齐全的小二楼，并请了木工在几个卧室都打了壁橱。一面墙的壁橱，有多少衣服都可以"立"起来。遗憾的是，人还没搬进去，母亲就突发脑出血去世了。后来，搬家的时候，老家具全部被淘汰了，唯独留下了那个浙江师傅打的，母亲用了多年的衣柜。

父亲把那个衣柜搬进了卧室，把母亲穿过的那些衣服一件件整齐地挂起来。那个衣柜，那些衣服，饱含着母亲对好日子的渴望，见证着一个家庭生活的变迁。其实这些年，"立"起来的何止是衣服，还有我们的好日子呀！

（杨军民，宁夏回族自治区石嘴山市大武口区燃气公司）

# 大爷爷与老家

‖ 马云龙

　　大爷爷大号叫建国，今年八十有八了。他原本不叫这个名字，叫兴文，我爷爷排着他叫兴武，"文武双全"，都是老太爷给取的。但到了1949年10月后，很多新出生的小孩儿都取名叫"建国"，大爷爷觉得这个名儿很时髦，就自作主张把自己的名字改成了建国。我爷爷一看大哥改了名儿，就嚷嚷着要大哥把他的名字也给改了，结果大爷爷给他改了个"建设"，寓意建设新中国。老太爷气得顿着拐棍儿连声叫："儿大不由爷！"

　　大爷爷的童年正赶上日本侵略中国，每天看到日本兵挎着东洋刀到处耀武扬威的样子，大爷爷都气得牙根儿痒，只是由于年少力弱，恨不能亲手宰他几个。等到年龄稍大点儿，大爷爷就给当地的共产党游击队站岗放哨，还跟随队伍偷袭日伪军的炮楼子，一直到日本鬼子被赶出中国。

　　十七岁那年，大爷爷随解放军参加了平津战役，后随部队进入北平城。1950年，他又参加了抗美援朝战争，先后荣立两次三等功，最后以团职干部身份光荣转业，被分配到东北一家大型机械厂当高层领导，还娶了一位年轻漂亮的当地姑娘（我大奶奶）为妻，并且在那里安家。

　　工作成家后的大爷爷，好多年才回我们这小山村一趟。老太爷老太奶早都没了，他回来一次，就是在我爷爷屋里的他这五个侄子侄女家转转，间或到我姑奶奶家和其他远房亲戚家看看。

在老家人的眼里，大爷爷就是一尊神。哪个亲戚能把大爷爷请到家里来，都觉得很自豪，都觉得自己被给了很大的脸面。大爷爷每次回来都坐火车，1000公里的路程，加上中途倒车候车，从他家到老家，得用两天多的时间。厂子里给大爷爷配备着小车和司机，几十年来大爷爷坐小车出差跑遍大半个中国，却一次也没有专门坐小车回过老家。

那时候大爷爷回来一次只待三五天，我们小孩子都盼着大爷爷能来自己家，因为大爷爷去谁家就给谁家的孩子买些好吃的，都是我们没吃过甚至见都没见过的。当时各家条件都不是太好，大爷爷在我大伯家吃住多一些。大伯两口子都是教师，城镇户口，经济上相对要宽裕一点儿，吃的白面饭也比别人家多一些。另一方面，大爷爷自己没念过多少书，他特别敬重文化人，说自己心里想的啥，人家老师一听就全能理解。

大爷爷不回来的时候，隔两三个月就来一封信，询问一下各家的近况，和老家又有什么新变化。信一般都是寄到大伯处，大伯再拿给大家看，最后代表各家给大爷爷回信。后来老家各家人也安装了电话，联系方便多了，但是老家人每次打电话过去，大爷爷都不接，然后再回拨，说电话费不便宜，还是他来掏，让我们随便唠，想说多久说多久。

大约八十年代中期吧，大爷爷回来了一次，穿着当时特显高贵的呢料的衣服，戴一顶呢子帽，脖子上挂着一架"傻瓜"相机。大伙儿平时照相都是去街里照相馆，头一次见到这么小巧的照相机。大爷爷就把相机摘下来，让围拢着的大家伙儿排队，挨个儿给我们拍照。最后给我爸照的时候，大爷爷让我爸坐在我家那台新买的熊猫电视机前面，又把旁边的小鸭洗衣机往近前挪一挪，让我爸一手搭在洗衣机上，说："我把你家这两个'大件儿'都给照上——'三大件儿'，你这还缺个电冰箱啊。好好干，争取我下次回来给你照个全科的。"

等下次大爷爷再回来，已经是九十年代的事了。大爷爷已经退休，退休后的大爷爷回来得勤了，隔不了两年就回来一次，回来一趟待的时间也延长了，哪回也得半月二十天的。远近亲戚和曾受过大爷爷帮助的乡邻们知晓后，纷纷来请大爷爷过去做客，去了，一律是下饭店，好酒好菜好招待。到最后，大爷爷不得不躲藏到我爷爷屋里，让我们对来请他的人说他已经回去了，那些人才罢休。

大爷爷说不回来时想老家，回来了恋老家，不想走。没事儿的时候，我们轮流陪大爷爷去街里溜达，每到一处大爷爷都要感慨上一阵子：城东河上原来只有一座又窄又坑洼还没有护栏的水泥桥，现在呢，河面上间隔飞架着四座宽阔的现代化大桥；原来的街里只有一条破大道，现在呢，平整的大马路纵横交错、四通八达，蜘蛛网似的；原来整个城里只有一座楼，总共三层，现在呢，各个小区高楼林立，大多是带电梯的一二十层高的楼……最后，大爷爷总要在嘴底喃喃地念叨两遍"太快了，太快了……"

2000年之后，大爷爷因为高血压心脏病，身体越来越差，回来的次数逐渐减少了。好在大爷爷与时俱进，电脑和智能手机都玩儿得挺溜，先是上QQ，后来上微信，每天都和老家亲戚们在网上联系，视频，说话。他总是叮嘱我们多拍些老家的景色传给他，一次看到我传过去的老家城里宛如仙境的霓虹夜景，大爷爷赞不绝口："太好了！一点儿都不比大都市的差！"

"老家能得到你大爷爷这么由衷的夸赞，确实不容易！"我爷爷靠在摇椅上慢慢晃悠着，总结道，"过去多少年，吃喝穿戴住用行，你大爷爷家的生活总是领先咱老家一大步，老家的亲戚们总是处在追赶的状态中。可是现在你再看看咱们老家人——住着回迁的楼房，开着小车，星级饭店都吃腻了，成天到处去踅摸农家饭，还时不时坐上飞机出国去溜达一圈儿……不但样样不缺样样不差，在有些方面还对你大爷爷家实现了反超！"

前阵子我们一家去大爷爷家所在的城市来了次自驾游，主要目的也是看望一下大爷爷。耄耋之年的大爷爷面庞清瘦但精神依旧矍铄，说话声若洪钟，丝毫看不出是安着四个心脏支架的老人。他和我们谈笑风生，从他参加抗日战争、解放战争,一直聊到改革开放之初他乘飞机坐轮船去深圳去香港……讲到这儿,大爷爷的神情忽然黯淡下来,说近些年他因为高血压心脏病,甭说飞机轮船了,就是汽车火车坐时间太长了都受不了颠簸和劳累,所以尽管天天想老家,却没法再回去看看……说着,他眼睛里竟有泪花闪烁了。

我赶紧说:"大爷爷,我正要报告您个好消息呢——新建的高铁从咱们老家经过了,现在已经正式通车了!"说着我拿出手机,找出临来时拍的老家新建高铁车站的照片和短视频给他看。"没告诉您,就是要给您个小惊喜呢!"

大爷爷盯着手机屏幕连看了两三遍,一双皱锁的白眉慢慢地舒展开:"好,好啊!这种列车跑起来一小时至少掉不下300公里呢!"

我说:"是啊!以后您可以坐高铁回老家呀,仨小时就到了——我坐过一次,特平稳呢!"

大爷爷连连点着头,一边抚摸着自己早已秃顶的脑袋,一边望着我们,露出几颗稀疏的牙齿,孩子般兴奋地笑了。

(马云龙,河北省平泉市平泉镇老杖子村)

# 三代人与电话

‖ 王 璐

"丁零零，丁零零！"

突如其来的又尖又急促的声音，把正在办公室中玩耍的我和小伙伴吓得愣住了，我们停下手中的折纸，一起转头看向声音发出的方向。

是隔一张桌子的桌上，一个黑色的东西，还垂着一根长长的线。我们正发愣呢，突然又是连续的响声，似乎一声高过一声，一声急过一声。

那年，我四五岁，经常跑到妈妈的办公室里玩。

那时，我家住在一个大杂院中，单位和居住区混在一起，我家就住在我妈单位的后面。那个大杂院里有好几所单位的干部职工，房子都是一排排的平房，没有院墙，连单位也是就在办公室门上钉个小牌牌。

我经常自己在家睡醒了，看不到大人，就跑到前排办公室中找，找不到也没关系，叔叔阿姨们都认识我，他们有时逗我玩，有时我自己玩。

去的次数多了，经常会碰到这个黑黑的东西响，然后看到一个叔叔或者阿姨走过来，拿起上面的话筒，拖着长音道："喂——"阿姨们常常是发第二声，叔叔们更多的是发第四声。中原人的性格耿直，无论男女，讲话声音都是很大的，有时候需要找人，更是提高了嗓门，站在屋檐下或是向着窗外喊："某某某，你的电话。"

我虽年纪小,但也知道了,这个黑东西叫电话,有时候我站在旁边,可以听到从那个放在耳边的话筒中,传来奇怪的讲话声。

有着这些经验的我,碰到电话声响,周围又没有大人,这时便勇敢地跑过去,拿起了话筒,那边传来拖着长音的"喂——"我的勇气已经用尽,此刻吓得不知道怎么好,更不知道怎么去回答了,于是一把把电话挂了回去,然后就跑回家了。

读了初中,在家境比较好的同学家中,已经有了电话,一般都是放在客厅醒目的位置,按照大家理解中矜贵公主的服装类型来装扮:盖上一块漂亮的带蕾丝花边的布,话筒上手握的部分也会穿上一件同花型的"小衣服",以凸显它是家里的一件昂贵物品。

有一天,一个在外地做生意的人回来了,穿着光鲜地坐着,一堆人围在他身边,听着他眉飞色舞唾沫横飞地讲着话,那架势就像阿Q发财后回到未庄的情景。他面前的桌子上摆着一个黑色的砖头块,它有一面呈现弧状,上面排列着一堆数字的按键,它像太上老君装仙丹的宝葫芦一样,引得围观者对着它垂涎三尺。这当然就是最初的大哥大了。

无论是电话还是大哥大,离我的生活都还很远。

我上了高中,有次生病,高烧将近四十度,两天了,一直没退,头昏昏沉沉的,全身骨头都在疼。开始我还勉强撑着去上课,第二天实在撑不住了,跟老师请了假,回到宿舍收拾东西准备回家。错过了食堂的饭,我居然还没烧糊涂,一个人跑到对面的小吃街,吃了一碗浇了许多软烂豌豆的面,然后看到旁边是邮局,我虽一直知道里面有公用电话,但从来没打过,总觉得打一次长途电话需要很多很多钱。这时突然就觉得应该给妈妈的单位打个电话,告诉她一声,在等待对方喊人的过程中,我心疼得感觉像是在烧钱。

我"喂"了一声后,立刻觉得两天来压抑着的委屈辛苦一下子都出来了,只说了一句"我发烧了,很难受",便开始哭起来。妈妈在电话那头一个劲儿地安慰我,告诉我快点回家。放下电话付款时才发觉,打个电话并没有想象中那么贵。

上了大学,电话才真正走入了我的生活。

那是内部电话,宿舍楼的每一层都有一个,刚开始还没有用习惯,有事找人仍是气喘吁吁地跑到对方的宿舍,过了一个多月,才慢慢地习惯了电话的正确使用方式。与此同时,家里也装上了电话,爸妈很正式地打过来,告诉我号码,我也很郑重地拿出一个小本子,记了下来。

这一年,我不到二十岁,我父母不到五十岁。

那个年头,装个电话极不容易,要提前好久到邮局申请,然后交上好几千块钱的初装费,回去等消息,这一等,常常就没了下文;有眼力见儿的就赶紧托人找关系,小城就那么一点大,七拐八弯的,都有着千丝万缕的联系,于是第二天就有人上门来给拉线了。

自此,电话便再也没有离开过我的生活。在学校,在单位,都有内线电话;出门在外,就备好电话卡,先是磁卡,后是IC卡,街头巷尾的公用电话也越来越多了,还有投币电话,打电话是件再普通不过的事了。

电话的概念,便是远程通话,直到数字手机的兴起,才有了短消息的概念。

其实手机平常并没有什么用,工作日都在单位大院中,家家户户及每间办公室都有内线电话,如果需要打外线,买一张201卡,输入卡号及密码,便可以打了。周末也并不常出门,手机的实用价值并不是那么高,但是同事们陆陆续续都有了手机,似乎大环境之下,对手机的需求性也跟着攀升了。

最终促使我决定买手机的,是因为一个远道而来的同学。

头一天,同学便跟我约好,并把车次、时间告诉我,然后他登上火车出发了。我第二天早早起来,掐着时间点提前来到火车站,我们约好在火车站广场前的快餐店碰面。

单位到火车站需要约一个半小时,出门一趟极不容易,辛辛苦苦赶到了,左等不来,右等也不到,中间着急得要炸了,却愣是一点办法也没有。因为那位同学也没有手机,一旦出门在外,根本就没有办法联系上。终于,在等了两三个小时之后,无功而返,白跑一趟,前后花去了五六个小时,这一天基本算是废了。

这件事刺激了我,于是,在我工作两年之后,买了第一部手机,以后再也不用担心漏接家里电话了,再也不怕接人接不到了。

很快,我父母也有自己的手机了。这一年,我二十出头,我父母五十出头。

以前他们特别引以为豪的座机,也很快变得鸡肋一般,再后来搬新家,索性就淘汰了。

我有了女儿,她一出生便习惯了电话的存在,就像是吃饭的碗一样普通。她的玩具中有一部手机,她会煞有介事地用小指头点点点,嘴巴里模仿着拨号音,然后再拿起手机放在耳边,拖着长音"喂——"她在还不会讲话时就学会了接电话,在这头咿咿呀呀,不慌不忙,说着谁也不懂的婴儿语;她三四岁时,便学会了给小朋友打电话:拨号,喊人,说事情,然后道再见,挂上电话,一气呵成。

这让我想起当年我在妈妈的办公室第一次接电话时的慌乱,中间隔了将近三十年的光阴,这个世界已然大不同了。

以后的日子,便围着女儿转,计时的方式也变了,改成了以女儿成长的阶段来计时。

女儿上小学了,我因为工作原因没法接她放学,她又不肯去托管,好在学校就在楼下,我便让她自己回家。为了安全,给了她一部手机,款式和我的第一部手机差不多,可以接打电话、发短消息,还有一个贪吃蛇的游戏。她在同学中算是第一个拥有手机的人,这部手机给了她极大的存在感,只要出门，她的小背包中一定装着这部手机。

这时，我用的已经是人生中第三部智能手机了，前两部不过是用来拍照、听音乐、收一下邮件，紧急情况下用QQ聊一下天。当时还没有开始使用Wi-Fi，想上网都是用流量，费用高昂，实在很金贵，轻易状况下是不敢动用的，也很少有用的需求，因为有事发一下短消息便够了，消磨时间可以用离线的音乐、图书、游戏等。

女儿对此羡慕不已，经常玩我的手机。我给她下载了一些好玩的App，有音乐的，有学习的，还有一些小游戏。当时，我还跟女儿许诺，等她上了初中，便给她配一部智能手机，在此之前，她那个小手机足够使用了。

谁知，电子设备及技术的发展，远超出我的预想，等到女儿上到三年级，我又换了新手机。微信已经很普及了，各种App雨后春笋般疯长，我的旧智能手机，便淘汰给了女儿。

这一年，我三十多岁，女儿不到十岁。

很快Wi-Fi也出现了，Wi-Fi与智能手机的组合，疯狂地横扫一切，让我们一家三代人同时沦陷了。

女儿申请了自己的QQ号及微信号，很快，在她们小朋友中建立了许多微信群——小孩子对新生事物有着天生的敏感性与极高的接受度——并无师自通地探索出了智能手机的各种用途。

而父母像走进了一个新世界一样，那种沉迷狂热，远超过了我们。妈妈不再看电视了，爸爸也不玩电脑了，而是无时无刻不在看手机。他们与失联几十年的老同学老朋友重新联系上了，他们会往家庭群中不停地转发各种信息，每天计算着走了多少步，他们甚至还学会了用手机购买火车票……

我更是处处离不开手机，订酒店，订机票，点外卖，网购，查路线，查银行账户，看病挂号，交水电费，充值，和朋友联系，工作中发文件……我已经数不过来它的用途了。

手机不仅仅是电话了，手机是我们生活的一部分——观察走在大街上的人，就会发现，人们不再像以前那样把手机装在包里或是口袋中，而是拿在手里，哪怕是等红绿灯的几秒钟，都会拿来刷一下——我们就像昆虫一样，手机是我们探知了解外面世界的触须。

父母那代人，与新中国同龄，我则是与改革开放同龄，而我的女儿，则是新世纪的一代。我们三代人，我们都用自己的生命，在感受着时代变迁带给我们生活方式的改变。

（王璐，广东省作家协会会员）

# 山乡春色美

‖李人庆

"好雨知时节，当春乃发生。"

一夜春雨过后，杏花开了，梨花白了，桃花在天边燃起片片云霞。但这样的日子不长，很快，大自然就早早地收起了画笔，那五彩缤纷，那姹紫嫣红，又慢慢归于沉寂，只留各种各样的绿，蓬蓬勃勃地生长起来，让我们感受这个春天急切的心率。

这样的季节，很容易就让我想起了老家，想起了家乡的山水。于是，选择在一个雨后初霁的日子，满怀眷恋和期盼，我又踏上归程，回到山里的老家。

老家在大山深处，山环水抱，除了穿乡而过的国道两旁、清水河畔的有限耕地，其余的便是绵延不绝的山了。故乡的山很慷慨，只要有土，就会有绿色的生命生长；故乡的水很特别，山有多高，水就有多长，从你站在沟底仰看山顶云雾缭绕，及至爬上山巅，一路上都有细泉在脚下低吟。也正因为如此，故乡的山上到处呈现出一派生机盎然的绿来，陡峭的悬崖乃至岩石的夹缝，都会生长出绿草长藤、杂木树丛。

春雨过后的山乡，熏风和畅，平添几多妩媚，更显得鲜活而神采飞扬。放眼望，满目绿屏翠嶂，灵秀而静谧。那一望无际的绿色啊，高高低低，远远近近，或浓重，或恬淡，或明黄，或鲜嫩，绿得耀眼，闪着油光，让人心醉。

出四棵树街，就是环绕小村的大河，地图上标注为清水河，但我们习惯按方位叫它南河或西河。沿那条自西向东到了村头又折向东南，然后再一路向东的河流，两岸又分生出柴沟河、龙潭沟河、张沟河、迷沟河等数十条河流，一样的流水潺潺，挤满天空云影，倒映着绿水青山。

沿一条条平坦的水泥路，或者弯弯的山道，或向南，或向北，随意地踽踽而行。雨后初霁的天空，蔚蓝，洁净。路面潮润，晶莹的雨珠，也许是露珠吧，挂满嫩绿的草尖，还有伸向小路的每一个枝叶，辉映着七彩阳光，就连空气都湿润得似乎能拧出水来。

愈往山里走，绿色愈凝重，叫不上名儿的花儿、草儿竞相出镜。多情的小鸟时而欢呼雀跃，时而私语几声，和着脚下的流泉、身旁的飞瀑，疑入仙境。猛然，一束练带似的白云不知从哪里轻轻扬扬飘将过来，先是萦绕在对面的山尖，继而又缠绕在山腰，很快，它又像一叶轻舟悄无声息地驶进了身后的沟底，并迅速弥散开来，展现给你山如孤岛、云似沧海的壮丽景观。

行走山间，不时会有扤着竹篮、提着袋子的男男女女擦肩而过，随即隐入碧波荡漾的山林，那是上山采摘野菜的人们。但在老家，却没有人说"采"，而是说"打"。打拳菜、打臭娘叶、打珍珠花、打山韭菜……这情景和江南的采茶类似，只是多了些北方的剽悍，少了点南方情歌满山的诗意与缠绵。

如果说前面扑入眼帘的第一眼只是一种纯粹的绿的话，那么，走进大山深处，排山倒海般翻涌而来，展现给你的是郁郁葱葱、几近原始的自然景象。山林里，大片大片的杜鹃花恣意绽放，开成了海，红的热烈，紫的浪漫，与绿色相映成趣，勾画出一幅彩笔描绘不出的绝美图画。有风吹来，万枝摇动，"沙沙"声如雨降山林；红日初照，浓荫匝地，阳光斑驳，如星儿闪烁，宛若置身仙境。随意地在这大山里行走，你会发现，林中有石，石畔有竹，竹下有花，花中有野蜂、彩蝶飞舞，天然成趣，美不胜收。

山高水长，就多瀑布。在老家，看瀑布是很寻常的事，几乎每座山、每道沟都有，或飞流直下，响声如雷；或飞珠溅玉，若琴若鼓；或恬美柔静，如细雨洒落，各有千秋。看瀑布，最好别忘了去平沟、莲花盆、珍珠潭、美女沟……每一处都让你流连忘返。不身临其境，难以想象它的绝美；不身临其境，更难领略"飞流直下三千尺，疑是银河落九天"的恢宏。那一个个瀑布是一条条山涧小溪汇聚成的一腔幽怨的野性，在山谷中寻找自己生命的悲壮和辉煌，它们在一往无前的执着追求中，不知不觉凌空定格成一道道美丽的风景。

故乡是一个山的世界，大山曾阻隔了几代人的梦想。故乡的人们曾不无遗憾地说："俺这儿的每架山、每道沟都是一幅画，够你看上半天！但光看能当饭吃？"这话还真叫乡亲们说对了。秀美的山水为家乡旅游业的发展提供了得天独厚的条件，随着旅游产业的不断壮大，纯朴的乡亲们纷纷依托丰富的旅游资源卖山货、搞开发、经营农家乐，衍生出了食用菌种植、林果种植、中药材种植、野猪养殖、山羊养殖等支柱产业。如画的山水不仅解决了贫困人口的温饱，还给乡亲们带来了滚滚财源和希望，绘就了一幅幅人与自然和谐相处的美好画面。

"适与野情惬，千山高复低。好峰随处改，幽径独行迷。霜落熊升树，林空鹿饮溪。人家在何许？云外一声鸡。"故乡是一幅恬静的山水画，故乡是一首隽永清丽的诗，它在你的眼睛里，它在宋代诗人梅尧臣《鲁山山行》里。只要你踏上这块土地，不知不觉中，你就醉了。

（李人庆，河南省作家协会会员）

# 三个难忘的"9"年

‖ 年　越

我是一名90后,是在改革开放的春风里长大的一代。回眸岁月是风景,转眼光阴成故事。伴随着波澜壮阔的时代变革,我从少年到青年,经历了三个难忘的"9"年。

## 1999年,烟花与烛光

那一年国内发生了许多大事要事,新中国成立五十周年,天安门广场举行了盛大的阅兵式,央行发行了第五套人民币,首次举办了世界体操锦标赛……而在东北小城一个九岁孩子的眼里,最欢乐的莫过于庆祝澳门回归的盛大活动。从市政府到火车站的这条主干路,变成了万众欢腾的步行街,市民们挥舞着手中的小旗,学生们唱着《七子之歌》,仿佛元宵节逛花灯般热闹。白雪掩映下,万千礼花争相腾空绽放,璀璨的光芒将夜空点亮,也将我心中的拳拳爱国之心点燃。九岁的我,第一次为祖国的繁荣昌盛感到骄傲与自豪。

与漫天烟花的绚烂夺目相比,童年记忆中的另一幅画面却显得有些暗淡。我时常想起那样的夜晚，在烛光摇曳的老屋中，爷爷给我讲故事。小时候，家乡总是停电，蜡烛就成了家家户户的必备品。每当灯光骤熄，星星点点的烛光像极了黑夜的眼睛，眨着眨着，整个城市就沉沉睡去了。停电的夜晚，是安静的，是鲜有娱乐的。而越是到节假日，越是有可能停电。每年回乡下过除夕的表妹一家，更是许多年没能看过春晚。

也许，那些年东北小城的电力紧缺窘境，是全国的一个缩影。也许，就是从那时起，一颗小小的火种落到了我的心里。我想成为一名电力人，我想灯火比烟花璀璨，我想夜晚永远有光明。

## 2009年，歌声与书声

时光像是和我一同坐上了崭新的动车组，一路向前。那一年，我19岁，刚读华北电力大学不久，常常在家乡与北京间往返。动车组在华北平原上飞驰，车窗外不时掠过巍峨的输电铁塔、高耸的风机，就像是美好生活的守护者。

那一年，时逢新中国成立六十周年大阅兵，我们要作为高校学生代表参加庆祝活动，走过天安门广场，接受祖国和人民的检阅。集训的日子格外难忘。每天早上六点，校园广播准时在欢快的旋律中醒来，《在希望的田野上》的歌声响彻整个校园，那是方阵训练的集结号。盛夏的北京，骄阳似火，即使隔着衣服，也晒得皮肤火辣辣的疼。如今回想起那时，一群青年学生晒得黝黑，穿着花衣服，专注地举着花环训练，那稚嫩的模样一定很好笑。

我们的未来，在希望的田野上，伴着歌声，我们满怀激动地走过花团锦簇的长安街，走向知识的海洋，走向明媚的未来。也是在那一年，我在专业课上初识北仑电厂。500万千瓦的火电总装机容量位居国内首位，两台百万机组投产发电，机组先进，效益一流。在教授的讲述中，一幅气势恢宏的画卷在我脑海中徐徐展开，一个声音在我心中越发响亮，我想去看看。

## 2019年，小家与大家

时光的指针匆匆滑向2019年。这一年，我的生活发生了很大的变化，我在宁波市北仑区有了自己的小家。我最喜欢那些天气晴好、略有微风的傍晚。如果倚窗而立，向着海的方向眺望，能看见四根烟囱在高楼林立的城市边缘若隐若现。那儿就是北仑电厂，是我工作的地方。

这已是我工作的第四年。我还记得那些初见的小美好，第一次走进厂区的欣喜，第一次戴上安全帽的激动，第一次操作时的忐忑和第一次值夜班后的困倦。多少个不眠之夜，我在海边的升压站迎来了日出。东方既白，白鹭翩跹飞舞，不远处，运煤船款款驶进码头。旭日将海水染成橘红，又在叽叽喳喳的鸟鸣声中倏地跳到输电铁塔上，刹那间散发出万丈光芒。这一刻，总是让我忘记了一切疲惫。

每个工作日里，我都走在厂区郁郁葱葱的香樟树下，当风拂过树冠，树叶沙沙作响似声声低语。我常想，如果香樟树会说话，会不会与常来做伴的白鹭讲起，这里天蓝水清，污染物近零排放；这里灯火常明，有一群因为热爱而努力工作的电力人。

忙中岁月不知年，又是一个春天，同事们和我一起又种下一棵小树，电厂花园里添了新成员。而我也想像小树一样，在东海岸边的沃土上，深深地扎根，努力地成长，早日成为电力大家庭里的有用之才。也许，每一个历久弥新的梦想，都会化作指引成长的光亮。如今，我每天戴着党徽出门，穿着工装回家，仿佛能看见年少时的梦想正在抽条展叶，开花结果。

岁月不居，时节如流，这三个难忘的"9"年中，神州处处皆热土，电力行业日新月异，电力人的"小目标"正在与强国梦的"大图景"交相辉映。时逢新中国成立七十周年之际，而立之年的北仑电厂正与时代脉搏同频共振，向着世界一流的美好愿景勇往直前，为华东地区经济腾飞注入源源不断的动力。而我，作为一名年轻的电力员工，已准备好沿着新时代的"线路图"逐梦奔跑。

期待2029年，期待更加美好的明天！

（年越，国电浙江北仑第一发电有限公司）

# 春到红安小丰山

‖ 秦和元

小丰山村是红安县城关镇的一个小村庄，距县城二十分钟车程。这个村因倒水河畔的小丰山而得名。

倒水河自北向南而来，被小丰山阻住了去向。所谓"青山遮不住，毕竟东流去"，小丰山不仅没能挡住倒水河，反被河水冲出一个很大的湾潭。

立春时节，潭水碧清碧清的，但还是看不见潭底——怎么能看得到呢？据说它有十几米深哩，山脚也被淘空了好几米。这样的潭，深水处就不再是碧清，而是黛青。这样的潭，传说藏龙喜欢出没于其中，因此叫龙潭。老人们都说潭里有龙，可小孩子们不信，外甥说，他们几乎就是在潭里长大的，从没见到过龙，倒是抓起过不少鱼。

千万年来，河水在淘空山脚的同时，山上的土石不断垮塌，直到垮塌成逼上逼下的九十度，不能再垮塌了，悬崖峭壁上，就长满了茂盛的树木。但无论怎样陡峭，无论怎样险要，还是挡不住垂钓者的脚步，他们在丛林里踩出"之"字形的挂壁小路，在水边搭建简易而结实的钓台。天然野生的鲤鱼、鲫鱼、鳜鱼、黄颡鱼、鲶鱼……对他们是巨大的诱惑，更大的诱惑，是从十几米的深水里，把鱼儿提出水面的那种感觉，当然还有这里奇异的风景！

一块巨大的青石，像一艘航船停泊在岸边，村民们叫它"船石"。

换个角度看，巨石又酷似虎头。相传很久很久以前，龙潭里的青龙常常兴风作浪，掀起水患，危害百姓。山上的白虎见义勇为，下潭捉拿青龙，二者在水里或出或没，鏖战三天三夜，胜负难分，最终白虎骑压着青龙的颈项，青龙缠住了白虎的后腿，白虎只能露出头部。不过，青龙再也不能制造水害！人们为了纪念白虎英勇的献身精神，又将这大青石命名为"虎头石"。

这虎头石是天然的好钓台。

我不钓鱼，外甥就带我在密林中穿梭，上到了山顶。

春风拂面，树木嗖嗖作响，是阵阵欢唱。

一棵连体的朴树，特美，它从一米以上分开，向两边生长，粗壮的虬干，茂密的枝条，仰头而望，就是一幅繁笔水墨丹青——夏日就是两顶巨大的华盖。年近四十的外甥说，这树从他记事的时候，就是这个样子，至少也有几百年的树龄吧。

南坡比较平缓，梯级茶园里，一垄垄茶树，像一道道深绿的浪纹。

茂盛的竹林，给小山村搭上一条青绿的围巾，暖暖的。

一条潺潺的小溪汇入倒水河。外甥说，现在枯水期看不出来，夏秋时节，泾渭分明，就像长江和汉水交汇处的龙王庙。

村前的池塘，四周都用水泥石头垒砌成坡岸，还有方便村民洗刷的台阶。古树倒影在水里，是绝美的摄影作品。由黄冈市扶贫工作队援建的蔬菜大棚，整齐美观。

大河深潭，峭壁悬崖，磐石如船，古树参天，竹林茶园……这地方太有特色了，必须与朋友分享，让更多的人都来看看。

可是，每个人总是有自己的一点杂事，直至四月才得以成行。

我们七八个文友受到村委会的热情接待。这次我才知道，行政区划上的小丰山村，下辖五个自然垸，其中周家畈最大，历史最悠久，清朝同治年间的石碾，在重新修建的碾屋里保存完好。看到这石碾，我立即背出了母亲教的谜语儿歌——

  青石板，板石青，
  青石板上钉铁钉，
  铁钉上面安转转，
  转转旁边驾畜生。

  此外，我们还见到了石磨、石碓。
  周家畈坐北朝南，后面是小丰山，前面是静静流淌的倒水河。
  倒水河是长江的一级支流，河边的防护林像卫兵似的，站成几排，站成了墙，蔚为壮观。那些白杨和水杉，笔直挺立。
  就在这树林边，小丰山脚下，两座黄墙黑瓦的农家小院十分别致。周主任介绍说，这是新建的农家乐。看到这怀旧的农舍，我立刻想到了"中国最美的泥巴酒店"歌娅思谷，想到了大悟金岭村：那土砖做的外墙，以及土砖里的稻草。小时候做土砖的情景，像电影镜头一般浮现在眼前——
  我们把镰刀绑在长凳上，让刃朝上翘起，将一把一把的稻草割成四五寸，均匀地撒在泥巴里，再牵上两条耕牛，不停地在泥巴里转啊转，踩啊踩，直踩到见不到一点稻草，泥巴就踩熟了，就可以装进砖模里做砖了。这稻草就是泥砖的筋骨……
  房屋四周，洁白的槐花，在新发的嫩叶间，格外明艳。这白白嫩嫩的槐花，一嘟噜一嘟噜的，伸手可及，可诱人了。土灶现成，柴火现成，油盐现成，鸡蛋现成，面粉现成。儿时跟母亲学的技术，可以露一手了。大家把那一串一串的槐花，捋成一颗一颗的，那喷喷的香味和丝丝的甜味，让人醉意蒙眬，飘飘欲仙。槐花蛋饼，槐花煎粑，槐花蒸糕……嘴里塞满了，还在不停地说，好吃，好吃。
  看到大家狼吞虎咽的馋相，周主任说，槐花其实没有软萩好吃，软萩粑才是红安最有特色的风味小吃，软糯香甜，美味无比。你们早来半个月就好了，到处都是金黄的油菜花，花丛中，田边地头，都能掐到软萩。你们自己可以用舂碓把软萩舂成泥状，我们有现成的糯米粉，你们可以自己做软萩粑……

别说了，别说了，欠死人的。明年一定来吃……什么粑？

软萩粑。

对对，软萩粑，明年一定来吃。

周主任把我们带到一片广阔的水田边。泥田里，荷叶是真正的才露尖尖角。他说，现在看到的都是烂泥田，你们六七月份再来，那才是我们这儿最美的时候。我们这是只结莲蓬、不长藕的铁香莲，花特别盛，特别美，花期很长，用你们文人的话来说，映日荷花别样红啊！

沿着宽阔光洁的水泥路，我们走进了一座大院。小丰山村的村办企业，是一家现代化的食品加工厂。两个车间，一个是莲子加工车间，从莲蓬中剥莲子，到莲子去壳成红莲，到红莲脱衣成白莲，再到抽出青芯，研磨成粉，全在流水线上一次性完成。这个车间，不仅轻松地将全村五百多亩铁香莲加工成工业产品，而且，还承接全县几千亩铁香莲的生产加工订单。

另一个是酸辣粉生产车间。酸辣粉的原材料是苕粉。红苕是最适宜丘陵地区广泛种植的农作物，这个我很清楚。小时候，生产队分得最多的粮食就是红苕，家家户户都有一个大地窖，红苕从头年深秋一直吃到次年仲春。红苕易种易收，产量高。而且，红苕是现在公认的营养丰富的食品。因此，我认为这个苕粉生产车间，对于解决家乡的三农问题，对于改善红安的农业经济，都有十分重要的意义。

东风浩荡，春光明媚，槐花飘香。人间四月天，尽管不是小丰山最美的季节，但是家乡的崭新面貌，令人欣慰，令人振奋。

家乡的父老乡亲，在注重生态环保的前提下，充分利用得天独厚的自然资源，因时就势、因地制宜地开发乡村旅游，虽刚刚起步，却独具特色，势头非常好——望得见青山,看得见绿水,记得住乡愁。

从精准扶贫、输血脱贫,到致富奔小康,小丰山迈开了坚实的步伐。

待到风光不与四时同,我们还要来,来看映日荷花别样红。

(秦和元,湖北省红安县人,中学高级教师)

# 稻香之恋

‖ 吴术球

我的家乡濒临洞庭湖滨，素有鱼米之乡的美称，每年种植水稻两季，春播时大地绿如茵，秋收时田野黄似金。秋收后留下的稻草就像药铺里的甘草一样普通，农家的院落处处有它的身影，乡野的阡陌处处有它的踪迹，但它却是乡里农家的宝贝。在缺电少煤的年代，它被人们当作生火烧膛的柴火，虽不耐烧却易燃且旺；在瓦不遮雨的时期，它被人们作为遮风挡雨的建材，虽不耐看却冬暖夏凉；在天寒地冻的时节，它被人们扎成护种育苗的草席，虽不耐用却能化作春泥更护秧。种瓜栽豆，人们把它搓成拉棚搭架的草绳；赶鸟驱雀，人们把它扎成看稼护果的草人。它还是孝子身上披麻戴孝的草饰，农夫脚下跋山涉水的草鞋，禽畜窝棚里驱寒保暖的草包，牛羊栏圈中充饥填肚的饲料，孩童心目中斗狠撒野的玩具，少年肩头走村串户的草龙，更是农家床上柔软的床垫。

母亲挑选制作床垫的稻草是很讲究的。水稻分夏秋两季，铺床塞枕以立秋后秋收的稻草为佳，稻秆饱满笔直、未遭虫咬是首选。母亲把金黄色的稻草放在阳光下均匀散开，曝晒两三小时之后，用手逐把逐把剔除稻草根部的菱叶，再将亮晶晶、金灿灿的稻草整整齐齐地码在稀稀疏疏的几根竹质或木质的床板上。在蓬松的稻草上垫一层棉被褥，再裹一层棉纱布，然后铺一块纯棉的床单，睡上去温馨又舒适，让人感到有一种暖暖的安全感，既不会硌得皮肤瘙痒，又能使你在睡梦中闻到泥土淡淡的清香和阳光的味道。要是天气潮湿，稻草床垫是原生态的抽湿机，床上的被子不会发霉，床下的地板更不会积水。铺在床上的稻草一般一年一更换，期间每月会在日照强的日子进行翻晒。晒草时母亲俯身卷起床单的四角，将被子、棉絮、被褥、枕头等床上用品一股脑儿打包放在一边，再将稻草依次搂出，分散摆放在横架于高凳的木梯上，让其充分接受阳光的爱抚。在搂草翻晒中，可以找到两角、五角的毛票。经过身体的碾压，曾经残留在稻穗上的稻谷随着母亲轻快的脚步款款落下，引得家中的老母鸡一路昂首追赶，咯咯叫唤。受潮的稻草经过阳光的洗礼，再度膨胀蓬松，依旧散着幽幽稻香，透着丝丝暖意。

稻草作为最普通的柴火，如果你嫌其不耐烧，附近山林中又有让火力变得十足的落叶，那么你可以将两者组成一个个"套餐"——"把子"来使用，这既便于存储，又利于掌握火候。印象中马尾松叶易燃耐烧，是人们上山打柴争相获取的极品。先将田野里的稻草一捆一捆地背回，再到山坳里收集一筐一筐的树叶，然后摊在太阳下曝晒大半天，再将两者搅拌均匀。待到夕阳快要下山的时候，母亲就会呼着喊着刚散学回家的孩子，共同用一种叫"榛子"的简易农用工具，将混合在一起的稻草和树叶制作成长约半米的"把子"。

"榛子"用一根长约1.5米的茶树枝或竹片，套上半米长的竹筒制成，露出竹筒外的树枝或竹片再用绳索拉成半圆形的弓状。手持竹筒轻摇，被拉成弓状的树枝或竹片就会快活地旋转起来。制作"把子"时，母亲会搬一个小马扎弯腰斜背地坐在堆积如山的柴草旁，双手协力将和在一起的柴草轻轻抓起。这时，我拿起"榛子"将其勾住，边纺纱般摇"榛子"边后退，当织成的"把绳"达到一定长度时，母亲稍使暗劲，便左一手右一手地往回拉。我用"榛子"绷着"把绳"顺势往前送，母亲凭借"把绳"的反弹之力在"两折一插"之间，就熨熨帖帖地做成了一个毛茸茸、胖乎乎、黑黄相间、状如麻花的"把子"。就这样，一而再，再而三，直至太阳下山灯初上，炊烟缥缈绕村庄。这时，母亲原本凹凸不平的手掌会被马尾松叶刺得血迹斑斑、伤痕累累，我也累得饥肠辘辘、瞌睡连连。母亲十分体恤我的辛苦，怕我受累，有时会让我站在原地摇桴，而她却离开马扎蹲在地上屈腿来回移动，形似国粹京戏里的矮子功，虽汗流浃背却满脸笑容，从不埋怨，从不叫苦，还往往能为在山坡上、树底下收获一大堆柴草而欢欣不已，高兴很久。

"把子"是农家柴火中的奢侈品，大多时候会被束之高阁以备抵御严寒，或用于操办红白喜事时添柴旺火，以此燃起生活的希望，烧出火红的日子。

如今，大部分农村都用上了方便快捷的天然气或用电磁炉来烹饪煮饭，那把退出历史舞台的"桴子"，却没有被母亲遗弃，而是作为家中的珍藏，挂在墙上显眼的位置，这能勾起我对儿童时代的美好回忆。每每回老家看到挂在墙上的那把斑驳的"桴子"，就会控制不住想再与母亲合作揪一次"把子"，就会忍不住想尝一尝母亲用"把子"烧制的柴火饭。

父辈们说，受20世纪60年代三年困难时期的影响，曾经挨饥受饿的阴影在心中挥之不去，乡人后来开始围湖造田，围湖养鱼，导致洞庭湖水域大面积减少。怎奈水患严重，常常是即将到手的粮食顷刻间便交给了龙王爷，人们守着万顷良田却很难吃上几餐饱饭，反而导致生态环境不断恶化。后来，在国家惠民政策的扶持下，人们开始兴修水利，退耕还湖、退渔还湖。如今，粮食年年丰收增产，人们不再为吃穿发愁。区域内胭脂湖、后江湖等湖泊星罗棋布，互为映衬，湖面烟波浩渺，水天一色，岸芷汀兰，舟帆奔流，春夏秋冬景色各异，晴雨风雪各有情致，是湖乡著名旅游景区。辖内南洞庭湖已是国际公认的重要湿地，拥有亚洲最大的天然芦苇荡，集湖光水色、岛屿汀洲、文物古迹、珍稀物种和动人传说于一体，蕴含着洞庭湖纵横八百里、上下千万年的巨大时空演变脉络和深刻的渔耕文化渊源，被旅游名家誉为"我国湖光胜景第一处"。

（吴术球，广东省广州市花都区委宣传部）

# 衣食住行中的点滴感受

‖ 詹少辉

清明节返乡祭祖,与老邻居们聊天,每谈到以前的事,总有人会感慨:"社会发展真快啊,以前哪敢想到今天的生活!"这句话听得多了,家里的闺女就问:"爸爸,以前的生活是什么啊?为什么那些叔叔伯伯、爷爷奶奶都这样和你说?"确实,对于一个才十多岁,还出生在城市、成长在城市里的小孩,她是不会明白"以前的生活"的。但作为与改革开放同龄的我,却有着深刻感受。作为一种忆苦思甜教育,便和她讲起我们的生活在衣食住行方面的改变。

## "衣"改前貌

在童年的记忆里,我每个夜晚都是在缝纫机的"嗒、嗒、嗒"声中入睡的,因为父亲身体不便,学了裁缝手艺。因此,越到年节,他越忙。穿新衣,过大年,这是中国人千百年来的习俗,所以,那时候他的活儿总是不少,而我总喜欢在他的案板旁的火炉里煨黄豆,烤红薯。小时经常从来往人的口里听到土布、洋布之类的名词,年纪稍长点,卡其、的确良、腈纶、涤纶之类的名词渐渐多了起来。案板上单一的土黄、藏青、天蓝布料，也慢慢变得丰富多彩，很受女人们喜欢。虽然如此，那时候穿打补丁的衣服仍然是一种比较普遍的现象。

大宝却在我描述这段话的时候，不时地插嘴："土布长什么样的？衣服上的补丁是网上买的那种可爱卡通人头吗？"当她知道夏天土布穿在身，又粗又厚还不透气时，她反问"为什么不穿薄一点的呢"。当她得知补丁是从其他旧衣服上裁下来的布料时，她睁大眼睛问爷爷会不会把它们裁成卡通人物。呵呵，看着她那副认真的样子，便想去老橱子里翻点"老古董"出来，让她见识一下。谁知道一打开木橱，里面全塞满了我以前带回来不穿的衣服，有补丁的一件也找不到。我无奈地笑了。这些被我束之高阁的衣物，有的竟然还有五六成新。这些衣物中的任意一件，要放到三十年前，我肯定会珍惜无比，把它当作走亲访友的唯一选择。

## "食"分不易

做清明粿是家乡清明节时分的习俗。清明粿是用糯米和粳米加上艾叶制作的一种供奉祖先神明的小吃，是我儿时最为期盼的美食之一。香甜的糖粿，里面填满了豆粉、红砂糖，咬一口香甜盈口。咸辣的菜粿，里面包着平常很难吃着的春笋、肉丁等，富裕人家还会包上香菇之类的东西。这回祖母为大宝精心准备的这些吃食，她只有淡淡一句"谢谢奶奶，我尝过了"。这些我童年的美食，大宝却兴趣缺缺。在她的眼里，我已然看不到对节日美食的期盼。虽然，我们都是工薪阶层，但在吃上绝对满足孩子的成长需要。因此，那些我童年里的美食，在她的眼里绝不新鲜，更谈不上吸引了。可以这么说，她们每一餐的饮食，放在我的童年里都是节日饮食。

最妙的是，在田间散步时，看着那些嫩得出水的野菜，一时忍不住采了起来。采着采着,居然有了一大捧。回家洗洗,被老母亲撞见了,说:"这东西现在还有谁吃啊!"但嫂子拗不过我,晚饭时便精制了一盘,大宝看着那盘她从未见过的菜,居然在浅尝一口后,便大部分时间把筷子伸向了它。晚饭后,她悄悄问我那是什么菜,那么好吃的东西以前从来未见妈妈买过。我和妻相视而笑说,那是"猪"吃的菜。一番嬉笑后,便告诉了她,那菜以前确实是采来喂猪的,但和我们平常吃的蔬菜相比,它的营养价值一点也不低。只是以前的生活条件差,缺油少盐的,口感不好,农村人都不爱吃。至于现在为什么那么好吃,是我们经过了精心加工的。

确实,作为从农村走出来的人,野菜已然成为一种苦涩的回忆,可城市里长大的人们却在尝鲜的驱使下赋予了它新的味道。小小的野菜又登上了养生菜谱,受到讲究生活品质的人的欢迎。这就是生活水平提升的另一种表现吧。

## "住"房不炒

小的时候,家里兄弟姐妹多,一家七八口人全挤在老祖屋里。上学之前还没什么特别的感觉,无非只是被小伙伴们嘲笑说那么大了还要和父母挤被窝。上学后,就特别渴望有一个自己的房间。然而,这个梦想直到我走出家乡都没有能够实现。因此,到了初中、高中时期,我便常常夹着书本跑到后山去看。乡亲们都说我是个呆子,裁缝铺那么热闹的地方不待着,却偏去没人的荒山野地。

后来,就在我上大学的那年,因为修路,老祖屋被拆了。哥哥们便建了小楼,于是每次回家才有了属于自己的房间。现在,几个兄弟都分别建了自己的楼房。年节回去,随便住哪家,都是宽敞的房间,明亮的窗户。大哥因是做装潢的,那房子跟城市里的小别墅无差。令人欣慰的是,这种现象不只是我们家。每次返乡,新建的房子沿着村子的道路在延伸、生长,慢慢村道成了一条小街，小商店也起来了。现在就这个两三千人的小村子，便有了三家小超市，甚至还有了小家电超市，饭店也多了起来。小村子俨然有了几分小镇的感觉。

故乡的变化是在每次往返之间的，虽有所感，却总没有自己通过劳动获得来的有感觉。新世纪之初，参加工作了，便在单位附近租了一间地下室。虽然空气潮湿，空间压抑，却不影响我自由的快乐。我终于拥有一个属于自己的隐私空间。置办了锅碗瓢盆，单身汉的日子过得有模有样。到了2010年，和妻奋斗了十来年，买了人生的第一套房。虽然地方偏了一点，好在是自己的房子，精心设计了一番，主卧、儿童房，甚至在楼梯间还简单地弄个书房。一切显得精致又实用，小家温馨而别致。二宝出生后，现有住房明显有些拥挤。于是，便采用置换的方式购买了现在的房子。在选房上可谓是精打细算，既要实惠，也要空间。功夫不负有心人，挑中的是一座四层楼的顶楼，还附赠了一处露台。找了专业公司设计一番，搭上阁楼，小家立即鸟枪换炮了。以前一直心心念念的东西，通过空间利用也得偿所愿。阁楼上添了二宝的游戏室和一间客房，大大小小的房间也有四五间。妻喜爱的花花草草也有了着落，小小露台不仅是花草的展台，也是全家冬日活动的舞台。

小家住房的一步步升级，得益于国家经济社会的发展。我们赶上了好时代，可刚参加工作的大侄儿却担心房价还会涨，生怕买不起。也许，他还不知道习总书记明确说过，房子是用来住的，不是用来炒的。属于他的美好也会像我的一样，在他自己还没有意识到的时候，在另一个时代悄然出现。这我是有信心的，倒回二三十年，现在的住房我是不敢想的。

## "行"难就易

返程的路上，和妻又一起聊起了生活的变化。从村西头离家四五百米的高速上转上去，便是怀玉山脉的茫茫大山。两侧山上开满了映山红，映着夕阳的余晖，绽放着艳艳的光芒。这茫茫大山当年是阻挡村民外出的天堑。记得上高中时，因家里经济条件困难，那条蜿蜒在群山之中的羊肠小道足足让我走了三年。一道坡，一道梁，上七里，下八里，只为翻过那条沙溪岭。每个严寒酷暑的日子，顶风冒雪，披星戴月，只为走出大山，寻找那条知识改变命运的道路。

遐思未远，车便进了隧道，幽深的隧道像是一条时光隧道，一头连接着当年的大山，一头连接着今天的风景名胜——三清山。

车流渐渐密了起来，那都是前来一览胜景的海内外游客吧。这也给生活在群山深处的人们带来了机遇。前些时候，山里的同学说，新农村建设早已让这里成了世外桃源。当年，谁敢想在高耸入云的山峰里钻一个洞连接外面的世界？可现在，一条条长短不一的隧道不仅缩短了路程，更缩小了生活的差距。

汽车在德上高速上飞驰，短短半个小时，就进入了德昌高速，算算时间，到南昌也不过晚上七八点钟，妻尚能追剧，我亦还有闲余时间爬格子，可比当年坐最快的火车快多了。这就是时代的进步给我们带来的便捷，让祖孙团聚不再是难事，让亲情更加紧密。每次看到老母亲花朵般的笑容，听着孩子们田野里的笑声，一切都显得那么梦幻，那么的不真实。然而现实的甜蜜却总让我心满意足地投入每一天的生活，让我更加珍惜每一天。

（詹少辉，江西省南昌市青山湖区人力资源和劳动保障所）

# 从农民工到记者
## ——奋斗改变人生

‖ 张喜洋

今年是新中国成立70周年，去年是改革开放40周年。改革开放改变中国，也改变了许多普通人的命运，我也是最大的受益者之一。

我的家乡在四川蓬安一个叫福德镇石柱坝村的地方。改革开放以前，农村中绝大部分人家的身份都是固定的。也就是说，你出身是农民，你的世世代代也得务农，跟土地打交道。

20世纪80年代中期，我高考落榜，被迫回乡务农。有乡亲当面讥笑我："读十几年书有什么用？最终还不是当农民？！"

高中时我看了一本路遥的小说《人生》，主人公高加林也是高中毕业回到农村，因为爱写作好文学而当上县委的一名宣传干事。我梦想有朝一日，也能像高加林那样从泥腿杆子转变为一名真正的记者！

可是理想很丰满，现实很骨感！在农村生活，因家里太穷，我甚至买不起种地所用的化肥，家里除了仅够糊口的粮食，几乎没有任何东西可以变卖。

好在国家改革开放了。那时四川有一句流行语是"东西南北中，发财到广东"。我也决定出去闯一闯。

1991年春节刚过，我和四川南下打工大军一起，从渠县坐火车到广州，再坐汽车到了东莞凤岗镇，经过1600多公里的颠簸，进入一家塑料厂当了一名杂工。我的工作很简单，每天拉着一辆大板车把车间的废料拉出去，再把裁剪好的塑料布拉到生产车间，供女工们做各式各样的吹气玩具。每月工资加班加点仅200多元。可我想，在这里有工作有工资已很满足，如果在老家，哪怕掘地三尺，也很难挖到一分钱！于是我安心干下去，而且一干就是两年多。

后来，有一件事深深地刺激了我。车间里来了一名大学生，一打听他是从人才市场招聘进厂的，每月工资竟是我们的十多倍。我心里默默发誓：我也要读大学，我也要改变自己！

有一次，得知深圳大学招收企业管理函授专业的学生，我带着身上仅有的300元积蓄，急匆匆地赶到深圳大学报名、买教材。我白天干活儿，晚上就开始自学，三个月后，我顺利地拿到了深圳大学的结业证书。

1993年10月，我的命运似乎迎来了一次转机。在东莞凤岗镇塑料厂时，我的直接主管是南海桂城人。他觉得我做事勤快、负责任，于是就"挖"我到南海他弟弟创办的一家皮衣厂工作。我满怀信心来到南海，可干了不到一年的时间，他弟弟的工厂就倒闭了。我再一次陷入迷茫。

1994年3月1日，是我一生都难以忘怀的日子。我怀揣着深圳大学企业管理函授文凭，到南海盐步一家台资企业绮玮摄影器材厂见工。接待我的是注塑车间的主管，一位身材魁梧的中年男子，台湾人。他看了我的身份证后，要看我的文凭和简历。我只好将那本红色的证书郑重地交到他的手里。

"好，你在厂门口等通知。"他说。我足足等了半个钟头，终于听到保安叫我的名字！

我小跑进去见那位主管。他拍着我的肩膀说："我看你小伙子不错，在打工这么艰苦的环境下，还坚持自学，并参加函授学习，你这种拼劲儿感动了我，我就喜欢你这样的年轻人！"

我被录用了！后来，我在注塑车间不但站稳了脚跟，还获得了晋升机会，工资也跟着职务一路往上涨。再后来，绮玮摄影器材厂西迁至南海丹灶大涡鲤鱼工业区，那时他们都称丹灶为南海的"西伯利亚"。

当我坐上公交车，跨过金沙大桥的时候，我却发现，丹灶是个好地方。公路两边除了鱼塘，便是绿油油的稻田，有山有水很像我的家乡。那时，我便下决心要在这里扎根。

现实很残酷，梦想不能丢。我开始明白，真正能够改变命运的机会都要靠自己积极地争取、创造。依靠别人获得工作机会，终究不是长久之计。我梦想总有一天凭借自己的努力，能像《人生》中高加林那样成为一名新闻干事或记者，那才是我真正的人生追求和价值实现。

带着这个梦想，我去南海区教育局，填报了自考大学志愿，开始踏上中山大学汉语言文学专业的自学之路。

我自学哲学、现代汉语、文学概论等课程。对每门课程的理论知识做到精读、细读、牢记大部分内容，所以每次考起来，我总能顺利通过。经过八年的自学努力，我终于拿到了大学文凭。

"南海无海，海纳百川"。在这个公平竞争的社会环境中，只要你努力，就会有希望。

2004年5月8日，是我梦圆南海的日子——在激烈的竞争中，我成为丹灶广播电视新闻记者。我本着实事求是的新闻原则，走群众路线，坚持"三贴近"，开展宣传工作，得到当地党委政府的肯定。近年来我创作的多部电视新闻作品除获得市区级奖励外，还有几件新闻作品登上央视新闻频道，也有力地宣传了南海。同时，我业余时间坚持文学创作，在各类报刊发表各类文学作品百万余字，还出版了我的个人散文集《坐歌堂》。

我还创办了佛山市南海区丹灶青年产业工人作家协会，积极开展社会服务工作，鼓励更多产业工人读书写作，融入城市。从2012年开始，由我倡导开展的佛山市新市民服务宣传活动累计覆盖达2万余人次，我的家庭还因此获得2016年度广东省"十大书香之家""南海书香之家"等称号。

现在，我所定居的丹灶是仙湖氢谷特色小镇，其新源能汽车产业、粤港澳大湾区智能安全产业等成为南海高新区的重要组成部分，昔日的"西伯利亚"丹灶正发生着翻天覆地的变化。我以自己成为一名新时代的南海人而感到骄傲和自豪！

习近平总书记说："幸福都是奋斗出来的。"尽管我像肖洛霍夫笔下的索科洛夫那样是被抛到异乡的一粒沙子，可我就是海明威笔下那个风浪中搏击的古巴老渔夫，不是生来就给打败的。今年初，我取得新闻记者中级职称，还被政协丹灶工作委员会聘为特邀委员。今后，我还将继续为南海的建设添砖加瓦，为我们的国家做出更大贡献！

（张喜洋，广东省佛山市电视台南海分台丹灶广播电视站新闻部）

# 城市的幸福变奏

‖ 林文钦

带着一颗安静的心，体验着城市的声音变幻，是别有韵味的事。

我居住的宁德城，一直在声音的变奏中不断前行。对于每一个经典的城市，它应有所处时代的声音表达，就像那些在历史中风化了的城市记忆。而只要那些老宁德人闭上眼睛想象一下那时的民房、街道，无不感慨历史的变迁和现在生活的幸福。

日复一日地，耳朵里面的城市在周而复始地奏鸣时代乐章，汽车喇叭、某种机械的轰鸣、流行音乐以及各种人声组成的市声，这种繁杂的声音里面别有一种铿锵的力度，很像火车车轮向前奔跑时的音律，很能激发人的想象。我有时想，时代在前进的时候，不仅会留下万象更新的物证，在前进的过程里面也是有声音的，这种声音伴着光彩、热度、力度，在生活的海洋里面全方位地开花。有时我也想，尽管我们无法抗拒城市的喧嚣，但这又何妨呢？对一个心智健康的人而言，城市中所有的嘈杂和喧哗，不正交汇成一支摇滚乐么？

城市或许不会在乎我们的声音，它们只在乎各种形式和运动。而我们，却希望听到城市的声音，希望找到城市最初的印迹，并据此追寻到这座城市淳朴的原始的内在精华，了解了它，才知道我如何活着，或者站在什么样的一个角度活得更为安然泰实。

一个人独处时，我不由打量起宁德——一个古老而年轻的海滨工贸城市，我聆听着它发出的声音，竟发现其中蕴藏的独特味道。那些消失的声音已经永远消失，保存下来的声音，如地方戏、民歌小调、贩夫走卒的吆喝声，随着生活方式的剧烈变迁，渐渐成为父辈一代人的回忆。

"磨剪刀""补雨伞""箍桶哟"……这些老城旧街最熟悉的吆喝声，它隐匿于街头巷尾，带着最本土、最亲切的记忆，曾散发着清贫岁月的芬芳。随着改革开放进程的加速，传统的叫卖声销声匿迹了，取而代之的是"有坏收音机、录音机修吗？""有坏冰箱、坏空调修吗？"同时伴着"收购旧影碟机、旧电脑、旧手机哟……"21世纪的商品经济浪潮风起云涌，宁德大地又飘荡起一种新的吆喝："收购旧家具、老家具、红木家具……"最有趣的是，吆喝声中夹杂着南腔北调，各具特色，抑扬顿挫。这声音听起来简直就是精彩的小品或相声，不啻是一种原汁原味的艺术享受。

城市的蜕变需要漫长的过程，当宁德城开始逐渐长大变强，我慢慢学会了倾听：城市的新生，正在我们身边。请记住城市生长的脆响和剥落，回过头去，在这些声音里，我们会看到一场独特的变迁，这是城市留给我们每一个人的故事。跟着这多元化的城市声音，我们可以去探寻它的成长脉象。复式调的声音里，隐藏着城市的长和城市的深，以及与这个城市一起长大的文化。

夏日的某个清晨，我悠闲地步入宁德市的南漈社区，感觉到这里的声音悄然更换了音色。晨风中，社区广场上飘来了广场舞的旋律，退休大妈们在动感激情的《好日子》中翩翩起舞。富有音乐细胞的姑娘们，拉响了手中的手风琴，优雅的琴声掠过清澈的护城河面。晨光抚摸着城市，路边早叫的蝉鸣，卖早点的叫唤声，又像是城市交响曲中突然插入的轻快小调，突然间让我精神一缓，心情随之放松。当日午后，我聆听了城市诗歌朗诵会，开场的一首《面朝五月，春暖花开》就让人心旷神怡。想来，现代城市是复杂而和谐的，不同音色的声音组合在一起，传统文明与现代都市的交融，让我觉得这种声音是那么的遥远而凝重，却又如此的灵动而亲切。

作为城市的居民，我的耳朵是有福的。在公共文化服务体系完善后，我在城市聆听的项目多起来了。我的听觉中，不再是20世纪末单调的地方戏、说书声和电影配音。当我充分打开自己的耳朵，敞开自己的心灵，所听到的不仅是天籁音乐声、朗朗诵读声和铿锵讲演声，更是城市文化拔节成长的声音。在宁德城中，艺术大讲堂、读书论坛、媒体演讲周等文化品牌活动方兴未艾，吸引着我加入了"听讲座一族"。年迈的母亲看我戴着耳机听着网络讲座，就投来了羡慕的眼神："你们年轻人好呀，不像我们这一代人，缺的就是精神生活！"

或许城市的声音略显纷繁，而我仍用心去感受，感受那难以抗拒的诱惑。当我穿越宁德的网状街区，城市就给我一种想象，这想象在我心中倒腾起一股热浪，使我无法抗拒对它的歌颂。是的，城市在声音中发育，如春天里的草根，所有的根须都张开了……充分伸展、膨胀、吮吸，你可以竖起双耳去听，听着她骨头发育的响声。

当我站在城市的边缘，如同站在大海的边缘，脚踩柔软的细沙，轰然巨响冲击耳鼓，这种声浪对于生命的洗礼是何等彻底！尽管我在城市边缘感受到的，是一种把我排斥在外面的声浪，但我并不畏惧它，而且它常常给我一种说不清的斗志。

城市在扩展，建筑在拔高，这是火红年代必然发生的发展景象。像动车站、下塘码头、东侨开发区等场所，它们发出的声音并不一定仅是动人的乐章。建筑工地的敲敲打打声、电锯刺耳的"吱吱"声、马路的车来车往声、商场扩音器的叫卖声，每一种声音，都增加了城市音响的分贝。而这些纷繁的景象，却又掩盖不了城市的休闲品质。在宁德，这座被誉为"常来看一看"的城市，四处流淌着如同葫芦丝一般丝滑悠扬的声音。当你走过一个个茶室、休闲厅、路边便利店，观察着每个市民安逸祥和的表情，每个表情都是一个音符，共同汇成了这座休闲之城的淡雅之音。这种声音的节奏是慢的，乍听起来，有着说不出的慵懒，仔细回味，却发现在这慵懒之中，有着数不尽的安宁与恬淡。在细微之处，又蕴藏着无穷的变化，透出奇妙的城市灵气。我想，你立刻就会迷上这种声音，并情愿永远停下脚步，沉浸于此。

走在宁德的大街小巷，迎面而来的是荡漾着五颜六色的笑脸，那争奇斗艳的姿势，像不谢的鲜花一样，盛放着欢欣的表情。

宁德。宁德。我默念着这因新能源产业而闻名的城市，不由怀想起她带给我的几个感动时分。

一次是2017年的初秋。在东侨中学的体育场，大型助学公益演出后的烟火表演。当时我拿着朋友的票去观赏。烟火打到高空中的隆隆的响声，人们一浪高过一浪的欢呼声，在那一刻，我像没有见过世面的小孩子一样惊奇地睁大了眼睛，仿佛看到只有梦中才可能出现的幻象。那样光亮，那样绚烂，好像整个银河系的星星都落在了这一片上空，来自祖国不同地方的人群的欢呼，足以把一个人的情绪从头到脚都浇透成欢快。原来，欢快是不问来源的，更是不分地域、不分民族的。

再有一次，是在市艺术馆看演出。我踏着厚实的红地毯，靠在宽大的座椅中，屏幕上正放映着《大美宁德》的城市形象宣传片。画面聚焦着各个民族的脸孔，汇集着山海文化的要素，它们分布在老街新城、院校民居，在新兴的工业园区，在城市的各个角落，相互融合，相互撞击，相互渗透，相互交汇，不断排列组合成一批又一批新的带有本土特质的要素，它们在宁德这块得天独厚的土壤生根、开花、结果。

宁德，她是一座总会让人感动的崛起之城，因为她凝结了太多的故事。故事，是新中国成立七十年发展间发生的事，但它们带来的感动总是常驻心间。

当我坐着车子在市区观光，一个个养眼的情境在视线中掠过：联信广场、会议中心、东湖湿地、北岸公园、三都澳迎宾馆、体育中心、博物馆、万达影城、儿童乐园……车水马龙的街区，一幢幢刚刚崛起的高楼大厦；白昼的生机盎然，黑夜的五彩斑斓；沃尔玛超市，新华书城，健体中心，社区书报亭，巨型广告牌……我忽然感受到一直埋藏在心底而又怯于开口的热爱，深刻的幸福感油然而起！

古意而新潮的宁德，它日新月异的发展汇成一首大型的交响乐，汇成一曲更美更动人更好听的"新时代颂歌"。

混合多种色彩的声音，记录了城市成长的历程，也融入了市民复杂的文化情怀。前日，我听在宁德新媒体工作的朋友黄君说，他将大街小巷录入的数十小时的声音重新剪辑编排再放出，在耳机里再现的是一个完全陌生的城市。从中，大家听到的城市声音并非枯燥乏味。通过声音的再现，那些被掩盖在"众声喧哗"里的城市声音细节，以及隐藏在声音背后的城市表情和情绪都别有一番滋味。

我的记忆中仍保存着一个画面，初秋的镜台山公园下了一场小雨，在寂静的午后，能听见雨滴打在树叶上的"嗒嗒"声。之前，我似乎从没有体会到"万籁俱寂"是个什么境界，就是到了郊外的支提山森林公园里去玩，也是大家成群结队的，到处都充斥着人的声音。有时想想，偶尔真的一点声音也没有了，我还会很惊恐呢！待重新回到了市区的喧嚣里，才能暗松一口气。看来，滚滚声浪才是滚滚红尘最重要的组成部分。

"宁德，城市的明天更美好。"这个目标离我们并不遥远，只是城市在发展进程中，要经历一些时代变奏。我要告诉你的是，城市的声音并不比大自然之声缺乏诗意，关键是你要练就一副能闻善听的耳朵。

（林文钦，中国作家协会会员）

# 此生幸为援疆人

‖ 徐　新

新疆，从儿时就知道那是一个很遥远的地方，这最初的印象来自电影《阿凡提的故事》。而那首脍炙人口的《吐鲁番的葡萄熟了》的歌曲，让我知道了新疆的特产之一——葡萄干。最早品尝到那美味的葡萄干是在20世纪80年代初，远赴新疆建筑工地打工的邻居带回的。自20世纪70年代末建筑业开始恢复发展，随着改革开放的深入和国民经济的快速发展，村里远赴天山南北打工的人也日渐增多。

三十多年前，那位邻居去新疆克拉玛依打工，每年春节才回来，在家也只有个把月的时间。听他介绍说，新疆冬天很冷，冰天雪地，出去不戴帽子，耳朵都会被冻得掉下来。交通很不发达，工地又离车站很远，年终放假时，几个老乡凑了点钱给施工单位的司机，天不亮就裹着大衣带着行李冒着零下二十多摄氏度的低温出发了。而那时回家的主要交通工具是火车，要六七十个小时才能到家，飞机票价钱太高坐不起。

我踏上工作岗位后很少回家，也难得遇到那在新疆工作的邻居，对新疆的了解也就停留在他曾经描述的那种印象。在我的概念中，那儿是连绵的大山或者是无垠的沙漠，窃以为那里的人上班骑马，晚上住毡房，冬天大雪封山足不出户。对于那么遥远的地方，我总觉得能去的可能性不大，也就没有刻意去了解。

2010年，国家对口援疆开启了新一轮的大幕，从最初8个省市参与援建，扩大到19个省市援建，也是支援地域最广、涉及人口最多、资金投入最大、援助要素最全的一次对口支援。

2013年12月，我恰逢其时成为第八批援疆干部中的一员被派往新疆伊宁县。当飞机飞到伊犁上空时，只见下面一片灯火璀璨，一条条灯光组成的巨龙在地面匍匐，如彩虹一般绚烂多姿。在伊宁机场降落后，我们乘上汽车驶上宽阔的马路，一路疾驰直奔伊宁县城，路旁的高楼鳞次栉比，让人目不暇接。第二天早晨，我起床后向远处眺望，只见县城周围是连绵不绝的群山，此起彼伏的雪峰闪耀，一望无垠的明媚蓝天。走到街上，铺设整齐的道板砖上干干净净，商户们正忙碌着开门营业，宽阔的马路上不时有汽车驶过，印象中贫穷落后的面貌被眼前的场景彻底颠覆了。

在此后的参观活动中，我发现2010年新一轮援疆工作开始后，南通援疆工作组组织援建的伊宁县人民医院、文化艺术中心等建筑物拔地而起，成为伊宁县的新地标；援建的一座座幼儿园、一个个乡镇卫生院都以崭新的面貌呈现在眼前；整村推进的安居富民、定居兴牧工程让各族群众的房屋旧貌换新颜……

2014年开始，我们第八批援疆工作组开始投入紧张的对口支援工作。那三年中，援疆项目有序推进：伊宁县南通实验学校硬件设施设备在伊犁河谷学校中首屈一指，愉群翁回族乡的创业就业一条街的生意红红火火，托乎拉苏景区的柏油道路也变得宽阔而平坦，偏远山区的农牧民也喝上了干净的自来水……

2017年，看着新疆伊宁县日新月异的发展，我主动要求留了下来，加入了第九批援疆干部的行列，再次以满腔热情投入蓬勃的援疆建设中。一个个创新创优的援疆项目不断推动着伊宁县经济社会的发展：着力打造的轻纺产业区，10多家企业纷纷进驻，4000多农牧民脱掉草鞋换上皮鞋，走进车间成为产业工人，二期工程又开始了紧张的施工；"百名南通名师进伊宁"行动,让伊宁县的教师素质有了飞速提升,中小学生们全面受益;"让阅读照亮边疆孩子的未来——爱心图书捐赠行动"已为伊宁县中小学生募集了100多万册图书,价值2400万元,并以此为资源在每个学校建起了图书馆,在每个班级都开辟了图书角,学生无书可读的局面已成了历史;着力培育的园艺花卉种植产业,也让伊宁县的花农们走上了增收致富的快车道;总投资1亿多元的伊宁县社会福利中心项目正在紧锣密鼓地施工,建成后将解决全县特困群体的集中供养问题,让他们也能拥有幸福感、获得感;投入1300万元援疆资金购买的医疗设备惠及全县15个乡镇的各族群众;安居富民、定居兴牧、饮水改造、道路建设等工程不断地快速推进着……如今的伊宁县真是一年一个样,三年大变样。

对口援疆这个国家战略的实施,加快推动了新疆的发展。特别是党的十八大以来,内地19个援疆省市和中央国家机关、中央企业,贯彻落实中央治疆方略和习近平总书记关于新疆工作的系列重要讲话精神,近两万名援疆干部和技术人才从全国各地来到新疆,致力解决受援地各族群众面临的各种问题,极大地促进了新疆各项事业发展进步。而新疆也走出了一条具有新疆特色的发展之路,经济社会保持了又好又快的发展态势,经济发展取得了举世瞩目的辉煌成就。一项项惠民之举、一桩桩利民实事,让新疆各族群众切实享受到了改革发展带来的丰硕成果,宛如一缕缕阳光,温暖着各族群众的心,筑牢了各族群众幸福的"根基"。

此生幸为援疆人,历时6年,我全身心地投入南通对口支援伊宁县的火热实践中,充分见证了新疆伊宁县经济社会的快速发展,充分见证了各族群众生活水平的不断提高,充分见证了民族团结、社会稳定的大好局面的形成。我坚信,在改革开放春风的不断劲吹下,不久的将来,新疆一定会变得更美好!

(徐新,中共伊宁县委宣传部)

## 最美人间四月天

‖ 贺慧宇

生机蓬勃的春天，每天过着"单位——家里"两点一线的平淡生活，与即将迎接高考的儿子朝夕相伴，心情随着他载浮载沉的学习成绩起伏不定，不免辜负了身边大好春光。幸而有了即时便捷的现代网络，可以共享相隔千里的亲人们从天南地北传来的春的讯息……

### 油菜花海

定居湖南乡下的公公婆婆不时在家人微信群里晒出美图：一会儿是屋前浓烈艳丽的红桎木花和田野里金黄的油菜花海闪亮登场，一会儿又是银发闪耀的二老在灼灼桃花前笑靥如花。家门前满树洁白的梨花掩映着石桌、石凳，清幽宜人，公公兴致盎然在图后点评："家里的梨花开了，春意浓浓！"满园春色里，二老则像辛勤的蜜蜂，为周末农家课堂忙前忙后，假日里带着孩子们去长沙游学，参加座谈会，接待来访的客人……这是耄耋之年的公公婆婆退休返乡定居后，这个春天在乡村"种"文化的日常。

穿过公公婆婆忙碌的身影，穿过他们身后那片金灿灿的油菜花海，记忆回到2004年春节。在那个万家团圆的佳节，公公却住进了医院，胃被切去四分之三。为了安慰他老人家，家人们特意"串通"医生给他做了一份假报告，隐去了"癌症"这个可怕的字眼。背地里，大家心情沉重。先生红着眼眶悄悄告诉我："医生说，爸爸……爸爸恐怕……"那是我第一次见一贯处变不惊、坚毅果敢的他如此凄惶。

手术后的公公执意要离开城市回攸县乡下老家石羊塘镇定居，甚至特地写了几千字的长文《永远的家园》，昭示他落叶归根的意愿和决心。尽管看着乡下房前屋后简陋的乡村路、聊胜于无的医疗条件，兄弟姊妹们顾虑重重，但还是尊重了老人的选择。

儿子自小随爷爷奶奶长大，那些年每逢假期都会欢呼雀跃着要去乡下陪伴二老，与他一同回乡的还有学校要求读的满书包的书，必须完成的读书笔记。为了减轻小男孩独自读书做作业的寂寞，公公婆婆邀请附近几个同龄小伙伴一起来家里读书，一同辅导。婆婆打趣说："一只羊是放，一群羊也是放。"为了让孩子们有更多适合的书读，回乡以后，二老每年订阅不少书报杂志。书刊积少成多，附近的孩子们也渐渐地被吸引过来，暑假少儿学校也就这么诞生了。除了儿童，像公公婆婆一样住在乡下的空巢老人也为数不少，一直在卫生系统工作、比一般人更懂得保健的婆婆就主动开设保健讲座，给村民讲保健知识，告诉大家怎么按摩保健。一步步地，家乡的老年学校、农家书屋相继挂牌。公公的不少学生，得知少儿学校缺书，也纷纷踊跃捐书。一年又一年，他们创办的暑假少儿学校越来越红火了，来学校学习的农家孩子最多时达到了两三百人。小书屋"下蛋"了，短短几年间，藏书两万多册的书屋先后衍生出五个借阅点，各点之间不时轮换图书。"小讲堂"也开讲了，每月按时讲保健、讲党建、讲文化……"小广场"热闹了，村民们每天在广场上做保健操、打太极拳、跳广场舞……所有的活动，公公婆婆既是热情的组织者，又是积极的参与者。

今年春节一回乡，公公婆婆就兴致勃勃地带我们参观图书馆、乡贤馆、国学馆……站在广场边新修的原木桥上，身旁走亲访友、散步健身的村民来来往往，与周边青砖白墙的建筑、绿树红花的景致，组成一幅灵动的乡村水墨画卷。公公婆婆告诉我们，随着乡村文明建设工作的不断推进，家里所在的村镇又被县里列为新时代文明实践点，每天有忙不完的事儿。

二老无私的奉献换来了累累硕果：他们入选2017年的第27届全国书博会"十大读书人物"；公公入围2018年感动中国之感动湖南人物，入选2018年湖南省首届最美新乡贤……他们却全然没有所谓的名人光环，真切自然地生活着。婆婆甚至还会在火车或汽车上热情地告诉陌生人哪个穴位可以防晕车，哪个穴位可以强身健体。为解他人晕车之苦，需要时她还会直接上手，主动帮人按摩，全然无视我们担心的眼神。回乡探亲时，公公会向我们"告状"，埋怨婆婆不顾自己的身体，深更半夜还不休息，辗转反侧地想着第二天将要举办的活动如何才能更妥帖。婆婆则会"控诉"公公走路太快，还不时看看手机，一点儿也不注意安全。当然，婆婆也会高兴地告诉我们，她过生日时，舞蹈队的伙伴们买来蛋糕送到家里，大家欢聚一堂，弥补了我们不在身边的遗憾。家里修葺屋顶，远远近近的乡邻们不请自来，主动帮忙，赶在暴雨来临之前收工，避免了家里的损失……在故乡，两位老人像相伴畅游在水中的鱼儿，激起无数美丽涟漪。同时，二老也愉快地接受乡亲们的关照与帮助，完美地诠释着"赠人玫瑰，手有余香"的古谚。

在大学任教时，公公爱穿风衣，戴鸭舌帽或礼帽。他主讲文艺理论，还讲美学，偶尔也会联系实际在课堂上告诉学生，如何穿衣打扮才合体，比如胖人不要穿横条纹衣服等。不承想几十年之后，他居然有了"赤脚教授"的昵称，穿着打扮也完全与村民无异，改变后的他与身后映衬的大片大片油菜花更为和谐。老人像极了南方既普遍还价值极高的油菜花，又像是其中享受生活欢欣飞舞的蜜蜂，深受农民朋友的喜爱。

## 绣球花丛

黄昏，在公园散步的哥哥嫂嫂（儿子的伯父母）随手向群里发来的美图是一簇簇蓝色的绣球花丛。

"哥哥，您的手没事了吧？"看到携手漫步、只顾"秀"美景的两位美好"中年"，我赶紧线上问候。那是去年夏天的一个中午，我正在家里做饭。突然，家乡一位好友打来电话："你快看看，救火受伤的那个老师是不是你哥哥？"并转给我一条新闻。我看后心里一紧："不会吧，没听到家里人说呀！"急忙致电问询，得知哥哥正在住院治疗，确实伤得不轻，怕外地的家人们担心，就没告知。当时一户小区居民家中起火，正好路过的哥哥眼看火苗越烧越大，他不顾安危挺身而出，及时用灭火器扑灭了明火。不巧的是，火场里一块玻璃碎了并砸中他的右手臂，导致右手的伸肌腱断裂，三根手指神经受伤。从好友发来的新闻视频里，看到右臂高高举起、浑身鲜血、正从火灾现场走出的哥哥，作为家人，既钦佩又心疼。

在家乡当教师的哥哥，在学校讲课生动风趣，是深受学生爱戴的好老师；在家里关爱家人，是和颜悦色的好兄长，是妥妥的暖男一枚。哥哥挺身而出的义举，是内心深处的善念所驱使，如他自己所说，作为老师平时这样去教育学生，在当时这种情况下身体力行义不容辞，"家风家教就是这样，换了你，也会这样做的"。

不由得忆起儿子小时候在乡下老家的情景。夏日清晨，五六岁的小男孩，站在花树下，爷爷领着他诵读《离骚》："帝高阳之苗裔兮，朕皇考曰伯庸……纷吾既有此内美兮，又重之以修能……"中文专业毕业的我曾暗哂，这么小的孩子，哪能理解这佶屈聱牙的古文诗篇？现在看来，这种启蒙教育，无关文采辞藻，却关乎家国天下的血脉传承。

绣球花一向以在严冬开花而闻名于世，带给人们春天就要来临的希望。因为气候适宜，家乡的花园、庭院到处都是，春天则开得更热烈。不知亲爱的哥嫂是否知道，蓝色的绣球花还代表浪漫圆满，他们随手一"秀"，便契合了忠贞永恒的爱情，而绣球花球形的花朵，又象征着亲人之间斩不断的联系，无论分别多久，都会重新相聚，代表着亲人间最美好的祝福。

## 白桦树林

孩子爸爸上传到微信群里的图片是工作下乡途中随处可见的白桦树林。他工作地在兴安盟，位于大兴安岭山脉中段，这时节花呀草呀还在忸怩着没醒，花在含苞，草还没泛青。

屈指算来，他从去年春天开始到那儿扶贫，到现在正好一年。知道他要去扶贫的消息时，我内心万般不舍。儿子正处于升学的关键期，他自己也这把年纪了，去工作的地方在遥远的北方，又是全新的工作领域，工作压力肯定不小。还有，听说那儿冬天零下好几十摄氏度，他能不能适应得了冰天雪地的严寒？他说，同事们家中有各种各样难以走开的特殊情况，虽然我们家也有实际困难，但还是能够克服的，组织征求意见时，他就服从安排了。确实，军校期间就已立功入党、在部队服役十多年的他即使转业到地方，也依然以服从命令为天职。当前，脱贫攻坚是全面建成小康社会最紧迫最艰巨的任务，是一场只能打好打赢的硬仗。同样作为一名党员，面对组织的挑选与信任，除了支持，我只能将不舍与牵念放在心里。

当我和儿子还在慢慢适应生活的改变时，他很快就适应了新的工作。他到田间地头、企业车间、养殖圈舍了解调研最真实的情况，到包干的贫困户家里同吃"暖心饭"，为了盟里口岸建设，三天奔波两千多公里，与同事们一起为精准扶贫尽心尽力。

有时，他因为错过了饭点，只能回宿舍泡一包方便面，甚至为了赶时间，在火车上也以方便面充饥。微信视频里的他满嘴水泡，他解释说，好不容易联系了内地发达城市企业到当地招工，提供了非常好的就业机会，有些人却不愿意去，存着"等靠要"的想法，真让人着急……

　　写此文时，窗外繁华的京城正是华灯初上、万家灯火，他正巧打来电话，说是为了抢抓农时，推进项目建设，当天冒着沙尘暴去调研了蔬菜示范基地，与干部群众一块儿研究解决实际问题。可以想象，他调研的地方，他站立的路旁，一定长满了白桦树。白桦树干洁白挺直，象征坚毅不屈的性格和率直的情怀，这与他，更与世代生长在那片土地上的人的性格相吻合。穿过草原呼呼的风声，我仿佛见到他身后路边成排成片的白桦林，千万株互相携手、彼此扶持，风起时，顺着风的方向，整齐地摇曳着身躯，形成一片波浪起伏的树的海洋。让家人们欣慰的是，现在的他已完全放下了包袱，转变了角色，满怀信心地奔走在脱贫攻坚的春天，并完全融入当地的农牧民中，就像那草原上、田野里、森林中紧密团结、互相依靠的片片白桦林。

　　金黄的油菜花，圆融的绣球花，挺立的白桦树……透过这一帧帧美图，杏花春雨江南，风吹劲树塞北，美丽宜人的景色宛在眼前。"疑怪昨宵春梦好，元是今朝斗草赢，笑从双脸生"，在这最美人间四月天，山长水远、彼此牵念的亲人们"斗"的不只是花花草草，也是大好春光。明媚春日里，亲人们的心儿从未远离，为小家和大家，各自热情生活着，努力奋进着……

（贺慧宇，国家出版基金规划管理办公室）

# 家乡的小溪清悠悠

‖ 秦和元

村庄一里开外的小溪,是倒水河的一条无名支流。

小溪从大别山蜿蜿蜒蜒而来。我们到山里去砍柴,基本上是沿着溪边的小路,一直走到大山深处的。它一路接纳了多少条涓涓细流,哪一条从山洼里慢慢汇入,哪一条从山沟里款款流入,哪一条从山坳里温柔融入,哪一条从山涧里激情扑入……我们都清清楚楚。我们也多次行到水穷处,它的源头比较潮湿,那里生长着鸢尾草和扁竹兰。这小溪与倒水河一样,曾经流淌过红军烈士的鲜血。我们县因此由"黄安"更名为"红安"。

溪水悠悠,杨柳依依。小溪流至我们村外,受南山青石矶阻挡,它来了一个九十度的大转弯,冲成一个青石潭,也冲积出一片滩涂湿地。那是我们儿时的乐园。

沿着青石矶上仙人的脚印,我们登上"仙人座",在那里打片片、抓石子、下龙子棋;扒开爬山虎和绞股蓝,看座背上仙人画的壁画,神奇的想象满天飞扬。夏天,"仙人座"则是天然的跳台,小伙伴们一个个跳进青石潭,在潭里扎猛子,凫水。

在河湾的湿地里,我们掐水芹菜,这东西嫩生生的,是春荒时节的美食;接下来,折芦笋、剥篙巴、摘莲蓬、采菱角、挖莲藕……

洁白的鹭鸶，双腿又细又高，在浅水里，它迈着优雅的舞步，时而振翅欲飞，让人浮想联翩。红嘴的黑水鸡，在草丛中机警地神出鬼没。麻棕的鹌鹑，胆小机灵，凭借自己的保护色，或隐或现。翠鸟闪着绿光，站在苇秆上，又突然像离弦之箭一般，扎入水中……它们自由自在，我们自得其乐。

秋天枯水季节，清潭下游的溪水，只有一线脉脉的水流，河滩上，青青的草皮，像软绵的绿毯。水域较深的河床和小潭，秋水一眼望穿，那往来的小鱼，历历可见。这对我们可是巨大的诱惑——那个年代，除了过年能够吃上鱼肉，平时是难以见到荤腥的。凭肉票买半斤猪肉，得通宵达旦地排队。

这些小鱼极其机灵，是抓不到的。我们先在小潭边挖一条排水沟，再在水潭上面筑一条小坝，溪水就顺着排水沟流走。脸盆和小桶在小伙伴们手中挥动着，舀水就像舞操一般。

脸盆泼出的水，像一块一块的小瀑布，阳光照射着，闪耀着七彩光芒。水一桶一桶地倒，效率也很高。哗哗的流水，比旁边排水沟里的溪水大得多。看着水位不断下降，想着水里肥美的小鱼，大家根本不知道累的滋味。

常常是奋战一两个小时或两三个小时，小潭就见底了。大家兴奋地往水桶里捡鱼：鲫鱼、鲤鱼、黄颡鱼、鲶鱼……大大小小，一条也不放过；岸边草丛中的小洞，也要找一找，掏一掏，会有泥鳅和小螃蟹。然后大小搭配，按人数分成等份，每个人可以分到一小捧。

回家后，母亲将鱼清洗干净，把红皮萝卜切成片片，熬上一大锅鱼汤，全家人就能像过节一样，美美地享受一餐。

这种竭泽而渔的"勾当"，我们是每年秋天都要干的，因此，小溪里的鱼越来越少。

我们慢慢长大了。那时，家乡人多地少，生产队把所有能生长植物的地方，都种上庄稼，上交公粮后，粮食总是不够吃，大队就疏浚了河道，加高了河堤，把滩涂改造成水稻田……后来，我也离开了家乡。听说加高的河堤，多次被夏季洪水冲毁，小河恢复了原貌。

岁月如梭，改革开放四十年，弹指一挥间。我们的共和国七十岁了，她像小溪一样走了一些弯路，现在正欣欣向荣，蒸蒸日上，青春焕发：一座座高楼，是她刚强健劲的筋骨，一条条高铁，是她畅流奔涌的血脉。可是我，耳顺之年还没有到，血管里的血液，却越流越慢了，乡愁也像血液一样，越来越浓稠。再次回到家乡，我特意去看了儿时的乐园。

这些年，国家发展生态农业、绿色农业，注重环境保护，家乡变得更美了！她崭新的姿容，简直叫我难以相认。但小溪没有变，她依然保持着原始的生态风貌：溪水潺潺流淌，岸边垂柳蓬茸，白鹭优雅翩跹，潭水清澈见底，鱼儿自在游弋——它们再也不必担心有人竭泽而渔。

清潭的上游，高速公路凌空飞架，对小溪没有丝毫的影响。

河滩蒹葭苍苍，芳草萋萋，当年被我们砍得光秃秃的矮山，如今郁郁葱葱——这茂盛的草木啊，莫非就是我心头疯长的乡愁？

愿我的家乡，青山常绿，绿水常清。

（秦和元，湖北省红安县人，中学高级教师）

# 行走的时光

‖ 郑宗栖

晚饭后,天色已暗,月亮慢悠悠地爬上了树梢,风起的时候,让夏夜多了一丝凉意。永树和永长兄弟俩早早地在我家门口等候着,他们不敢大声喊我,生怕我父亲怪罪不读书习字,又到处野去了。但是,他们总有方法让我知道。各种动物的鸣叫声是我们之前约定好的暗号。时常,我听到"鸡鸣犬吠"的声响后,便紧紧地扒了几口饭,急不可待从家里逃了出去。

生产队的晒谷场是我们欢乐的小天地,一部用轴承做的"滚珠车"可以让大家玩上一个晚上,直到精疲力竭。你推我,我推你,绕着晒谷场打圈圈。每次轮到永长坐的时候,他总是嫌弃我推得太慢:"可以再快点,再快点,让我有飞起来的感觉。"

这大概是1985年,在我上小学三四年级的时候。我从姑妈的表哥家软磨硬泡地要来了三只甚至还是大小不一的滚动轴承,又偷偷地取来了父亲打家具用的木匠工具,照着年纪更大一些的伙伴教的办法,打造了一部完全可以由自己支配的"小人车"。永长父亲管得严,他不敢动家里的任何物件,只能眼睁睁地看我在伙伴中间炫耀。

永长是我孩提时最好的伙伴,他跟我同龄,鬼点子却比我多得多。村子里好不容易来了一部四轮的小轿车,永长便远远地跑来告诉我,然后我们结伴去追逐屁股扬着飞尘、行走在崎岖土路上的车子。我们很少可以在生活中见到这样真正可以自动行走的大家伙，好奇于它的动力来自哪里，梦想着有朝一日有机会也可以在"车房子"里坐一下，那是多么美妙啊！

我对永长说，这叫白日做梦，哪怕在心中想想都感觉太过奢侈。

邻居的堂哥，年纪与我父亲相当，但与我是同辈分，他有一辆"大凤凰"。在我儿时的记忆里，总是远远地看着他向我"飞"来，然后又远远地把我甩掉，消失成一个小黑点。每次，他双脚使劲地蹬着，轮子飞快地旋转，那叮当的车铃声简直可以打破乡村一切的宁静。用现在的话说，这样的感觉一定很拉风。但是，我们没有福分，家里买不起一辆自行车，那时我们的个头才刚刚比自行车高出半个头，还没有学会骑车的本领。

永长说，他太想有飞的感觉了，坐"滚珠车"究竟靠的是人力，充其量只是个玩具。可是，我们只是偶尔远远地看过几回"车房子"，我们家也没有办法买上一辆"大凤凰"。永长带着我，学着电影《地道战》里侦察兵的样儿，在堂哥家门的拐角处躲藏着，探出小脑袋观察堂哥的一切行动。只要他一出门走远，我们就飞奔到他家的大厅，去偷他的"大凤凰"。更多的时候，我们的努力都是徒劳的，"大凤凰"被锁得稳妥。偶尔也有没有上锁的时候，我们便轻轻将车子牵到老屋前的空地上，大家轮流着练车。

我们的个头矮，身子够不着车垫子，就将右脚伸进三脚架，双手紧握着方向，腾空吊着身子，半圈半圈地蹬着脚踏子。我们称这种骑法叫"半骑"。永长很灵活，像个猴子似的，上上下下，玩得不亦乐乎。而我呢，多数是充当扶车的角色，轮到我练的时候，又担心堂哥会随时出现，心里忐忑不安，所以总是笨手笨脚的。

练车的日子，难免摔跟头。尤其像我这样，时常摔得鼻青脸肿，甚至摔伤了脚，走起路来，一瘸一拐的。有一回，车子的链条掉了，永长叫我小心提起链条，由他去摆弄脚踏子，结果我的右手食指被飞轮夹住了。顿时，火辣辣的感觉蹿到我的心上，我疼痛不已，只得哇哇大哭。我生怕被父母问起这些事，事前要永长帮助先准备好一个谎。好在父母总是忙于生计，无暇顾及我太多。但是，我的事却瞒不过祖母，她最是心疼我，晚上睡觉前，会拿着一支柔软的鸡毛，沾上老茶籽油，帮我涂抹在伤口上。

我们偶尔也会被堂哥撞上，见到他"凶神恶煞"的样子，大家害怕得像一群受惊的飞鸟走兽一样四处逃散。而我常常是那个跑得最慢的人，一来是因为腿脚不利索，二是不忍心那辆"大凤凰"孤单地停靠在空地上，只得涨红着脸，乖乖地将它牵回内屋里。

为了这个事，我没少跟永长发脾气，怪他不够哥们儿，可是他总是有办法讨好我。多少年后，这场景一直留在我的脑海里，像电影蒙太奇似的一遍又一遍地放映着。在我上初中后，骑自行车上学时，也时常会想起这些已过去多年的事儿。这部车子是父亲为了我上下学方便，特地买给我的。它也是"大凤凰"，父亲说除了上下学用，还可以为家里载一些重物，比如化肥、水泥。但是那时的我，已经"移情别恋"了，不喜欢它黑不溜秋的样子，而更看好那小巧的轻骑车。

事实上，"大凤凰"的确威武，它是个大力士。父亲有一回要去外婆家，叫我载他。父亲体重，我一路狂蹬，汗水湿透了衣背，车子一路飞奔。那时，我感觉自己已是大男孩了，想证明自己的成长和能够担当责任。平路时，父亲也会跟我说笑，谈起人生的理想，问我将来想做什么。被问到这些问题的时候，我却哑口无言。是的，对于将来，我也有些许想法，但是总感觉遥不可及，就像脚下的路一样，始终没有尽头。

这是我唯一一次用自行车载父亲。父亲生前，不止一次向众人骄傲地说起，甚至在他弥留的时候，还拉住我的手说，那是我第一次让他有了当父亲的感觉。父亲是生病十年后，才离开我们的。为了医治他的病，我们家变得一穷二白。在别人买起摩托车、盖起小楼房的时候，我们家还得为柴米油盐发愁，一家8口所有的生计只能靠母亲一个人维持。

那个时候，村子发生了许多变化，像被一股和煦的春风吹过一样，处处充满着新意，充满着暖意。阿庆家推倒了土夯墙，盖起了两层的小楼，实现了"楼上楼下，电灯电话"；表哥永吉买来了一部彩电，村里的小孩老人都跑到他家里看电视，姑妈喜欢在众人面前叫嚷"这个月的电费又要飙升了"；堂哥也"喜新厌旧"了，把那部"大凤凰"当成废品卖了，又买回了一部"太子"摩托车，隔三岔五用碎棉纱沾上油把车子擦得锃亮，故意在别人羡慕的眼神里飞驰而过。他也曾经载过我一趟，我怯怯地躲在他的身后，风呼呼地在耳边吹过……

而我们家呢，因为家庭的变故，置办不了一件像样的家电或家具。我也变得沉默寡言，不愿意与村里的人打太多的交道，穷人的孩子多少有些自卑。家里需要化肥，我就用手推板车，远远地从镇上拉回来；去亲戚家，我们兄妹结伴步行。当然，我们也羡慕过别人：什么时候，我们的梦想也能飞翔？

1996年，我从一所学校再到另一所学校，成了一名乡村教师，第一个月的工资是326元。去报到的那天，表哥永吉开着一部手扶拖拉机停在我身旁，他正好要去我学校所在乡镇拉砖头，顺便也捎带我一程。我站在拖拉机的后斗上，一路颠簸，身子都要散架了；柴油机冒出的黑烟也把我们熏得像包公一样。现在想来，甚是有趣，我曾经跟表哥永吉说起过这事，他惊诧地反问，已经记不起当年的事了。

而与我同年毕业的阿森，比我幸福百倍，分配在邻村，他父亲还为他买了部品牌摩托车，花了一万多元。这笔钱，对我来说算是巨款了，得三年不吃不喝才可能积攒下，令我感觉特别的遥远。谁承想，在我毕业后的几年时间里，国家加大了教育的投入，教师的工资逐年增长，1999年，我自己也买了部摩托车。虽然是跟车行老板事先约好的分期付款，但我不用担心还不上这笔钱。

买来摩托车后，第一件事就是骑回来给母亲看。母亲看着车子对我说：这下可好了，去舅公家再也不用走路了。舅公是祖母的弟弟，家住20里外的文江，去一趟他家得走上半天。更糟糕的是路况又差，骑摩托车得绕道，走的全是土路。有一年春节，我们去舅公家走亲戚，突然半路下起了倾盆大雨，路面泥泞不堪，车轮沾满了泥土，车子走不动了。我得用树枝把车轮上的泥土剥干净了，骑行一段路后又停下，再去剥车轮上的泥土。如此反复，让人心烦不已。后来，连车子也不听使唤了，抛锚半路，我们只能用手推行。

日子总是过得很快，又是一个十年过去了。去舅公家的那条路硬化了，公路沿线村庄的百姓出行很方便，村子里买车的人越来越多。祖母还在世的时候，也常要我载着她去看她弟弟，在公路另一端有她一生一世无法忘却的记忆与情怀。

2009年，我工作调动到城里，单位离家很近，摩托车很少用了，平时都是以走路为主。前几年，小城里自行车运动特别热，我也买了部山地车，圆了我的"自行车梦"。这份梦想，不再是满意于物质以及对出行的一种期盼，而转化为了对休闲生活的向往与追求。

2015年的一天，永长突然打电话给我：他买了一部小车，要到城里来看我。永长已是两个孩子的父亲，初中毕业后便四处打拼，干过矿工、蹬过三轮车、做过泥瓦匠，如今是个小包工头，因为勤俭持家，小日子越过越红火。我们常常喝酒说起过去的事，总是感慨，满是怅然：当年啊，一切不可想象。

时光行走，日新月异，周边的事物已不再是旧模样了，生活的节奏也越来越快，这些变化却是那么的自然，充满着活力。去年，我们家也买上了小车，回老家看母亲也方便了。母亲只要有事来一个电话，我们用不上一个小时便可以回到家里。母亲老是重复说起这句话：父亲人笨，一辈子都没有学会骑自行车，如果他还在，能够坐上这小车，那是多幸福的事啊……

时光总会给我们留下记忆，行走的人生或是匆忙或是悠闲，体现着一种生活的态度，召唤着诗和远方，也无不让人追忆着那些逝去的人和不可忘却的事。

（郑宗栖，福建省作家协会会员）

# 耕读继世

‖ 毕玉青

本来我是有机会嫁一个邻村的小伙子，过一种简单平淡的小日子的。

只是作为家里四个孩子中唯一一个读书还算有脑子的，我被家人寄予了厚望。虽然是女娃，但父亲坚持认为让我读书是条好路。小时候每逢过年，村里人都会找父亲写对联。有一次父亲指着"耕读继世"问我是什么意思，我把每个字翻译出来："耕地读书继续人世？"父亲敲一下我的头，对我说："不好好读书就回家耕地！"听完，吓得我赶紧跑到磨台上读书写字。

在我们老家，一个孩子只有两条出路。学习好的，读书考学；读书不好的，会被大娘大婶心疼地判定为"不是读书的料"，直接辍学回家耕地或出门打工。虽然我不是聪明的孩子，但当时年幼的我已经悟出了一个道理：我不是读书的料，但更不是耕地的料。一来我没锄头高，二来我拗不过我家的牛。所以，我用了笨而保险的做法——勤能补拙，我成功逃过父亲的眼睛，顺利地读完了初中进入中专。

1998年我学习了计算机专业，因为老师说计算机很厉害，能打出和课本一样的铅字。其实我有自己的小九九。据我所知，当时我们村没有一个人会用计算机，没有一家有计算机。所以，我将会成为我们村里的唯一——唯一懂、唯一会用计算机的人。光这一点，就能保证我成为一名打字社里的打字员，每月拿到三百元工资，成为一个有工资的人。这样，也能让相亲的人忽略一下我不高的个子和不轻的体重，实现我多年嫁邻村小伙子的梦想。

就在我中专毕业被打字社物色，我也在物色小伙子的那一年，国家允许中专学生可以继续考大专了！那时，我才知道大学分为专科和本科，专科生也是大学生。"大学生"三个字，一下子把"三百元的月工资""邻村的小伙子"统统给比了下去。小学不大，大学才大，我要上大学。

于是，那一年，虽然跨专业难度很大，但我依然选择了一个时髦的专业——电子商务，考到了一个有海的城市上大学。看见海，我就知道，是的，生活不只是老家的一亩三分地，还有大海里的鱼虾螃蟹。第一次走出山窝窝见到大海的我，就着大海的咸味看着没有尽头的大海，也看到祖国敞开了怀抱迎接我。

大专的三年，我是很拼的。因为知道读书的不易，以及时间的宝贵，我读了很多书有了很多思想，遇见了很多人有了很多朋友，走了一些路有了一些经历……胆子被知识撑肥，志向被思想壮大，我觉得自己还可以往前走。

专科毕业时，国家有政策允许专科学生考本科。于是，这一次，我已经不再去想小伙子了。因为，先把自己夯实优秀了才能遇见更好的小伙子。所以，我再一次跨专业考上了本科。老师说，你是真能考啊，考啥中啥。我笑笑，"心想事成"，你真的用心去想了去做了，才会事成啊。关键是，一不努力我就会被套上拉犁的绳。我要去向远方。

所以，本科我过得充实而开心，泡图书馆静心读书成为乐趣。你并不能看到我吃了多少饭，你只会见到我在成长。同样，你不知道我读了多少书（因为我也没算过），但我却知道字里行间的共鸣与落笔成章的快感。

有人说，读书是为了什么，还不是跟不读书的人一样工作生活忙碌。但读书会让工作更有意义，让生活更有趣味，让忙碌更有价值。读书来不得半点功利，你认真对它，它自然还你以美好。

后来，我第三次跨专业考取了山东大学的研究生，见到了大师与新思想,天空一片蔚蓝。

同时,很多东西也悄悄地发生着改变。

我越来越喜欢带着孩子回老家,孩子在土里玩,我在一旁笑。我读书的这几年,老家发生了巨大变化,机器的普及让劳作变得不再那么辛苦,有的邻居还搞了养殖或种植。看着满园的生机,我整个人的呼吸都有了深度。

我一直在试着逃离这片土地,却不知这片土地一直在守护着我,滋养着我。我的根是离不开这片土地的。

现在,俩娃一老公的我过年回家,看父亲还在写对联,只是村里人已经不找他了,因为物流方便,对联太好买。父亲写它,完全是哑巴年的味道呢。父亲又写下了"耕读继世"四个字,三十多岁的我,突然明白了父亲一撇一捺里的深意。我学着父亲当年的口吻,对正在观摩的孩子说,姥爷写的这四个字是"耕读继世",意思是说,不好好读书就回家种地。二宝瞪大眼睛,兴奋起来:"妈妈,妈妈,我要耕地,我要开挖掘机。"我敲一下他的头:"好好好,咱们不仅要会种地,还要学会读书。"

父亲看我逗俩孩子,笑笑说:"你这丫头,明白得很哩。我们中国人啊,什么时候都不能忘了土地和知识。脑袋往上找知识,双脚往下扎根大地,这样才能走得正行得稳。"

我点点头,摸摸孩子的头,相信总有一天,他们也会懂。

(毕玉青,山东财经大学东方学院)

# 故乡素书（三章）

‖丁　纬

## 遥远的芭茅

海山是幕阜山脉丁母山的支脉，由家门前几座不规则的山梁挤成的群山。说是山，其实是山体不高的丘陵。山脊是坚硬的岩石，山脚下建了一座硕大的石灰窑场，山上山下长满了芭茅。芭茅丛中偶尔钻出一两株杂木，正好成了分辨山梁的旗杆。一年四季，仗着山脚下窑工的照应，牧童将耕牛抛放在这些山梁上，自顾玩着游戏。哞哞的叫唤声此起彼伏。夏初满坡披绿，正好刈割牛草。

夏秋芭茅花开，似一柄利剑，茅头直指苍天，头顶的茅絮似乎在扫去满天的云霾。

到了冬日，海山金黄一片。忙完了一年的农事，父母才愁起我们下一年学费。父亲上山挖老树蔸，大姐则带上我上山采割芭茅。连续几天，我们有选择地伐倒高挺粗壮的芭茅，剔除茅叶和茅絮，将芭茅秸秆一捆捆挑下山。有时连续下了几天大雪，天刚刚放晴，大姐就带上我往山上赶。山上的芭茅全都匍匐在地，这时穿行在芭茅丛中似乎更为便捷。倒伏的芭茅再不会划伤我的小脸，只是戴着硕大手套的小手寒冷彻骨。

我用镰刀拍打芭茅上的积雪,用刀尖勾起一些粗壮的用力采割。采割这些造纸的原料,换回自己的学费。

其实大姐每年冬日都要采割芭茅秸秆和黄荆条,芭茅秆和黄荆条是补贴家用的重要收入来源。大人们一年四季忙农活挣工分,大姐没进过一天学堂,却承揽了全部家务,我一来到世上就成了她的累赘。

我出生时,恰遇三年困难时期尾声。母亲没有奶水喂我,大姐每天采割芭茅秆、黄荆条和小水竹换取白糖,掺入大米糊中将我喂大。后来我自己挣学费,姐姐则挣钱补贴家用。

"野火烧不尽,春风吹又生",指的正是芭茅的品格。每至犁耙水响,耕牛就要吃青草。每天放学归来,一群放牛娃就手持镰刀上山刈割嫩绿的芭茅芯,扎成一小捆一小捆背下山,送生产队过秤记工分。夜间,各户将耕牛喂饱,第二天继续犁田耙地。

山火烧过的芭茅长得更快。芭茅疯长,一片青绿。通过放牛娃的传递,漫山遍野的芭茅芯被传送给耕牛,使它们疲而不饥。这种特殊的供给方式,也确保了集体耕牛的膘肥体壮。

父亲习惯以竹枝、高粱穗扎扫帚,结实耐用。茅花飘花季节,偶尔采集一些茅花扎成扫帚,也只是与高粱穗扫帚配在一起,在城里有人需要时送一送。

秋后的芭茅则派上大用场。集体的林木不能轻易砍伐一棵,芭茅则成为放牛娃扛回的主要柴火。火塘烧木柴木桩,土灶"噼噼啪啪"全靠芭茅支撑。飞舞的烟尘掩覆在灶膛里,煮饭炒菜则扎一小把芭茅,一小把接一小把塞入灶膛,那是急一乘紧一乘的灶火。煎锅贴、焖饭则需要一小根折叠的芭茅,文火慢煎慢焖,让香味溢满厨屋。

父亲每年为牛栏猪舍屋顶翻新,都采集一大堆芭茅。父亲精心编织屋顶,帮牲畜遮风挡雨。屋侧立了几十年的猪舍牛栏,都是那一丛丛芭茅横卧屋宇。

在"绿满荆楚""森林质量精准提升"等系列政策推动下，经过数年的发展，海山满坡满岭都长满了经济林和楠竹，山脊上则披满了灌木。

家兄在山脚下培植的桃、李、梨树之类的林果，每年都有三两万收入。

曾伴随我成长、撼动我灵魂的海山芭茅已经成为遥远的故事。

人们只是在一次偶遇、一次追忆中审视一丛芭茅留下的印记。


## 绵延的楠竹

一场暴雨将冬日的丁母山洗了个遍。"霁雨天迥，平林烟暝。"金黄的竹叶似有万道霞光照射，这瞬间放晴其实是一种假象，原来是冬日纷披的竹叶散射的道道"霞光"。

相传，丁母山因三国时期吴国大将丁奉的母亲葬于此而得名。

大集体时期，丁母山封山育林非常严密。在一些肥沃的山坳，楠竹粗如水桶。每年伐竹都是国家计划调拨。伐竹没有伐木那样困难，竹是空心的，枝丫也不会盘根错节。竹巅往坡上倒，竹蔸往坡下滑。伐竹之前"喊山"，坡下的人畜一律清退。把楠竹平放在斜坡上，先清理竹枝，再推送下坡也是一种方法。

高中毕业不满十七岁，却成为挣工分的正式劳力。二兄带我上丁母山林场融入竹农，为竹林清障、除草，并挑选竹种掘起外销。

作为少年，伐竹的技术活、力气活都将我撇开，我只能在竹林中做些粗活。

清障、挖山，让楠竹轻松地生长，这是竹农给竹林的一项特殊待遇。

选择的种竹不能太大。每株楠竹都有一根南北或东西走向的主竹根。根据竹叶生长的方向，找到主根后，将两侧的土松动，主根留长二尺以上，竹蔸两头分别斩断，竹蔸四周保留细小的根系和足够的泥土，形成一个圆球。

楠竹有公母之分，这些都通过竹节和竹枝来鉴别。种竹相对要小，而且一定能长出竹笋。

种竹出土后，为避免泥土流失，竹农将竹蔸用草要子或布条捆扎，像襁褓中的婴儿裹得严严实实，不让竹系暴露。不满十七岁的力量，一天能拼出十来棵就精疲力竭了；二兄挖上三十棵都轻轻松松的。林场计工员验收时给我们算三毛钱一棵。凭自己劳动，拿上两块多钱，可在学校吃上半个月的伙食。

楠竹移栽到瘠薄的芭茅山、石头山或村里的宅前屋后，村民会受益颇多。那时候，很少使用水泥，想在门前的泥场子晒一些粮食或蔬菜、干果，常常使用晒簟。晒簟两头分别裹一根竹竿，比竹席收卷起来方便。长一丈五、宽八尺，收了果蔬一卷，细绳一系，扛起来放在门角不占地，家家户户都有三两床。竹篮、箩筐、筲箕、簸箕、竹笼、竹蔸、竹椅、竹床、竹梯、链杖、竹耙等系列竹产品，都是父亲带我们几兄弟学会自制。这些生活用品虽然用不完，也仅是送人，只能尽一种情义。父亲农闲时节带着全家通宵达旦赶制的则是一种商品——篾折。篾折又称煤折，用于煤矿巷道向前掘进时挡往头顶的煤层，然后用木桩顶起煤折，推进一条条采掘巷道。煤折是小木棒和小水竹组成，小水竹一劈两半，直接攀在一米长的五根小木棒上，也没有损害集体的树木和竹林。所以编煤折卖钱也是各家各户补贴家用的重要手段。

随着现代工业的发展，竹器产品日趋减少。当年送一套筲箕、几把竹椅给城里客人，属于贵重礼品，如今这些已成为让人不屑一顾的沉重包袱，或成为博物馆的样品。塑制品、铝制品、合金制品已深入城乡千家万户，既轻便又节约空间，在家家户户的水泥场，更是取代了晒簟之类。

改革开放后，家乡楠竹种植面积扩大到十万亩。星星竹海、随阳竹海，楠竹深入千家万户，此消彼长，楠竹售价却是暴涨暴跌。如今楠竹主销当地几家竹地板厂、造纸厂，或加工成半成品外销，节省原竹运输的运费和力资费。

"不滞于物,不殆于心。"竹农尊崇楠竹的品格,再次拓宽新思路。在随阳,在双垴,在市工业园区,竹笋被加工成罐头、袋装笋干及系列地方文化品牌产品。竹农从舌尖上感受楠竹发展的前景,品味楠竹延伸的空间。

## 故乡的公路

故乡的公路是107国道很不显眼的一条支线,曾经是中伙铺通往神山的一条石板古道,正好打门前经过。花园村、驼岭村、张皮村、琅桥街道、埠头村……这些古村落像珍珠一样,星星点点缀满了古道。古道则像一根彩线串起了繁星般的古井古树和捣衣洗菜的古塘古堰。

古道全长20公里,有四百多年历史。在没有铁路和公路之时,这条古道是古代商贾和行人必经之道,是脚夫们肩挑背驮的生存之路。相传四百多年前,石坑一位祝姓石灰经营商,在运送石灰途中,每遇阴雨天,则道路泥泞无法成行。为方便脚夫和行人,他出资修筑了这条石板古道。

据祖辈们回忆,从陆水石坑码头运送木方(半成品木料)、苎麻、石灰、木炭到神山湖埠头码头,再通过集装船,运至长江口。客商收购木方销往汉阳木行,收购苎麻销至汉口纺行,收购石灰、木炭分别销到武汉三镇建房、取暖。

在中伙铺、驼岭村、琅桥街道、埠头村等几个村落,木板门和木橱柜形成的商铺相对集中。为方便客商和脚夫们中途歇脚、吃饭,古道的饭铺、旅馆也应运而生。沿途村落以程、田、王、张等大庄大姓为主,同时杂居几十种姓氏。虽然这些村落的村民祖上大多来自江西,仍有很多住户是江北人和湖南人,这类住户则是新中国成立前为躲避灾年逃荒落户的。我族下大娘就是从沔阳逃荒过来的。

在石板古道上,除了传统的肩挑背驮,鸡公车是主要的运输工具,20公里古道留下鸡公车深深的辙印。鸡公车成为古道上的"滑轮",穿过一个又一个珍珠般的村落。随着时代的发展,村落的农产品不断丰富,"珍珠"更加璀璨夺目,山外的"滑轮"也更新换代,牛车、板车、自行车、拖拉机、卡车、客车、小轿车陆续滑入人们的视线。

20世纪60年代,国家开始修筑一条土路连接107国道,直达县城。土路正好与石板古道平行,有的路段则交叉重叠。土路成为107国道主动脉的一条支脉。

新建的土路虽然让人雨天一身泥,晴天一身灰,但离县城的直线距离还是缩短了不少。养护人员每年在路基上不断垫加三分子、四分子硝石,卡车、农用车、拖拉机等各类车辆行驶还是较为方便的。

农业生产资料、粮食油料、农副产品、工业加工辅料、工业产品、日常生活用品,车辆承载了这些产品和资料的进出运输,在落后的山区是一桩神圣的幸事。

土路通车时,我们正值学龄。我们追赶着卡车,掩覆在遮天蔽日的灰土中。那卡车的拖斗搭上的不仅是我们渴望的小手,更是满车的希望,是对山外的憧憬,是踽踽而行的求知路。

路两边的农作物,树木都覆盖着厚厚的一层灰土,但为人们带来的是交通便利,是生活喜悦,是未来畅想。

那时候还没有乡村客车,到县城或步行或坐顺风拖拉机上国道,再转车进城。

我的高中语文老师是武汉知青,每次到武汉都是抱着小孩步行十多里土路,上国道转乘火车或客车到武汉。夏日,土路沿途的村庄少不了卖茶水的,干不了,渴不着。沿途的一座水库,两片茶园,几畈农田,都给人带来美丽的风景和无限的希望。每一个村庄都掩映在桃园、李园和风景旖旎的古村中。

土路通客车是80年代后期的事。土地承包到户后,人们出行购种买肥,急需以车代步。乡村客车从县城直达家门口，客车上的欢声笑语也漫到了家门口。

本世纪初，国家规划村村通、村组通，像蜘蛛网一样的水泥道通到了村口，连起了千家万户。粤港澳高速、武深高速、京广高铁陆续在家门口拉开序幕，不断运送的石料让土路不堪重负，像油脂太厚的血管，常常受阻。

土路不过是路网主动脉的一根毛细血管，当国家大工程全部竣工之后，对土路开始降坡、拓宽、硬化路基，一条柏油路似飘带穿回故乡。

一条在风雨泥泞中、在阳光雨露中飘动了近半个世纪的土路，终于像一位风姿绰约的少女盛装进入了人们的视线，将千家万户的生活并入了快车道。

如今，我选择了远方。当我风雨兼程追求生活的彼岸，故乡的公路却像慈母的双臂，永远向我延伸，时刻期待游子的归来。

（丁纬，湖北省赤壁市政协委员会办公室）

# 离原陌上秋草香

‖ 叶家坤

依稀梦里的年华，在岁月的草地上长出青葱的记忆。

——题记

## 一

那一片草地一直珍藏在我的梦境。

离原，是我给她取的名字。

时常出现在我梦中的离原，就在中学母校南中的后门。学校本有一个小操场，因无法容纳八百多学生活动，所以在后面梯田边上征用了一大块地，规划建设新操场。因为缺乏资金，新操场还只是平整好的一块大草坪，没有砌筑围墙，没有水泥球场，只有两个简陋的篮球架孤零零地插在草坪上，让人恍然记得她还是一个学校操场。

估计是怕体育课上尘土飞扬，新操场没怎么除草，于是成了杂草的乐园。那里有我熟悉的狗尾巴草，还有许多我叫不出名字的野草，春夏季开出星星点点的美丽小花。中学三年的课间操、体育课、运动会都在这里举行。

春天长出的茂盛野草，架不住我们日复一日地追逐踩踏，逐渐呈现出轮廓分明的方块痕迹，而边上依旧芳草萋萋，像是镜框的绿色镶边，美丽天然，从上面走过总能闻到习习草香。到了秋季，"镜框"内的草地日渐稀疏露出黄土，像是油画底色，而边上日显金黄的秋草，连接着成片黄澄澄的稻田，散发着植物混杂的香味，浑然一幅唯美田园画。

看着这片草地上草木枯荣季节更替，我想起了"离离原上草"那句古诗，便在心里为她取下了"离原"的名字。

我出生在闽东山城寿宁县的一个小山村。寿宁曾是国家级贫困县，山高路陡交通不便，明代著名通俗文学家冯梦龙在寿宁任县令时曾留下"地僻人难到，山多云易生"的感叹。我上中学时村里还没通公路，要到镇上中学走读。从老家村口出来，走过古廊桥，经过老油坊，走一段弯曲的小路，穿过一大片田野，经过离原后从学校后门进校。每天放学，经过离原我都要稍作停留。有时抽采几根狗尾巴草，随手折成狗狗模样和同学戏耍着回家。有时看看家在镇上或寄宿的同学留在操场上打球，尽管条件简陋，大家还是兴高采烈的，难得投入一个球，都要喝彩半天，感觉那投篮的男生真是帅气，那在边上拍红手掌喊红脸蛋的女生是那么的美丽。有时还要去看看朱老师和他的小羊。教我们数学的朱老师是个慈祥的长辈，听说是省城下放的，一直没有返城，一个人常住学校，养了一只羊做伴。课间课余，朱老师会带我们到离原边上放羊，上课时就把羊儿拴在草地上，羊儿吃光野草后留下一个个"小圆圈"。

这片草地曾经洋溢着青春气息，让我们困塞的少年时代充满阳光。冬天里，衣着单薄的我们一下课就拥到离原上活动，听着校园广播播放的歌曲晒太阳是莫大的享受。家在镇上或者寄宿的同学常结伴在离原上晨读；或者放学后在那片草地上运动嬉戏；或者坐在离原边上小山涧旁的石头上，听着叮咚的流水声，看着山风吹过田野，谈着趣事、梦想；有男生走上窄得只容得下一只脚掌的田埂大秀平衡技术，摇摇欲坠中引来女生一阵阵尖叫，同学的友谊、少男少女的青春情愫就在离原边上抽绿、发芽……

## 二

那时候很羡慕家在镇上或者寄宿的同学,不用天天走山路回家。放学时走在弯弯曲曲长满野草的小路上,我时常想着何时宽阔的马路能够直达村里。于是,梦里时常出现平坦开阔的马路直抵老家,大客车从村中开过,孩子们说笑着搭车去镇上、城里上学,大家的生活都和城镇人一样便利、富裕……

老家有过通公路的机会。20世纪60年代,在修建县道寿(宁)泰(顺)公路时,最便捷顺畅的线路就是从老家村中经过。思想保守的老支书和几位老人反对这个方案,担心农田被占用、鸡鸭被碾压、孩童在路上不安全,几次三番找县领导要求更改施工方案,最终公路绕了一大圈从另一个小山村经过。后来,那个山村日渐繁华,成了一个新集镇,与老家的日益偏僻闭塞形成了鲜明对比。老支书在村民日复一日"何时再修公路"的问询中抑郁难支,离开了工作二十多年的岗位。父亲应同龄伙伴邀请进了新一届村委班子。这是迫切想改变现状的一代,修公路成了他们最大的梦想。尽管村子很穷,他们还是架设供电线路、兴建小学校舍、拓宽美化村道,做成了多件他们之前不敢想的事,但因村里曾反对公路过村,错过修路大好机遇,再难争取上级项目资金支持,修公路成了他们一代的最大心病。

到我上中学的80年代中期,镇里很多村都通了公路,老家依然还走在弯曲的山路上。父亲和他的伙伴们到村委任期末尾时,修路再次被提上议事日程。村民代表大会上出现了两种截然相反的意见,一部分人认为要量力而为暂缓修路,担心资金不足,修成半拉子工程,占用了田地等;一部分人坚持抓紧时间尽快修路，担心今后田地调整更加困难、发展更加落后，等等。大会开了很多场，争论一直不停歇。父亲小时候因家穷没念几年书就回家务农，但他爱读书、勤思考、有见地，写一手好毛笔字，是村里老小尊敬的"先生"，左邻右舍有婚丧喜庆事宜多找他主持，村支书、村主任有事不决也多找他商讨。村委几个人经常到家里讨论修路事宜，我和上高中的二哥时常成为听众。有次，父亲问我们："'读书人'，对修路有何想法啊？"我和二哥一致意见，先修路，哪怕就修出个路胚，后面的人也会接着干下去。后来，父亲在村民大会上说，要想过好日子，多出万元户，就要先修路，好比是栽好梧桐树，才有凤凰来。修路的意见逐渐占了上风，最后大家都同意秋收后就把田地调整出来，冬闲就开工。

父亲忙了村务荒了农事，微薄的误工补贴解决不了一家子的生活开支，加上母亲的一场大病，家境每况愈下。中学毕业那年，尽管学习成绩优异，我还是依照父亲意见选择了早日就业，直接考取了中专。那年秋季，我走出小山村，离原远离了我的视线。冬季，经多方努力，村委与邻村协商好修路线路和用地问题，到县里争取到一笔机耕路建设资金，还卖掉老油坊，凑起部分资金，全村老少动员起来修路。到我中专毕业前夕，公路路胚出来了，尽管村委欠了一大笔债，公路只有机耕路质量水平，但是摩托车、拖拉机、小货车已经突突开进村来，父亲和同事们终于吁了口气。

我和二哥毕业后相继回到家乡县城工作，老家乡亲们的生活光景也越来越好了，但劳累一生的父亲没多久就因病离开了我们，离开了曾经与他一道逐梦的伙伴们，离开了生活奋斗了一辈子的小山村，带着那个没有完全圆成的公路梦。

父亲去世五年后的春节，又是春草泛绿的时节，当上老家村支书的大哥，带领我们在村中公路两旁栽上了法国梧桐树，整齐的行道树成了村里一道美丽的风景。

但愿，天堂里的父亲能够看到那一片新绿。

## 三

去年秋天,我回了一趟母校,为了去看看那片草地,那片曾经风雨相伴、行将消失的草地。

站在新建成的智华楼上放眼四望,整个校区就是一个入工地,一幢幢新楼拔地而起,一片片山地在挖掘机的手臂挥舞下展平延伸,标准跑道操场、标准化实验楼、现代化教学楼都在规划建设中。现在的南中是省级试点小城镇建设项目之一,由镇里另一所中学和南中整合新建完中智华中学。远处,老家已成为小城镇建设的核心区,市政项目建设正在推进,条条大道交织成四通八达的路网,汇集连接到穿村而过的福(安)寿(宁)高速公路上,迎接拥抱着新时代的到来。

老家古镇日新月异,母校南中沧海桑田。昔日的南中已经难觅痕迹了,我所熟悉的离原呢?

中学毕业后,我经过一次离原。那时进村公路还没修通,我回家从老路经过,母校南中已经改变了模样,闲置的离原等待着新的使命,成了一片无人光顾的荒原,除了边上我们亲手种下的树木依然茁壮,当年的痕迹已经无处可寻。

前几年,经新一届县委、县政府领导的奋力争取,经过本县的出省高速公路工程得以列入"十二五"计划提前实施。老家再次面临大好机遇。高速规划有西线、东线两个方案。西线离县城最近,到高速互通口连接线最短,县财政负担最轻,而东线就从老家村边经过,受惠人口更多,能给古镇留下最大的发展空间,但困窘的县财政要承担巨大的资金压力。梦想近在咫尺,乡亲们再也不能失去这次发展机遇了,他们联同附近村落的乡民一起选出代表,不懈走访上级部门领导,争取按东线方案建设高速公路。最终,县领导在高速路建设方案抉择时,把尊重民意兼顾长远利益放在了首位,还通过多方努力为家乡古镇争取到省级改革试点小城镇政策。这两大事项的促成,对于身为省扶贫开发重点县的寿宁而言不啻百年梦圆，在山城的发展史上留下浓墨重彩的一页。

党的十八大召开前后，小城镇建设铺开了，高速路动工了，互通口、收费站就在老家村头。2015年高速路建成通车，走了几百年山路的乡民顺着高速路走向新时代。

离原，在我生命岁月里，埋藏无数挥不去记忆的那片草地，正在推土机面前慢慢消失。连接镇区到老家高速互通口的35米中兴大道就从新建的智华中学北门经过。那片我熟悉的草地将永远埋在路下走进历史。父辈们没有实现的梦想，将在我们面前成为现实。我们走过多年的弯曲山路，已经杂草丛生无人问津，或许也将在城镇建设中消失，下一代已注定无须跋涉，更无从知晓那弯荒草野径的前尘往事。从寿宁经过的南（平）丽（水）快速铁路项目已列入福建省中长期铁路网规划，不久的将来也将付诸实施，老家将迎来高铁时代。伴随着国家各项事业的蓬勃发展，家乡建设也是日新月异。冯公梦龙昔日"凿开山混沌"的大志、"垂白鬻孤孙"的忧思，都被今天的寿宁人一一实现和解决。我和我的家人，以及曾经在这片土地上共同经历过贫困艰难的乡亲们，伴着祖国矫健的发展步伐走进了新时代，逐渐褪去贫困的单一底色，享受着改革发展带来的繁华盛景。

年年陌上生秋草，梦里秋草香如故。离原，是我难忘青春记忆的时代符号，是我感怀社会变迁的参照背景。她应当欣慰于见证了家乡走向繁荣的进程。

又是一年春草绿，翠微满眼正逢时。离原，这片我少年梦想起航的纯净草地，将永远茂盛于我脑海深处。

（叶家坤，福建省宁德市寿宁县社会科学界联合会）

# 难忘的"蛇皮口袋"

‖ 张喜洋

"蛇皮口袋"应该是中国改革开放后,咱第一批闯广东的农民工所用的特殊"旅行袋"。

我的家乡在四川一个叫福德镇的地方。十一届三中全会后,农村实行了家庭联产承包责任制,农民种粮的积极性普遍高涨。为了让粮食高产,于是家家户户开始大量购买和使用化肥,其中碳铵、磷肥和尿素是主要的肥料。装肥料的这种袋子,里面还有一层塑料薄膜,具有防潮、防水的功能,实质上就是纤维袋(也叫编织袋),因其外形很像蛇皮,因此农民都叫它"蛇皮口袋"。

这种袋子有多种颜色,农民们用完化肥后,不会轻易将袋子扔掉,而是将其用清水漂洗干净,待其晾干后,用来盛装粮食、衣物、棉被等,经济实惠。

当时的广大农村,责任田到户了,农民积极性提高了,饭能吃得饱了,可绝大部分农民手里缺钱。我就是其中之一。缺钱到了什么程度?因家里没有什么东西可变卖,种庄稼连化肥都买不起!

那时四川有一句流行语是"东西南北中,发财到广东"。我也决定出去闯一闯。出远门儿,得坐火车汽车,得需要路费!好不容易跟咱村里一位国家教师借到一百元路费，可又为一个小小的行李袋发愁。

怎么办？正在犯难的时候，母亲为我拿出了一个干干净净的蛇皮口袋。我将换洗的衣服、洗脸巾和一床薄薄的棉被塞进口袋，再用两根绳子从扎紧的袋口，连接到两个袋角，就像背背篓一样往双肩一挎，就这样解决了我的行李袋问题。

我清楚地记得，我背井离乡南下广东打工时，1991年的春节刚过。当许多人还沉浸在春节的欢乐中，我就一把鼻涕一把泪地离乡了。

我是20世纪80年代中期的高中生，在农村中算得上是"文化人"，因此当时觉得背一个蛇皮口袋进城很土气，很难为情。

可是，当我到达渠县火车站的时候，这才发现，凡是和我一样南下打工的农民工，他们差不多都跟我一样，身上背着这样的蛇皮口袋。于是，我又变得坦然起来。

这还不算什么，当三天三夜的绿皮火车把我运到广州火车站时，我更是惊呆了。这里简直是"蛇皮口袋"的海洋！

不论是进站出站或是街头正在等公交车的农民工，他们身上的蛇皮口袋像是散落在城市街头和工业区的一片片乡愁，又像是现代都市里一个个五颜六色的"补丁"，仿佛刺痛着这个南方大都市的繁荣。而当时"南下打工大军"这样的行装，几乎是他们的"标配"！

在广州，我无心欣赏这里的繁华，又急忙转乘大巴，到东莞一个叫凤岗镇的地方打工。尽管我仅仅是厂里的一名杂工，可我心里暗暗发誓，等领了第一个月工资，第一件事就是要买个像样的旅行袋！

我心想，等再次回四川家乡的时候，一定要扔掉土气的蛇皮口袋，如果提着旅行袋赶路，就像城里人一样风光了，那就叫衣锦还乡！

说句老实话，改革开放前，像我们这样的青年农民，似乎永远都会被拴在土地上，不可能出远门儿，哪儿还能到中国改革开放的最前沿，进工厂打工挣钱改善生活。

没过几年，我辗转来到了珠三角腹地、富庶的佛山南海打工，经过努力，我还成了一名企业管理人员。

那是1997年3月，正是春风吹暖大地、百花吐艳的季节。一天傍晚，我的妻子在没有跟我提前打招呼的情况下，凭着我给她写信的信封，找到了南海我所在的工厂。

见到她，我又惊又喜！只见她背着一个沉沉的蛇皮口袋站在厂门口，我急忙帮她放下口袋，打开一看，口袋里面有天府花生，有四川腊肉，都是我爱吃的家乡土特产，那高兴劲儿就别提了！

后来，我们夫妻都喜欢上南海这座美丽的城市，在南海扎下根来，并把留守在家乡的孩子们也接到南海，让她们和本地孩子一样享受着这里的同等待遇。全家人在这里定了居，免去了异地奔波之苦。

经过努力打拼，我早就扔掉了当时令我感到羞愧的蛇皮口袋。随着时代的变迁，新生代农民工出远门，早就用上了时髦的旅行袋、双肩背包，现在绝大部分人都用上了拉杆箱。不信，你往各大城市的汽车站、地铁站、高铁站、飞机场看一看，现在咱中国人谁不是这样的出行派头呀！

虽然蛇皮口袋作为旅行袋早已退出了历史舞台，可那一路的风景，见证了我们第一代农民工与祖国改革开放共同奋斗的足迹，我永远也不会忘记！

（张喜洋，广东省佛山电视台南海分台丹灶广播电视站新闻部）

# 乡村雨后

‖ 夏洪纪

霾已经十多天了,终于来了一场淅淅沥沥的秋雨,足足下了两三天。

雨后的早晨,天格外晴。

虽已是深秋,汶河湿地、云湖岸边的河柳仍然散发着一种老绿色,甚至隐约可见一些嫩绿的新芽,让人怀疑是否冬天真的要来。

晨练的人们沐浴在晨曦中,着急赶路的人脚步匆匆,一路上车水马龙。

远处,白鹭在柳枝与湖面之间优雅地舞蹈,成群的野鸭悠闲地浮在水面上,偶尔还有三两只不知名的水鸟在嬉戏。它们一定在享受这难得的朝阳。

市北区,灰瓦白墙、蓝天绿地、宽阔的马路,还有那无数的高楼都仿佛一洗连日阴沉,纷纷散发出夺目的光彩,熠熠生辉。

每天早上,走在上班的路上,不知是我在画中,还是画中有我,仿佛整个城市就是一幅画。

很快,我来到了单位,同事们都已整装待发。

今天我们要去村里走访。说到农村,我并不陌生,作为一个出生在农村,成长在农村的人,对农村的一切自然是熟悉的,心底里总有一种莫名的情感。

记忆中,儿时的农村是静谧的,远离城市的喧嚣,远离凡尘的纷扰,好像一村就是一世界。村子里,小伙伴们追逐打闹,过家家;大人们早出晚归,忙着地里的庄稼活儿;那些闲散的老人们,三五成群地在村头巷尾拉呱儿晒太阳,看上去一切都是那么和谐、自然。

我们要去的是一个叫东孟家庄的村子。

从单位出发,沿青云大街向西,绕西外环接下小路一路西行大约50公里,我们的目的地就到了。这已经不是我第一次来这个村,东孟村成为我们的联系点已经有八个月,八个月来我走遍了全村的每一条街道、每一条胡同,到过大部分村民家中,甚至村里哪里有一棵树,哪里有一口井,谁家的地在哪里我都知道得一清二楚。虽说远离市区,但轻车熟路的我们并未觉得远,就像回自己家一样。再远,心在,也就不远了。

汽车在一个大拐弯处驶离了主干道,向北拐进了一条旧水泥路,我们就在村头下了车。

虽说是水泥路,却也已经坑坑洼洼。田间的泥土在雨后的上午紧随着人们的脚步,倔强地黏在鞋底。泥巴们是很有韧劲儿的,你越是想从鞋底甩掉它们,它们反而越积越多,想必它们也想跟我们一起走街串巷吧。薄薄的鞋底拖着厚厚的泥巴,我们步履蹒跚地走着。偶尔一两块小石子被雨水冲刷得干干净净,好像在跟你笑!

猛地抬头看,村里的房屋、院落以及房前屋后的各种树木,仿佛一夜之间苍老了许多。有几个村民正在修葺房顶,可能是连日阴雨,村民发现房顶漏雨了吧,雨后正是修房子的好时机。

村民韩丰吉看上去心烦意乱,嘴里叼着大烟袋,吧嗒吧嗒急促地抽上几口,就走开了。他脚底的泥巴已经快要把鞋完全包裹起来了,要不是看到裤腿下面有鞋带,我还以为他没穿鞋呢。他在弟弟韩丰田的宅子外边来回转悠。韩丰田看上去老实巴交,木讷地跟在哥哥身后来回踱着步,一言不发,可能他还在担心着家里有癫痫病的老伴儿吧,生怕她犯病惹出什么事端来。

丰吉是我要走访的一户人家的男主人,今年六十六岁,身体尚好。看到我的到来，他很高兴，一见面就跟我说："可把你们盼来了，快来看看丰田的房子吧。这几天一直下雨，虽说漏雨不怎么厉害，可是心里害怕啊。你看那房顶，你看那屋脊，好几个地方有裂纹了。"我走上前详细勘察了一下丰田的房子，虽说暂时不至于倒塌，但也确属危房了。眼看冬天就要到了，村民住这样的房子，确实令人揪心。我详细记录了所有的情况，安慰了一下丰吉跟丰田老哥俩。我告诉他们，如今政策好，生活会越来越好的，居住条件也会逐步改善。他们不住地点头，微笑写在了皱巴巴的脸上。丰吉深深吸了一口旱烟袋，接着跟弟弟丰田忙活开了，只在我们身边留下了几个烟圈儿。

在村干部韩凤勇的带领着下，我走村入户，了解了不少情况，也知道了村民的真实想法和困难。一天下来，满眼都是收获，泥泞的胡同留下了我无数的脚印，许多村民都提出了同一个问题，那就是希望能帮着修一下村里的路，我表示会向上反映他们的问题，村民的脸上有了满是期待的笑容。他们每当见了我，就有说不完的话，拉不完的呱儿，仿佛我是他们家的一员。村民的热情感染了我，那种淳厚与朴实难道不是我们都该有的吗？

回程路上，我欣赏着沿路的风景，道旁树飞快地跑向身后，新型农村社区不时映入眼帘，再不见那燃烧木柴的袅袅炊烟。我想，这些新型农村社区正在引领着当下的新农村建设，不久的将来东孟村的老少爷们儿也可以看河柳映夕阳、白鹭凌空舞了。

（夏洪纪，中共安丘市委政法委）

# 父母常说的一句话

‖ 邢晓荣

我出生于1980年10月,是在改革开放春风里出生、成长的一代。在近40年岁月里,我经历了很多事,但对于我个人、我的家庭影响最大的莫过于父母亲经常说的一句话:"如果没有改革开放,这是不可能的。"

我家位于西安市长安区一个普通到不能再普通的小村子。我有一个生于70年代的哥哥,打我记事起就常常听他说,妹妹是个有福的孩子,没挨过饿。这个时候,经常会听到父亲或母亲说:"如果没有改革开放,这是不可能的。"母亲常说,他们家庭成分不好,她从小就遭人白眼,吃不饱穿不暖更是家常便饭,也就是在我出生的前两年家里才刚能吃饱饭。那时我并不懂父母亲所说的,但我的脑中确实没有任何关于饥饿的记忆。村里的庄稼总是长得很茂盛,夏天收小麦,秋天收水稻,勤快的人家会在田埂上种些大豆、芝麻,有闲田的人还会种上各种花花绿绿的蔬菜。家里没有缺过吃穿,逢年过节爸妈还会买很多糖果、饼干,甚至在天寒地冻的春节,母亲还会变戏法一样拿出几个新鲜的西红柿和黄瓜给我们吃。这些也是我童年最为愉悦的记忆。

1986年,思想活络、敢想敢干的父亲成了十里八村有名的万元户。在我记忆中,父亲经常在家里给跟着他一起干的叔叔伯伯发工资。那些叔叔伯伯拿到钱，都特别地高兴。父亲也总说，大家一起畅快数钱的日子在前些年根本不敢想，没有改革开放，哪有今天这样的日子。那个时候的我，懵懵懂懂地觉得家里的彩电和双卡录音机与父母总提起的改革开放有关系。

1992年，我小学毕业，由于学习成绩还不错，被父母送到县城三中读书，全家也从乡下搬到了县城租房居住。上中学的第一天，母亲对我说，农村的孩子能跟县城里的孩子一起上学，没有改革开放这是不可能的，让我要珍惜机会，好好读书。我暗下决心要好好读书，长大报效国家。

1996年，由于县城里房产交易逐步放活，我家买了房子，结束了三年的租房生活；1997年，我哥哥通过招考成为交通警察，也成为家里第一个吃商品粮的人；1999年，我考入大学，成为整个家族第一个大学生；2003年，我考入中国人民大学攻读研究生；2005年，我毕业考入农业部成为一名国家公职人员……每每在这些重要时刻，父母在高兴之余总会说那句话："没有改革开放，这是不可能的。"

2008年，父亲因为心肌梗死做手术，国家新农合为父亲报销了部分手术费，解决了家里的燃眉之急。父亲又感慨地说："没有改革开放，这是不可能的！"

实际上，不仅在我们这个小家的重要节点，国家每有重大活动，像1990年北京亚运会、1999年新中国成立50周年国庆大阅兵、2001年北京申奥成功、2008年北京奥运会、2010年上海世博会，甚至有时候逢年过节看到精彩纷呈的节日，父母也总会说那句话："没有改革开放，这是不可能的。"

而我随着年岁的增长，知识和社会经验的丰富，也越来越懂得父母的话，这句肺腑之言饱含着他们对国家愈加强盛的开心，饱含着他们对改革开放带来生活巨变的感恩。确实，改革开放对每个家庭、每个人的影响都是真真切切的，我们怎么能不由衷地感谢祖国、感谢改革开放、感谢这个时代呢？

去年暑假，我带我的女儿回到了我小时候生活的村子。在村子里住了一周的女儿说,妈妈的家乡不仅有小汽车和楼房,还有干净的街道、哗哗流水的小溪,地里还有好吃的玉米、西瓜和西红柿,比城里好玩多了!在村子里,我们还遇到了一位无儿无女、独居多年的老邻居。他说,早几年他的生活就已经由政府负担了,每个月都有钱拿;最近政府还准备将他送到县里的养老院,由专人照顾,让他可以更加无忧无虑地安享晚年。这时,父亲也不忘跟自己的女儿说:"没有改革开放,这是不可能的。"

去年是改革开放40周年,今年是新中国成立70周年。对于国家,70年的历程让这片土地发生了波澜壮阔、天翻地覆的改变;对于每个家庭、个人,70周年切切实实带给我们巨变,让我们的生活更加富裕、美好,对未来充满期望!

(邢晓荣,农业农村部农业贸易促进中心)

# 酒泉印象

‖ 张晓凌

我第一次知道酒泉，是上学期间地理课上讲的卫星发射基地；没想到，长大结婚后，我会走出家乡山东，奔赴酒泉，因为，我的他，在这里守着卫星发射基地，已经坚守了10年。

作为军属，每年都来酒泉团聚，这几年一路走来，我深刻体会到了"满目荒凉""不毛之地"的含义，这是酒泉戈壁滩曾经的真实写照。他笑着说："不止啊，有时候被风沙吹得睁不开眼睛，满头满身都是沙子。你看我，从一个眉清目秀、活力四射的小伙子，活脱脱给吹成了秃顶中年大叔了……"

我哈哈大笑，问他："那你后悔吗？"

"不后悔啊，国是我的国，家是我的家，为自己的家、为自己的国做点啥，有什么好后悔的。只要我在，只要国家需要，就时刻准备着！就是……就是苦了你了，家里都靠你了……"听他这么说着，我忽然觉得，自己也有点小小的"伟大"……

带着三岁的女儿一起去森林公园荡秋千，我忽然发现这儿的白杨长得和其他地方不太一样，全都笔直笔直地朝上生长，不禁想起《白杨礼赞》来。"那是力争上游的一种树，笔直的干，笔直的枝。它的干通常是丈把高，像加过人工似的,一丈以内绝无旁枝。它所有的丫枝一律向上,而且紧紧靠拢,也像加过人工似的,成为一束,绝不旁逸斜出。"看到这样的白杨,再读《白杨礼赞》,发现真是形象。我笑着问丈夫,你是坚强不屈,像这白杨树一样傲然挺立、守卫家乡的哨兵吗?他一本正经地答道:"那咋不是呢?这样枝枝叶叶靠紧团结,力求上进的白杨树,跟我们航天人一样,都有一股钻劲!"我心中好笑,默默地想:"你的钻劲在哪儿呢?"

回到暂住的军属公寓后,女儿吵着要玩小火车。他看到女儿追着火车满屋子跑,说:"给女儿的小火车做个火车道吧。"我犹豫了一下:"不用吧,做个火车道多费事……孩子忘性大,过几天说不定不玩了呢。"他却兴致勃勃地去搜集纸盒子,认真地用尺子量长度,细致地做直道,巧妙地把直的剪开,再做成弯道,他说还要让女儿的小火车爬坡呢……想想都觉得麻烦的事,他闷着头就做好了。后来,他根据女儿的反馈,又进行了几处细节的修改,直到大功告成。听到女儿"咯咯"的笑声时,我想,我看到了他说的航天人的"钻劲"。我为他自豪,为部队的战士们自豪,正是有了无数个他们,祖国才会越来越好。

酒泉卫星发射基地建设初期,第一代航天人在自然条件和生活保障极其艰苦困难的条件下,吃野菜、住地窝,挖水库、建塔架,很多人因为重度营养不良和劳累过度,倒在了戈壁滩上,再也没有起来……现在祖国的发展日新月异,这片土地也早已焕发出了新的生机,基地各种设施也越来越齐全。对来队家属来说,有士官公寓落脚,拎包就能入住;有福利保障中心可购物,物美价廉;有读书楼,全天全场免费阅读;有体育场,有公园,有游泳馆,还有儿童游乐园……福利待遇好得让人羡慕。在这儿,我想到自己是军属,心潮起伏,在这儿,军人真的是让人尊崇,与有荣焉。

我说,这样的工作,会不会被抢破头?丈夫笑了笑,给我讲了他们部队的英雄战士王来的故事。1965年,24岁的王来在卸载剩余液氧时,火箭推进剂突然着火,火苗点着了液氧车旁边的一丛骆驼刺,王来也成了火人。他没有考虑自己的安危，首先想到的是液氧装备的安全——如果引燃液氧车进而引爆整个特种燃料库区，后果不堪设想。于是，已成火人的王来凭着最后一口气，向着远离装备车辆的戈壁滩跑去，一米、两米、三米……最后，王来倒在戈壁滩中，壮烈牺牲，只在身后的沙地里留下了38个焦黑的脚印。丈夫说："军人是要准备打仗的，我也是时刻准备着上战场的。"看了看我，他又说："你也别担心，我们是一支听党指挥、作风优良、能打胜仗的部队。"

我笑了，心里五味杂陈。但是，国也是我的国，家也是我的家，我爱我的家，也爱我的国，作为军属，这是我该承担的，我也为我是一名军嫂而骄傲和自豪。

情不自禁地哼起《赞赞新时代》："我们的新时代，日新月异，绽放漫天的光彩，暖暖的春风花儿开，笑望着河流与山脉，赞赞……"选一个人，定一座城，为国也为家，奉献一生最美好的青春，他无悔，我也愿陪他一起，风雨兼程，一路同行，共奔"中国梦"！

（张晓凌，山东省安丘市新安街道关王小学）

# 两代人圆梦义乌

‖ 杜晓波

浙江就像一个"母"字，那一横是浙赣线，它的正中是义乌，原本的小站。30多年了，这里的小商品市场，每天拥挤喧嚣，各类日用商品物美价廉，琳琅满目，人们询问推销，讨价还价，一派繁忙景象。弹指一挥间，义乌小站变大站，马路摊位变成国际商贸城。

犹记得20世纪80年代，这座城，因为她的广阔销路，因为她的情深义重，母亲洗脚上田，圆了创业梦。

我的家，在"中国木雕之乡"东阳。母亲是共和国同龄人。20世纪80年代中期，母亲利用农闲组织劳动力搞呢绒服装加工，借此改善家境。那时落实责任制已好几年，虽能填饱肚皮，但三个子女要读书，八旬祖父要赡养。父亲虽为初中校长，月工资仅70来块，负担很重。

那个时候，义乌第二代小商品市场城中路市场还是低矮的摊棚，露天的买卖。1986年秋，我的母亲，一位时年37岁的普通农妇，听说义乌批发客商很多，怯生生地将服装背进市场试销。但只有货物卖掉，第二批新货补上，才能结走上次货款。母亲手头流动资金很紧，借遍了所有亲戚，也筹不到几个钱。资金一断，货一直没法补上。在困难中，义乌摊主老太递给母亲15000元钱，诚恳地说："我看你是好人，这钱你放着做本，衣裳做好了，就给我送来。"接过滚烫的钱，母亲泣不成声。她至今记得送货地址——下车门。一万五，那个时候算是巨款了。

拿到订单，母亲跑原料、搞裁剪，并把衣料送到各个农户，让那些缝纫工在家制作。回收成品后，再送至"义乌小百货"。母亲的生产能力毕竟有限，为及时交货，还把许多业务匀给村里经营户，带动村内外近百人就业。许多人碰到母亲就夸："永瑞阿嫂，谢谢你不嫌弃我，让我有机会学裁缝，赚洋钿。"

义乌离家90里，母亲来回奔波，接单送货，风雨无阻。抓质量，讲信用，母亲将小本买卖做成大生意。1990年，母亲在义乌揽下最大一笔订单，捧回了沉甸甸的60000元订金。未出远门、识字不多的母亲，还通过义乌市场认识了一批外地客户，将服装销往山东临沂、江西湖口、湖南株洲、广西南宁……

母亲头脑活，手脚勤，换来的是家境的改善。三个孩子全部高中毕业，弟弟还升上大学。家里土瓦房作了改建装修，添置了电视机等电器，拥有了不少存款。1992年，受服饰流行趋势冲击，呢绒服装生产进入低谷，母亲歇业。

光阴荏苒，母亲慢慢变老。还是那个义乌，2016年大学毕业的儿子，凭借所学的信息专业知识，揣着创业梦想，风风火火地闯入。

这时的义乌，高低不一的大楼错落有致，围绕在它们身后的，是一座座现代化的专业市场，电商更是风生水起。儿子是在天津读大二时开始的网店经营。

他网上邀约湖南岳阳、河南安阳的青年伙伴，考察福田的国际商贸城，合伙从事网店经营，扎根于李克强总理亲临夜访的"中国网店第一村"——青岩刘村，以第三方发货方式，在淘宝开店，卖青少年T恤衫和拖鞋。那年，儿子23岁。

年底生意扩容，仓库搬到了知名网店村杨街村。

有了第一年的磨砺,第二年生意火爆。拖鞋及T恤、卫衣等俏销,连贴纸、包装袋都大有人买。我恰好从单位辞职,帮他干了半年,拉货、理货、发货,每日二三百个订单,忙得不亦乐乎。儿子用赚来的钱,买了心仪已久的"CC轿跑",两位合伙人也都有着很棒的收益。

今天,义乌还是那个义乌,母亲早已青丝变华发,将迎来70岁生日。儿子则继续着拼搏奋斗的电商人生。三代人吃过不少苦,受过不少煎熬,感怀逝去的岁月,我有些心酸,更多的是欣慰。

儿子脸上挂着的笑容,就是这座城市的样子。打造世界小商品新增长极的义乌,正带领着像我儿子一样的万千寻梦者,同心同行再出发。

(杜晓波,浙江省东阳市志编辑)

# 在美国小学讲春节

‖许 博

机缘巧合,随着孩子爸爸美国访学的开始,儿子也去了盐湖城一所小学插班二年级学习。寒假时,我匆匆赶去探望二人,得以近距离了解美国小学,也意外地为美国小学生上了一堂关于春节的课。

## 美国小学教室里竟有汉字

儿子班里有21名学生,他是唯一的中国人。入学三天后,老师主动打电话询问可否给孩子单独增加些家庭作业,感谢之余我们难免也担心孩子不适应,开始每天关注他的课业进度。孩子的书包里通常只放着水杯和文件夹,夹着几张A4纸打印的课程内容和课堂作业,涉及内容很广,有小故事、语法知识或数学习题,当然也有家长和老师的互动表。陪读的第一天,我就从儿子的文件夹里发现了"新大陆",草稿纸上歪歪扭扭地记着"我很吃惊,美国学校里竟然有中国文字,并且有中国节日的挂像",句尾画了个小人儿吃惊的表情。我一边忍俊不禁,一边好奇于这里的中国元素。接下来的事情不断刷新我的认知:盐湖城最大的公共图书馆里最显眼的位置展览了60幅中国书法和国画作品；孩子的"Weekly Newsletter"连续两周都在社会知识里强调了中国春节。几次放学后孩子兴奋地给我讲："妈妈，今天我们看了关于长城的视频。我和老师说长城就在我们北京，咱们还爬过长城。""我们今天看了大熊猫的图片，只有我见过活的大熊猫。""你下次能带些熊猫玩具过来吗？我的同桌Nina好喜欢大熊猫……"

### 一堂关于春节的课程

抵美十天后，我想了解孩子的学习情况，就约见了班主任———一位金发碧眼、友善健谈的女老师，她一再强调孩子表现很棒，安慰我不要着急，还借给我一套厚厚的识字卡片和一本教材以便跟进课程。我们从孩子的语言学习聊到北京和盐湖城的风景以及一周后的春节，她恳切地问我可否给孩子们讲一讲中国春节，她说："尽管几年来我每年都会在中国新年当天给孩子们讲春节，但由您作为中国人来分享，一定会更令人难忘。"

作为唯一的中国学生家长，我没有拒绝的理由；作为一个有着五千年灿烂历史文明国家的公民，我没有理由拒绝。我开始课前准备：在当地中国城买了春联、"福"字、红包和中国结小礼物，还买了做手工的红纸。我准备以"年"的起源和"十二生肖"的故事为基础，围绕小年、除夕、春节和元宵节，介绍贴春联、团圆饭、给红包、拜年、放鞭炮、舞龙舞狮和庙会等风俗习惯，展示饺子、年糕、火锅、元宵、春卷等传统美食。为了给他们加深当年是猪年的印象，我还查阅了如何用纸折小"福猪"的教程。

我忆起小时候的"年味"。过了小年，母亲就忙着为过年储备各种东西，炸油条、蒸馒头、做枣山、炸酥肉……远方的亲人则早早地就开始购买各种礼品准备返乡。除夕那天从早上开始，大人们就开始张罗年夜饭，大街小巷火树银花不夜天，"爆竹声中一岁除"……这些场景早已融入血液，它源自"万里相思一夜中"的惦记，饱含"春草年年绿，王孙归不归"的深情，浸润"浮云游子意，落日故人情"的依恋。不管身处何地，念及此情此景，一种温暖又贴心的情感就会从心底流淌而出。

当然，中国是传统的，也是现代的。特别是近年来，春节的内涵不断丰富，庆祝形式日趋多样化。人们既可以选择在家乡的溪畔流连，也可以选择探索世界的辽远；既能够选择回味"舌尖上的中国"，也可以足不出户就品鉴到各国大餐；有人陪伴父母围炉夜话，也有人坚守岗位默默奉献……选择多样化不是传统文化的消解，而是国家日益开放和包容的具现。"你所站立的那个地方，正是你的中国。"我所要做的就是展现印象中国的悠久、庄重、平和，展现现代中国的朝气、活力和胸襟。

当地时间大年初一下午，和这群可爱的孩子们一起，我们共同梦回古老而又年轻的美丽中国。他们对火红的"中国结"小礼物爱不释手；伴随着《春江花月夜》的古筝背景音乐缓缓响起，一帧帧美食图片渐次呈现，一张张热情洋溢的脸庞展现了国人阳光自信的群像；当鸟巢上空的烟花和胡同角楼的大红灯笼交相辉映，当北京的庙会和香港的花车巡游各自精彩，当我提到中国人庆祝春节的历史比最古老的长城还要古老，而长城已有超过2500年历史……多个瞬间，我听到孩子们在惊叹，看到他们瞪得圆圆的大眼睛、张成O形的小嘴巴，我真心为中华文化蓬勃的生命力和它穿越时空的感染力而自豪！

## 民族的才是世界的

分享结束前，我问了一个问题："大家觉得春节对中国人为什么重要呢？"孩子们答得很踊跃，"因为有很多美食"，"因为可以收到红包，而红包里装着钱"，"因为可以放烟花和鞭炮"，"因为有长长的假期"……

我说:"你们说得都很对,但最重要的是,春节对中国人而言意味着团圆、相聚、亲情和祝福。因为对亲人的牵挂,即便跨越千山万水、顶着雨雪风霜,人们也要加入这场'全球最大的年度人口迁徙';因为对故土的眷恋,即使相隔万里、远涉重洋,我们也会在节日里祭奠祖先;我们通过春节表达爱,表达和家人永远守望相助的信念,表达我们编织梦想、共创美好未来的心愿!"

两个小时的时间一晃而过,但直到坐在回国的航班上,我还在思考春节的意义,以及它为何能在异国引起关注。春节将我们中华民族热情又内敛、清醇又高迈、回望又开拓的集体情感表达得淋漓尽致,它继承传统荣光而来,朝向发扬和谐美好而去。鲁迅先生说:"只有民族的,才是世界的。"世界文化的多元多样在于不同的民族文化,但纵观在世界范围内传播的民族文化,无不包含着人们的情感需求和价值坚守,无不包含着人们对真善美的共通共鸣和向往追求。民族文化在精神内核上有其世界性,表达形式有其民族性,这是我对这句话的理解,也是我此行的最大收获。

(许博,中国石油大学教师)

# 我和祖国的"四季歌"

‖ 邹　慧

今年是新中国成立七十周年，七十载砥砺奋进，七十载春华秋实，伟大的祖国勇于自我革新，开怀拥抱世界，尤其是改革开放以来，经济发展取得了历史性成就，人民生活发生天翻地覆的变化，在国际舞台展现了民族风采。作为充分享受了改革开放成果的90后一代，作为农业贸易促进领域的一名工作者，我和祖国共同成长，就仿佛一首婉转动听的"四季歌"，从童年一路唱到今天，深深地融入了我人生的每一个阶段。

### 春——母亲哼唱的一首歌

"1979年，那是一个春天，有一位老人在中国的南海边画了一个圈……"我出生在东北的黑土地上，在我童年的回忆中有很多美妙的声音，树林里的微风声、房梁上家燕的叫声，还有就是灶台旁忙碌的母亲哼唱的这首歌。那时还是个幼童的我，不知道遥远的南海在哪里，也不知道那个老人为什么要画圈，只是静静地听着母亲的哼唱，等待着即将从热气翻腾的锅里盛出的香喷喷的排骨，还有父亲下班带回来的甜腻腻的蛋糕。我的生日在春天，因此我喜欢春天里的一切，喜欢融化的冰雪，喜欢解冻的河水，喜欢终于可以脱下冬日里的厚棉袄，也喜欢这首跟春天有关的歌。我哼哼呀呀地学唱，没想到母亲竟很高兴，给我讲起了一个叫深圳的地方和一段邓爷爷的故事。故事我没有完全听懂，但是在母亲幸福的表情里我看明白了一个"深刻"的道理，要是没有邓爷爷，没有改革开放，家里就没有能看动画片的电视机，我也吃不到最爱的奶油蛋糕。

### 夏——举国欢庆的一次盛会

2008年8月8日晚上8时，第29届夏季奥林匹克运动会正式开幕。北京奥运，让中国在国际社会展示了自己的风采，激起了中华儿女的民族自豪感，是一次体育的盛会，是祖国强盛的象征，也是让我的梦想开始发芽的那一缕明媚的阳光。至今我还记得那时打开的窗户吹进阵阵舒适的凉风，同学发小们激动地坐在电视机前翘首等待。完成了中考的我们，准备着把积攒了半个假期的期待、好奇、兴奋和热情，在奥运会开幕的这个瞬间，完全释放。2008名击缶舞者，每次击打都会发一次光，构成了开幕倒数秒数；29个脚印造型的烟火，沿北京城中轴线从永定门走向主会场；"体操王子"李宁"空中漫步"，点燃"祥云"，美丽的鸟巢燃起了奥运圣火……这些场面多么难忘！那一刻，北京成了全世界的中心。看着姚明带领的中国代表团缓缓入场，我自己仿佛也是中国队的一员，感受到强烈的骄傲和自豪。那时我想，要是能够去北京做奥运会志愿者该多好啊，这么耀眼的鸟巢，我想亲眼看一看！奥运、北京，就这样在我的心里悄悄埋下了一颗种子，我期待着三年之后考大学能够去北京。如今我实现了这个愿望，每当我走向鸟巢的时候，想起那份年少的激动，就愈发感受到梦想的美好。

## 秋——十字路口的一个选择

2011年9月,经历了高考的我迎来了人生道路上一个重要的转折点,在北京开启了一段全新的生活。站在大学门口,我看着周总理亲笔题写的校名"外交学院",看着教学楼前矗立的陈毅塑像,想到自己即将成为国际经济与贸易专业的一名大学生,心里激动而又忐忑,对接下来四年的大学生活充满了期待。在小而温馨的校园里,我学习英语、学习外交、学习经济学、学习贸易理论,不断汲取着知识,那时的我还没有确定自己将来会从事什么工作,只是在尽情感受大学生活的精彩。慢慢地,我对学校的一切熟悉起来,也结识了很多要好的朋友,那时的我也没有想到,今后我们会成为并肩前进的伙伴。本科后,我又在对外经贸大学读了两年硕士。七年的时间里,除了上课,我参加了丰富多彩的社团活动,和来自世界各国的外教自由地探讨政治、经济、伦理等各种话题,到央企、民企、外企不同的公司实习体验职场生活,和要好的朋友一起出国毕业旅行,还曾在国庆节的前一天整夜站在天安门广场,等待一场升旗仪式。如今回想,高考时的那一次选择,让我全面地感受到了祖国的开放和繁荣。国家的发展和强盛,国家的开放和包容,为我们提供了接受更好教育的机会,也影响了我未来的职业选择。

## 冬——进博会中的一次震撼

2018年11月,首届中国国际进口博览会在上海成功举办,这是中国政府坚定支持贸易自由化和经济全球化,主动向世界开放市场的重大举措。我十分幸运地在进博会期间参与相关工作,有机会到现场参观。整个博览会规模之大、规格之高让我十分震撼,表达了中国扩大进口的决心。来自世界各地的商品琳琅满目,智能及高端装备展区里可以飞行的汽车,食品及农产品展区里优质的各国农产品,服装服饰展区里闪耀的珠宝……无一不反映出中国广阔的市场对全世界的吸引力。令我印象最深刻的是国家展中的中国馆"共羽华平",占地约1500平方米,采用"斗拱""飞檐"等设计元素,展示了中国的新发展理念和发展成就,昭示着"中国开放的大门不会关闭,只会越开越大"。在中国馆中,有一个版块专门介绍乡村振兴,通过首届中国农民丰收节各会场的喜庆景象,展示我国农业农村发展新气象。徜徉其中,我的心中油然而生一种难以言表的自豪之情,在全球经贸摩擦加剧、贸易保护主义抬头的环境下,中国将引领开放的大潮,中国智慧、中国方案将为全球治理带来新的希望。作为一名农业贸易促进工作者,我深知新时代为我们创造了展示才华、实现人生价值的大好机会,也赋予我们前所未有的光荣使命和责任。

春、夏、秋、冬,时间在一个个四季交替中流逝,曾经那个年幼无知的孩子如今已经长大,曾经那首《春天的故事》也有了更多美好的延续。怀揣着伟大的中国梦,我们的奋斗只有进行时,没有完成时。我相信,属于我和祖国的"四季歌"还会继续唱下去,激励着我不懈努力、勇敢前行。

(邹慧,农业农村部农业贸易促进中心)

# 一棵皂角树

‖ 赵灵芝

我的故乡在八百里秦川渭河岸边。

我家门前有一棵大皂角树,是姑姑小时候亲手栽植的。听奶奶说,解放那年,活蹦乱跳的姑姑跟在大人们身后去村外欢迎解放军,在渭河边湿润的野草地里,发现了这棵小皂角树苗。姑姑连根带泥拔出来,栽在了我家头门前。

姑姑和奶奶经常给小皂角树浇水、松土、施人畜粪和草木灰。这棵小皂角树就在奶奶和姑姑的精心呵护和日月风雨的滋养下,一天天长高长粗了。

自由恋爱的姑姑要远嫁到江南去,出嫁的那天,带走了一红包袱黑皂角种子,算是奶奶陪给她的另一份嫁妆。

高过我家土房顶的皂角树,树身有两抱粗,枝稠叶茂,虬曲似龙盘,树冠大而不乱,似一个温暖的蒙古包,为人和牛马遮挡住风雨和烈日。树形好看,像一把撑在空中的巨大绿伞,向地面护送清凉的绿荫。一年四季,从四面八方飞来成群的鸟雀叽叽喳喳在枝丫间筑起窝巢,栖息安家,繁衍后代。从清晨到晚上,鸟雀发出不同的音色相鸣,婉转美妙,似天籁雅音,令人痴迷。皂角树仿佛成了一个大琴台,弹奏出春花烂漫的交响曲。树下自然成了人们最快活的活动场所。孩子们翘首踮脚,摩拳擦掌,想爬上树捉鸟雀。奶奶说:"不敢,鸟儿是好虫,别惊了它们安心育娃娃。"

绚烂的五月，是皂角树开花的时候。稠密的枝丫上缀满一嘟噜一嘟噜淡黄色的花串，粉扑扑的，飘散淡淡的清香，招来成群蜜蜂和花蝴蝶环绕着树冠翩跹飞舞，俨然一幅盎然多姿的优美画卷。人们便聚在树下观看这缤纷的热闹景象。

入夏后，是皂角树红褐色的细刺和嫩皂角开始旺盛生长的时期。暴风雨裹夹着电闪雷鸣接踵到来，皂角树经受住烈日的曝晒，雷电的击打，狂风的肆虐，烈火的焚烧，依然挺直伟岸的身躯，巍然屹立在阴晴变幻的天地间。红霞辉映下，宛如一个披着霞光撼天动地的巨人，顶住了魑魅魍魉的摧残，焕发出勃勃生机，奋力保护着枝丫上的细刺和嫩皂角在风雨中茁壮生长。经过风暴洗礼，它的根系深深地扎进坚硬的泥土里，呼吸着潮湿的地气，向葱茏的枝干输送充沛的水分和养料。

十月，是庄稼喜获丰收的时节，是皂角成熟的时候。皂角树下堆满白棉花、玉米、干豆荚和红薯。皂角树上挂满饱满扁长的黑皂角，在瑟瑟的秋风里摇来摆去，发出"丁零零"银铃般的清亮乐音，像孩子们唱的欢快的儿歌，仿佛在庆贺十月的好收成。发黄的皂叶纷纷飘落，像一群黄蝴蝶绕着花朵一样绕着坐在树下的奶奶悠然地飞舞，奶奶笑吟吟地坐在五谷图景里拾皂角、摘棉花、剥玉米。

入冬后，皂叶落光了，光秃秃的皂角树枝上悬满金黄的玉米，阳光照拂下，就如无数个金色的花环，簇拥着一个铁骨铮铮的猛士，扛着丰硕的果实，向蓝天攀登。条条向高空延伸的枝干，像一群踏歌起舞的艺术家灵活的臂膊和放大的手指，酣畅淋漓地向人们表演着刚健的舞姿。

我们村有个老爷爷，他和守寡的奶奶同龄，年轻时是八路军战士，参加过抗日战争和解放战争，在硝烟战火中失去了右腿，回村后一个人过着孤单的生活。孩子们都叫他"红军爷爷"。

奶奶用一根端直的皂枝给红军爷爷做了根皂木拐杖，照料着他的日常生活。两人常坐在树下说知心话儿，皂角树仿佛是他俩玫瑰色的心灵之树。

皂角树树身粗皮皲裂，远远望去，好像红军爷爷和奶奶脸上乐观的笑纹。春雨滋润，裂纹里生出翠生生的旁枝，盘绕着树身主干向上生长，攀附着葳蕤的枝叶为人们撒下清凉的绿荫，消灾祛病，赐福送安。

困难的年代，奶奶摘下一篮又一篮皂叶，分给村人，让他们和着黑面蒸煮了充饥，又把皂角分给媳妇和姑娘们用来洗衣服。夏秋的蝉，最爱吸吮皂汁，它们密密麻麻爬满树枝，"知了、知了"地锐声叫。傍晚，红军爷爷在树下燃一堆火，和一堆稀泥，熏得蝉唰啦啦掉满地。饥饿的大人和孩子们端着脸盆捡拾落蝉，用清泥包裹后，放进火里烧熟了吃。人们吃着皂叶和知了肉度过了最难熬的年月，是皂角树挽救了一村人的生命。

天气晴朗的日子，奶奶坐在树下给孩子们头上撒些研碎的皂角粉末，红军爷爷便拿起剃头刀为他们剃头。贪玩的小孩子弄折了胳膊，红军爷爷两手一捏，重接上骨骼，给疼痛处涂些皂汁，用手拍拍，小孩胳膊很快就好了。奶奶说皂角树的叶根皮刺是中药，能祛风消肿，排毒杀虫。她把皂刺熬成汤药，让坐月子的妇女连洗带喝，帮她们排出瘀血。奶奶把皂籽和树皮用清水浸泡后，捣碎，撒些盐，搅匀，放在药罐里为大人小孩治毒疮。村里的老牛、驴马伤了腿蹄，红军爷爷稳坐在凳子上，手用力拽过牛马的腿按在他的一只膝盖上，抓把捣烂的皂药在伤处来回揉抹，牛马叫几声，肿痛隔两三个时辰就消失了。所以，人们都说皂角树是神树，红军爷爷和奶奶是神医。

平时，奶奶做着针线活和红军爷爷坐在树下说闲话。孩子们围过来，闹嚷着要红军爷爷讲战争年代感人的故事。他讲得激动了，兴奋得涨红了脸，树下便荡漾着孩子们阵阵惊笑声。

炎热的伏天，庞大的皂角树抵挡光热，吐纳清凉，广散的丝丝凉意把人们乐观满足的心凝聚到树下。男人们下象棋、打扑克、搓麻将，议论世界各国的要事；妇女们有的手拿针线，有的哄娃娃，说着陈谷子烂芝麻的事；老人们有的围坐桌边掀花花，有的敲板拉弦吼秦腔；时髦的年轻媳妇们则放开录音机,学跳探戈舞。休闲娱乐的人们,像喝了蜜糖水一样,身心清爽,快乐无比。树下一派乐意融融的景象。

繁星满天的夏夜,人们围坐在树下乘凉,谈天说地,嬉笑打趣。奶奶摇着蒲扇,望着星星,说了牛郎织女,又唱起动人的歌谣:月亮光光,姑娘双双,挎篮采桑,遇个俊郎。红军爷爷笑微微端详着奶奶。孩子们叽里呱啦围在树边,手摸树干,活捉从泥土里爬上树未脱壳的蝉。

每年国庆节,红军爷爷都要领孩子们在树下放鞭炮,教他们唱歌。他举头凝望着庞大的树冠,意味深长地说:"你们和皂角树一起成长,像它一样结实,不怕狂风暴雨,积极向上,长成栋梁。"

大年三十,村里的男女老少围在树下打鼓敲锣庆新年。妇女们摆开桌子,端来糖果酒馔,点燃香蜡,敬奉皂角树,说些吉祥祈福的话。穿得花花绿绿的孩子们欢呼着放响鞭炮。白猫和黑狗也窜来跳去的,和人们一道分享新年的欢乐。锣鼓声、爆竹声、欢笑声响彻云霄,大地上绿意盎然,飞滚着缕缕春风,飘洒着丝丝春雨,润泽得人人心底充盈着富足,人人脸上洋溢着喜悦。皂角树仿佛是慈眉善目、喜笑颜开的佛祖,目睹欢天喜地的人们沉醉在和谐富裕的生活中。

姑姑来信说,她们水乡周围长满皂角树,花繁皂角多,皂药治好了许多人的皮肤病。姑姑还寄回一包新育的蔬菜种子,让奶奶按时令节气种进田地里。红军爷爷笑说:"有中国人的地方,就遍地生长皂角树。"奶奶笑说:"给你姑姑写封信,报说收成好,咱家的皂角也结得多。"

四面八方过往的路人看见了这棵大皂角树,定要停车驻足观看,抱树拍照留影,赞叹说:"真难见到这么奇特的皂角树,树形好看。"

奶奶端出凉茶和板凳请路人坐下来乘凉喝茶,临走时,送他们一包皂角种子。

远道而来的木材商人坐在皂角树下喝着茶,对满头银发的奶奶说:"大娘,这棵皂角树长势好,是上等木材,我出一万二千元,卖了吧。"

奶奶摇头说:"不卖!我留着有用呢!"

早有所闻的药材商赶来了,劝红军爷爷和奶奶说:"大伯,大娘,祝您二老身体健康,这棵皂角树全身是名贵药材,三万六千元卖给我们吧。"

奶奶摇头说:"不卖!人们离不开它,想要皂角随时来摘,就是不卖!"

开小车的几个开发商找来了。奶奶坐在树下给红军爷爷做鞋。开发商给红军爷爷发根烟,笑眯眯地说:"大伯,大娘,身体健朗,只因现在城市少了皂角树,我们想把树移进城里去,它是一道美丽的风景。九万九,吉祥如意,卖了树,您二老晚年可用来享清福。"

一个开发商几次给红军爷爷伸出十个指头比划着加钱。

奶奶穿针引线,默然不语。

红军爷爷仰头哈哈笑了,鼻口呼出一缕轻烟说:"年轻人,这棵树移不得,它的根长在有粪的土壤里,吸收的是干净的地气,需要用心保护。若挖了根,移到水泥地里,树会枯死的。让大娘给你们一包皂角种子,捎回去种进无污染有黄土的地方,春来它照样能生根发芽,长成大树的。"

陕西科技研究院的研究员们怀抱测量仪、照相机、记录本下了车,迫不及待地围住皂角树拍照,测量树身的周长和高度、树冠的围长和树枝的数量、树根占地的面积和深浅度、树身的密纹度。他们耐心询问奶奶和红军爷爷皂角树确切是在哪月哪日发叶,哪月哪日开什么颜色、什么形状的花,花期持续多长时间,皂刺的色泽和大小形状,哪个月份开始结皂角,皂角成熟了能收获多少,平时皂角树的根、枝、花、皮、刺、籽能给人治愈什么病,皂角树适宜哪种土壤和气候环境等。红军爷爷和奶奶笑吟吟一一回答着。研究员们认真记录完了,坐下来喝着茶,看着穿旧军装、缺腿、拄拐杖的红军爷爷和缝棉衣的奶奶,感慨万分地说:"大伯,大娘,您二老辛苦了,种了这么好一棵皂角树。您二老,受我们后辈敬重,该休息下,好好安度晚年。"

红军爷爷微笑着说:"要是搞科研,利于社会发展文明进步,随时来看皂角树,我在树在。"

研究员们和红军爷爷握手告别,带走了一包皂角种子和科研用的枝叶皮。

爸爸攒足了钱,计划在我家头门前盖座新楼房。村里村外的土街道也要修成柏油路,根系发达占地面积大的皂角树眼看要被挖掉。村人都舍不得看见这棵树倒下,尤其是奶奶最伤心。红军爷爷便安慰奶奶说:"国家发达了,人们生活好了,盖楼修路是大喜事,能留下树更好,咱要多育种再养成大树。"

奶奶眼里噙满泪花,慈爱地望着树顶。

村人在皂角树身上缠满红绸布,贴上写着"神树平安"的红纸条幅,燃响了鞭炮。

全村的人汇聚在皂角树下,围护住它,老人们挡住"轰隆隆"开近树的推土机,齐声喊道,不准挖树!红军爷爷扔了拐杖,紧紧搂住树身。他额头贴紧树身,老泪纵横,泪水如春雨般淌过裂纹,流进已受伤的树根里。

被剁了枝、砍了皮的参天皂角树岿然挺立在我家新楼和柏油路旁边,像一个受了伤害但仍然坚定沉思的思想者,身心贴紧黄土,聆听大地深处爆发出的如百舸争流般奔腾前进的运动声音。

红军爷爷病倒了。奶奶明白他将不久于人世,面色忧愁,拿出一根端直的皂枝,削呀削。

红军爷爷死了。奶奶洗净他的脸、手和一条腿,为他剃短白发和胡须,把削好的皂木腿和脚安放在他的左腿旁,给他穿上缝制好的新棉衣和棉鞋。奶奶平静地抚着红军爷爷曾握过钢枪的手掌,淌下泪说:"你活着,堂堂正正做人,清清白白一世,离开人世了,好干干净净上路,完完整整入土。"

村人把红军爷爷安葬在滔滔渭河北岸草木欣荣向阳的黄土地里。

红军爷爷的坟前多了一棵枝叶昂扬的皂角树,是奶奶亲手栽植的。那是英雄的红军爷爷正直不朽的"墓碑"。

奶奶死了。人们遵照她的遗愿,将她埋在红军爷爷的坟茔旁,也为她栽了一棵皂角树。那是一个善良的劳动妇女生命价值真实完美的写照。

皂角树,你是硬朗的奶奶,不施脂粉,不着金银,无闭月羞花之貌、沉鱼落雁之姿,四季扑一身黄土,露满脸皱褶,但你身上自然质朴亲和之美,永远令人们挚爱。这就是你非凡的气质和素朴的风采!

皂角树,你是刚直的红军爷爷,不居金碧辉煌的楼宇,不炫耀自身的高大和功勋,黄土为家,地气作料,始终如一,坚守着这方厚重的土地,但你身上高尚的人格力量和珍贵的生命价值,受人人敬仰。这就是你的浩然正气和刚烈的精神!

村道两边,家家门前都有一棵皂角树,宽阔远去的柏油路延伸到哪里,耐干旱、酷暑、严寒的皂角树就繁殖、生长、绵延到哪里。皂角树在流淌着秦风汉韵的丝绸之路上防风固沙,保护环境,美化山河;皂角树在开放的隋乐唐鼓奏响的铿锵和谐的民族声乐里向世界播传华夏文明。

碧波粼粼的渭河岸边,我的故乡,美丽的小村外环绕着葱郁的皂角树。孩子们接过父辈植树的铲,守护着它们。

(赵灵芝,陕西省作家协会会员)

# 诗歌卷

# 美姑的色彩（组诗）

‖许　岚

　　题记：为完成这组反映彝族人民生活、精神风貌，以及彝族文化和汉民族文化血脉交融的作品，本人专赴美姑采风三天，经历了风雪、寒冷、山路之险，也经历了美山、美河、美人、美舞、美食的沐浴。感恩祖国，感恩这个时代！

## 目光，握在一起

翻过一朵火把，蹚过一支山歌
匍匐一座椅子垭口，与任何一座房屋上
那一对牛角对视一分钟
就能和美姑握手了
这是第一次，陌生得再也熟悉不过
它的无情与热情，温差二十多度
早晚穿毛衣，中午露胳膊腿
得提前做好不服水土的准备

美姑，在古老与现代、古典与流行之间

彷徨、挣扎，摸着石子过河

它的着装在彝汉之间搭配、斑斓

偌大的广场上，一群男女老少

围成一个圈，每个人高高地举起一瓶啤酒

像举起一个人一生的理想

集体的单纯，像风中摇摆的杨柳

美姑中学教师宿舍楼，一位七岁的彝族小姑娘

在一面墙上，用粉笔写下豆芽般的1+1=2

学着老师的样子，用流利的汉语

教五岁的小弟弟，一次次地读

两朵含苞的笑容，没有一瓣胆怯、羞涩

姐弟俩转过身的一瞬，目光，和我握在一起

天，蓝得直往我们的心里扑

## 火 塘

柴垛高高。肤色，从金黄到黝黑

身体，从成材到煅烧，从火种到火苗、火塘

要经过多少风雪阳光的孕育、发酵

火塘。坐在堂屋中靠左的地方

像一位远古的毕摩，使出浑身的解数

从最初的生存手段，到驱赶蝗虫、灾难、病魔

它的燃烧。像宗教式的圣火

温暖、光明，生生不息

马铃薯、玉米、苦荞、牛、羊、马……

一代接一代。在火光中

饱满，或者衰老，完成宿命

从一粒粮食、生命，皈依为一粒火

祖先的锅庄石。一锅锅，被灶膛搬走

一个节日、一种精神，像一面生活的镜子

阴晴圆缺的魂

怀抱一个图腾。一位自然崇拜者

在火塘边煮饭、议事、取暖、睡觉、繁衍

载歌载舞、相亲相爱

也在火塘边隐忍。乌黑的铁三脚

性灵的方寸之地，光影与泪眼婆娑

一个民族。把一团火的忠贞、爱恨

完整地交付给了深爱着的祖国

## 椅子垭口

山鹰，像绅士，衣冠楚楚，和云海一道

闲庭漫步。像战士，怒发冲冠

从云海中呼啸俯冲

岩鹰鸡、山羊、奔马、斗牛、斗鸡

安静下来，走进一幅画

冷杉、箭竹、珙桐、杜鹃、溪涧

是那画中的仙

这可急坏了我波涛汹涌的灵感

赶紧赤裸着肉身,在雪地上打坐
向自然肌肤学习、致敬
大凉山、小凉山,在这里结盟
大渡河、金沙江,在这里各怀心事
奔向远方的家
从美姑到峨边,从山里到山外
需要颠簸或平静三个半小时的心情
椅子垭口,每天,都真诚地阴晴着脸
经不起椅子垭口的风,就不配彝人
不配和彝人交朋友
再甜的苦荞,也不配做药引


## 美姑月

美姑月,是美姑丰腴多彩的语言
一旦开口,她的光芒、她的温暖、她的胸怀
足以容得下千座大风顶、万条美姑河
仅仅用金花、索玛来赞美
是远远不够的
她们,一轮,就是一首诗、一支舞、一曲歌
佩戴着银簪,摆动着百褶裙
将耳坠别在耳朵上,等待太阳来迎娶
端庄秀丽的那轮,是俄其依作吧
光艳夺目的那轮,是金曲金燕吧
时尚恬静的那轮,是沙玛乌支吧

娇媚动人的那轮，是勒格努莳吧
亭亭玉立的那轮，一定是波莫石牛
文舞双全的玛嘿阿依哟
多彩贵州和旅游西昌的形象大使
像一只炫动在天地之间的月天鹅……
她们，是青春飞扬的甘嫫阿妞
用声声金色的口弦，诉说美丽而古老的传说
沿着苦荞悠悠的小路
奔向太阳落山的方向
她们，是我怦然心动，大凉山悠然生动的心跳
她们的意义，在于美和母性的皎洁

## 黄茅埂

井叶家族，居住的黑色湖泊
消失在牛马的视野之中
曲涅部落从云南迁徙凉山，泅渡这道埂
诸葛亮南征，翻越这条埂
一代毕摩宗师阿苏拉则，在这道埂下
修成一条彝人之道
龙头山，一抬头
日出，便打开了一个童话世界
杉、桦、松、柏，是龙头山的鳞甲
日出的千万支剑
牧场草甸，喜欢高寒游牧，逐草而居

喜欢把一群白云、乌云，圈养
一条乳汁清香的河流，瞬息
就柔软、爽滑了一件彝袍的关节、时光
索玛花海，像黄茅埂的唇
每一朵，都是会说话的蝴蝶
每一簇，都是曼妙的和声
每一片，都是一场盛大的口弦
水流，是她抑扬顿挫的伴奏
牛儿、羊儿、马儿，精心呵护这一粒粒
高原精心喂养的文字，并心怀敬畏
它们，喜欢看她笑起来的样子
喜欢嗅她盈满高原的香
喜欢咀嚼和她一起私语的青草
马，是黄茅埂的翅膀
草甸，是马的风衣
牦牛，是高原之舟
草甸，是牦牛之肺
黄茅埂，躺下，是一条脉，一道分水岭
站立，就是一个人，一座脊梁

## 黑黄红

两只牛角，远离了牧场、屠宰场
在一座城池的屋檐口，或挑上
在命运的至高处，继续耕耘

风调雨顺、五谷丰登

它的眼睛，黑得庄重、尊贵，清澈见底

黑得人们匍匐在地地跪拜，深不见底

它的语言，红得像心脏

一旦打开，热情、勤劳、勇敢的彝人

就会像斗牛一样，涌过来

它的理想，美丽、光明

黄色，收割着一望无垠的田野

既然黑夜，是白日的一盏灯

就做时光的底色吧

再镶以红黄两色，生活多么精彩纷呈

一头牛，两只角

是游牧在天空和大地的，心上之根

（许岚，四川省西充县人，当代作家、诗人）

# 在大洋的那一边（组诗）
## ——献给"一带一路"岁月的赞歌

‖ 齐冬平

在南太平洋的巴布亚新几内亚，中冶瑞木（中国中冶旗下资源类子企业）坚持国企担当、履行社会责任，盖房子、教文化、建大桥、种庄稼，不但给当地带来了环境的改善、观念的改变、生活的变化，也增进了中巴之间的友谊。

## 巴萨穆克笑了

巴萨穆克[①]笑了
一排又一排的笑浪
刺破雨树的棚顶
大人们失措
长老伸长了脖子迷失

---

① 巴萨穆克（Basamuk），距离巴布亚新几内亚马当省65公里处的海湾，中冶瑞木冶炼厂所在地。

天堂鸟儿散了

追赶鹰的步伐

树叶抖颤着流下

千年的泪滴

巴萨穆克笑了

海滨的浪声响起

孩子们快乐地嬉戏

山上流下的河水

弯曲中改道

村里的狗懒散着

俯卧睡去

巴萨穆克镶嵌在

PNG①上的明珠

兄弟姐妹们笑了

RAMU NICO②笑了

村里孩子们笑了

一排又一排的笑浪

## 坐南朝北

在莫尔兹比③

---
① PNG，巴布亚新几内亚的简称。
② RAMU NICO，中冶瑞木英文缩写。
③ 莫尔兹比，巴布亚新几内亚的首都。

一定是坐南朝北
弯月升起来了
庭院里听蛙声蝉鸣
把脸迎向阵阵海风
香蕉树摇曳
担心串串掉下
青青的香蕉
躬着身体如同婴儿
抓紧了树干
叶子舞曳着说
还没到落下的时候

蛙声又起蝉似睡去
风似乎也要停息
犬敏感地吼叫
一声
两声
三声
瘦小的狗儿静下
左耳听土著人低语
右耳飘亚裔人笑声
声声溢满磁性
相同却又不同

举起茶杯邀月
不远处水池中晃动

似圆月的倒影
却是灯影醉了
我心已醉,默念着
一定向着北方
不只是我们
还有这座城市和
岛国总理的心声

海风把城市裹紧
夏季在阵雨中奔跑
溢满这里人的笑容
自信纯朴还有真诚
教堂的钟声响起
APEC前夜的港湾
莫尔兹比
宁静复宁静
海风吹落星的浮尘
弯月在风晕中睡去
空中的星星
一颗
两颗
三颗
清晰清新和着海风
一起律动

## 树洞传奇

矿山在我们脚下了

色彩在这里格外鲜艳

一条路伸向天边

在万山葱绿中

红色的镍矿宣示出

年轮的沉寂,时代的期待

还有土著人明亮的双眸

这里叫树洞

著名的世界级矿山

选矿机林立轰鸣

重卡拥挤着前行

把红色的矿藏运向

并不遥远的地方


时光叠加着时光

那一年中冶人的目光

聚焦巴新

步伐坚定

家国北望

在马当简陋的房间里

手在地图上一一标注

然后一干人马上山

在草没人头的大山里

眼睛始终盯紧前方

用心铸造世界啊

中冶人的视野里

瑞木河蜿蜒着北去

建一座瑞木大桥吧

道路先建起来

相伴一百三十五公里管道

通向巴萨穆克

魔术般地在这个

美丽的海滨

冶炼成绿色的镍钴


走在树洞矿山的路上

总会有无穷的遐想

诵读着中冶人的传奇


## 安那快的雨

在树洞一定要下乡

唯一的道路

每走一次都是经历

生活在坎坷中走向远方

前方有现代房屋啦

安那快社区还有学校

都是中冶人的作品

社会责任在肩啊

同一个瑞木
同一个社区


雨中的演讲如同
这不停的雨丝一样
那么慷慨那么激扬
手势令人着迷
向上的力量
感恩的力量
长老慷慨很久了
分不清泪水还是雨丝
一直流淌
学生们仍在仰望
安静地聆听
这是同一个社区的力量
安那快的雨没有停息


**马当的海**

这是没有红绿灯的省会
一切都有序地运行
俾斯麦海湾很平静
晚风吹拂
心情很美

面向大海

可以远眺可以忘情

我的兄弟姐妹啊

我们阔步在

"一带一路"沿线上

祖国在大洋的那一边

歇息下驻足望远吧

泪水禁不住流出

海的味道

月圆时很咸很浓

再凝望一刻吧

父母和妻儿

也在家乡这般凝望


十年铸剑巴新客

这是团队的平均岁月啊

一天也不耽误

一天也不懈怠

默默无闻地无私奉献

青春的轨迹在大洋的上空

像织机一样越来越密

一幅幅"苏绣""蜀锦"啊

勾勒出中冶人新时代的风姿


月圆时刻

目光齐刷刷地迎向北方

坐南向北
心随着一船船绿色的矿藏
从巴萨穆克港起航
一路北上
坐南向北
汗水从树洞和巴萨穆克
滴下
流向湛蓝色的海洋

你好！马当
宁静的海滨之夜
那轮海上明月
真的很近
家乡的明月
心底里久久地收藏

（齐冬平，中冶集团党群工作部部长）

# 一块闲铁的思想

‖ 何盛辉

在房屋的角落,
躺着一块生锈的闲铁。
他在渴望烈火的锤炼,
摆脱命运的安排。

他的肌肤早已腐烂,
筋骨默默地潜伏。
只有完美的涅槃,
才有辉煌的重生!

重生?重生!
在烈火的高温中自焚!
锤子啊!尽情砸吧!
四处飞溅的火花会迎来光明。

哪怕做一把锄,

也要埋葬颓废的思想；
做一具坚硬的犁，
把贫瘠的土地开荒！

哪怕为一把镰刀，
也要收割诗人的情怀；
做一颗螺丝钉，
巩固不变的信仰。

就算做一把钥匙，
也要把梦想开启；
做一根小小的针，
刺破黑暗的心脏！

就是不能这样！
就是不能这样！
默默地待在墙角，
默默地等着死亡！

奔腾的血液，
闪耀的光芒，
新时代熔炉啊，
你是我再生的爹娘！

（何盛辉，重庆市大足区中敖镇人）

# 我是开山岛(组诗)

‖李复国

## 我是开山岛

我很小
小得只如两个足球场
我很大
大得纳海洋高山
我是黄海第一岛
——开山岛

## 两个人的升旗仪式

我是有血有肉的岛
我是有情有义的岛
我的心跳和着黄海的波涛
我的眼睛见证熟悉的身影

王继才，普通的民兵连长
王仕花，辞去小学教师来岛上
相亲相爱的夫妻
把爱的眼神与温暖撒在小岛上

每一次升旗
我都会潸然泪下
因为，那是两个人的升旗仪式
不，还有我和我的眼睛

迎着初升的太阳
一个将五星红旗舒展天空
一个站立成山的形象
向鲜红的旗帜敬礼
微风伴奏
海水歌唱
有血有肉的开山岛
胸口窝怦怦跳荡

肠胃不舒服的时候
腿愣是立不起来
坚持，努力地坚持
升国旗一个不能少
生命不息，升旗不止
迎风猎猎的五星红旗

把海水一样的爱

——汇聚

## 种在岛上的树

动摇过

彷徨过

因为爱岛爱旗

王继才成了种在岛上的树

女人王仕花气走了

可不久又来了

一对爱的身影

一起守岛升旗

我是开山岛

目睹着

见证着

没淡水没电

没网络不通手机

三只狗三只鸡

净化水泥鳅

警钟不时敲响

敲得好疼好痛

1939年日军以小岛为跳板

向中国领土进犯

如果岛上有人值守

日军就进不来

……

武装部政委临终前

攥着他的手

一定守好岛，一定

## 时间的证明

岁月是一种砥砺

时间是一种磨炼

32乘以365

11680个日日夜夜

写满初心

写满忠诚

是丈夫

是儿子

是父亲

是有疼有痛的人

忠与孝面前

他选择了守岛升旗

山一样的选择
海一样的选择
树一样的选择

一个王继才倒下了
一颗颗王继才一样的心
如太阳一样升起

来了
来了
接过王继才手中的接力棒
一个个又来到小岛

五星红旗升起来了
我们都是王继才
我们都是中国人

见证着王继才的感动
见证着中国人的伟大
一颗心见证着

我是开山岛
我见证

（李复国，北京市昌平区百善镇政府）

# 我为祖国种下一棵树

‖ 熊元龙

春天里种下一棵树
不为长成擎天巨木

只为不愿时光虚度
我和我的祖国
——呼吸脉搏同步

春天里种下一棵树
不为春来繁花瞩目
只为播种希望永驻
奔跑奋斗追梦
——迎来光明一路

春天里种下一棵树
不为夏来绿荫庇护
只为心若清泉浇注

吮吸文明乳汁
——铸就铮铮筋骨

春天里种下一棵树
不为秋来硕果羡慕
只为叶黄心永不枯
添绿大江南北
——华夏青春永驻

春天里种下一棵树
不为冬来燃枝破雾
只为沉舟侧畔勇渡
愿为东方巨轮
——雕琢遏浪桨木

春天里种下一棵树
种在游子乡愁归处
种在绿水青山深处
偎依祖国怀里
——细数满满幸福

（熊元龙，重庆市忠县人）

## 新时代轨道之路

‖潘 利

你是否与我一样
坐在轻轨上看窗外叶落秋黄
你是否与我一样
看着轨道的方向泪湿了衣裳
乘客的赞扬是照亮我们工作的星光
也是我们不断前行的力量
我们用脚步把长长的轨道丈量
我们在新时代的路上

新时代的路上,我们并肩向前方
没有险阻不能跨越
没有困难可以阻挡
我们用热血追逐不落的太阳

新时代的路上,我们携手谱华章
滂沱大雨里倒灌车站迎难而上

凛冽寒风中清扫道岔万夫莫当
我们用汗水铸造轨道交通人不朽的梦想

新时代的路上，我们共同抵挡
风霜雨雪没有让我们却步
条件艰苦抹不去我们气势高昂
我们脚步坚定，勇气在胸中回荡
微笑时时浮现在你黝黑的面庞
汗水总是浸透了他宽厚的臂膀
理想信仰坚固着我们新时代的脊梁
我们与长长的轨道合奏一曲远方与希望

我知道：你与我一样
最怕乘客对我们工作不理解的模样
我知道：你与我一样
心中有阳光，脚下有力量
轨道交通人志在四方，不敢忘
迎着清晨第一束朝阳
穿梭的轻轨把城市点亮
你问我，为何热泪盈眶

因为，新时代的路上
我们从未迷失方向

（潘利，天津市轨道交通运营集团有限公司）

# 从此,你携春天一路同行

‖ 李光明

世界纵然拥挤,依然可以容纳
这片黄土地的善良
四十年的路很长,很长
走过沸腾的眼神

沿途有沉甸甸的箩筐
有青石街道,落花的雨水
有挥汗如雨的早晨
允许惦记一条铺满荆棘的小路
一个有香味的黄昏
猎人假寐,心若止水

沧桑如梦,丁香花开在画里
蓝玫瑰铺满窄巷
我们编织上天入海的风景
却不打扰每一个禅坐的邻居

任落日西沉，走兽庸人自扰

翻阅过失去颜色的唇，苍老的火焰
我们有属于自己的庭院
偶有硝烟，烈火
有关上，又打开的门
有拓荒数千年的祖先，有唤醒记忆的海

三月里你曾举棋不语，但你注定
和所有的花朵同时抵达春天
八月你攒够雨水，十月你点亮灯笼
就此，携春天一路同行
有温暖的粮食，候鸟飞回的村庄
有疼爱草木的父母，贴近心灵的城市
我们在天空种下蔬菜，拥有清香袭人的黎明

（李光明，云南省丘北县人）

## 该怎样爱你——这脚下的土地

‖梁 刚

该怎样爱你
这脚下的土地
爷爷说——
爱它就应勇往直前
即使这里是人迹罕至的不毛之地
好男儿就应该
铸剑为犁播种生机
哪怕付出鲜血乃至生命
也在所不惜

该怎样爱你
这脚下的土地
父亲说——
爱它就应不舍不弃永不分离
即使它曾带给你苦涩的记忆
有志者岂能

嗟叹命运轻言放弃

命运要紧握在自己手里

为了这块土地涅槃重生

再多不舍再多痛楚

也一并扛起

该怎样爱你

这脚下的土地

此刻，爷爷已静躺于高高的山脊

父亲的华发流淌着夕阳的痕迹

曾经的贫瘠之地

瓜果飘香，物阜民丰

爱你就应该

用辉煌续写辉煌，用繁荣延续繁荣

用生命演绎新的奇迹——

此生为你永不言弃

这已经融入每一位中国人的血液里

（梁刚，湖北省荆门市屈家岭管理区宣传部）

# 使 命

‖ 王大鹏

我们在祥和的村庄

在美丽的田野上

挥洒着汗水

播种着希望

我们是新时代的农民

农业改革不断深化

乡村越来越美

农民越来越富

我们有自己的使命

种出最安全的"中国粮"

我们是国之未来

风华正茂意气风发

我们热情洋溢朝气蓬勃

我们理想远大壮志满怀

百舸争流

奋楫者先
我们有自己的使命
为中华之强大
为民族伟大复兴
披荆斩棘乘风破浪

我们在机器间穿梭
在工地上奔波
马达快乐地轰鸣
电焊机闪着蓝光
我们有自己的使命
架起一座座桥梁
打通一条条隧道
用工匠精神
创造一个个世界之最
雕琢着一件件"中国创造"

我们手握钢枪
是大海里的蛟龙
是搏击长空的雄鹰
是猎豹是战狼

我们身上镌刻着使命
维护世界和平
守护国家安全
祖国领地寸土不让

请祖国放心

请人民放心

我们在祖国的东南西北

世界的角角落落

在海底太空

港口码头

丛林荒漠

雪域高原

我们都肩负着

神圣责任和光荣使命

我们勇立潮头

奋蹄扬鞭

我很小

我们很大

小我拧成大我

小梦筑成大梦

我们不是孤军奋战

十四亿人勠力同心

上下同欲者

无往不胜

伟大复兴的中国大厦

必永远傲立

（王大鹏，陕西省渭南市文化广电新闻出版局）

## 春天的手风琴

‖ 范思岳

三月里，小雨飘飘，
琴键上，笑语滔滔。
拉起心爱的手风琴啊，
迎着春天的脚步飞跑。

穿过银装素裹的白键，
跨越黑键崛起的山峦，
风雨中翻山越岭一路向前。

贝斯举起了嘹亮的冲锋号，
一个音符，似一朵浪花，
一个和弦，似一片波涛。
悠扬的旋律从指尖上飞出，
犹如阵阵春风把山川围绕。

吹蓝了天空，引来了鸟叫，

催绿了柳枝,染红了花苞,
满山的蝴蝶闻声起舞。

那是快乐在心头闪耀,
一双手舞动着美丽的春天,
手风琴是我们火热的自豪。
山山水水回荡着悠长的琴声,
人间大地奔涌着绿色的春潮。

(范思岳,湖南省长沙火车站退休职工)

# 我多想变成一粒细沙

‖ 李羽彤

我多想变成一粒细沙，
涨潮时随水流去，
在众多沙砾里穿梭，
开启一段段新的冒险旅程。

我多想变成一粒细沙，
潜入深海，
看到一个奇妙的世界，
鱼儿们在珊瑚丛中嬉戏，
水母闪着神奇的光束，
宛如降落伞般，
跳起海底芭蕾。

我多想变成一粒细沙，
洋流带我旅行，
穿过地中海，

来到撒哈拉，
成为小王子家中的一员，
看点灯人亮起希望的光，
像母亲的怀抱接纳迷失的人。

我多想变成一粒细沙，
雪橇扬起我，
奔向乌斯怀亚，
向南极的企鹅问好，
送顽皮的海豹微笑，
和洄游的鲑鱼打招呼：
伙计，一路艰辛勇气可嘉。

我多想变成一粒细沙，
环游完世界后回到西沙群岛，
静听军港之夜的蟋蟀鸣唱，
投入贝壳的怀抱，
然后耐心地等待，
当你再看见我时，
我已被祖国孕育成一颗璀璨的明珠了！

（李羽彤，广东省佛山市顺德区大良顺峰小学四年级7班学生）

# 我爱你，中国！

‖ 王海娜

谁赐我朝气蓬勃的美好容颜
谁种下激情澎湃的金黄麦田
我要化作百灵为你日夜放歌
喉咙嘶哑也心甘情愿

我要在脸上涂抹油彩
我要在身上披挂枪械
我要见证你的荣光捍卫你的山河
我的祖国我的家园

你攀登的每一个足迹
都镌刻为邮戳
印上海内外儿女写满乡愁的明信片
你腾飞的每一个瞬间
都倒映在江河
那骄阳下粼粼波光连成的金丝银线

我迷茫过等待过

在长夜中苦苦寻找一支蜡烛的微光

我前进着奋斗着

在寒冬里悉心守护一朵牡丹的绽放

何不让明天的历史书写壮丽诗篇

上溯至仓颉文明厚重了华夏五千年

何不用青春的颜色描绘永恒画卷

十三亿颗红心共托起绿水青山蓝天

（王海娜，内蒙古自治区鄂尔多斯市林业和草原局）

# 红色的血液

‖ 牟惠嫄

如果可以,我想代表一个青年人站在这里,
回首百年前的今天,
没有莺吟燕语的春光旖旎。
那是一群青年人,
在天安门广场中央聚集,
为了心中深爱的祖国振臂摇旗。
我的血管里,红色的血液走着与他们一样的轨迹,
和平与强大是历史多么厚重的希冀。
我就以一个青年人的名义站在这里,
带着中华民族雄立于世界的底气。

如果可以,我想代表一个中国人站在这里,
回答百年前的今天,
那深深刺刻在骨髓深处的命题。
那是一群中国人,
决然地从那一刻起拿起武器,

为了赢得人民的胜利战斗到底。

我的血管里，红色的血液与他们一样誓不言弃，

护国斗敌，灵魂深处在所不惜。

我就以一个中国人的名义站在这里，

带着巍巍中华的魂魄不在遥远的前路迷离。

如果可以，我想代表一个共产党员站在这里，

回到百年前的今天，

我定在义愤填膺地等候着枪林弹雨。

那是一群在压抑中酝酿的"准"共产党员，

从不曾畏惧过烽火连天的洗礼，

为了千疮百孔的民族披荆斩棘。

我的血管里，红色的血液有着与他们一样的根蒂，

战火与硝烟是过往多么沉痛的回忆。

我就以一个共产党员的名义站在这里，

带着英雄先辈不屈的精神开天辟地。

岁月轮转着第一百个轮回，

火炬经行着第一百次接力，

我们整装待发，始终坚守着民族的阵地。

如果可以，我想代表一个中国青年共产党员站在这里，

我就以一个中国青年共产党员的名义站在这里，

爱着我的祖国，永远坚定不移。

（牟惠嫄，辽宁大学广播影视学院学生）

# 港珠澳，爱你是座桥

‖ 余玉明

一粒种子
落在伶仃洋上
每一缕阳光，每一滴汗水
为你浇灌
九年时间，三千多日日夜夜
把你铸成
最美的"珠穆朗玛峰"
奇迹在这里诞生
梦想在这里实现
爱你是座圆梦桥

一个中国结
打在青州桥塔上
每一缕海风，每一双巧手
为你织牢
九年时间，三千多日日夜夜
把你铸成

最坚强的"钢铁长城"
奇迹在这里诞生
人心在这里凝聚
爱你是座同心桥

一条海底隧道
穿越十万平方米人工岛
每一次穿针，每一次接吻
为你拥抱
九年时间，三千多日日夜夜
把你铸成
世界级的跨海通道
奇迹在这里诞生
信心在这里淬炼
爱你是座自信桥

一首奋斗歌
回响在大湾区上
每一段旋律，每一张笑脸
为你歌唱
九年时间，三千多日日夜夜
把你铸成
世界最长的跨海大桥
奇迹在这里诞生
兴盛在这里重现
爱你是座复兴桥

（余玉明，广东省化州市平定镇人民政府）

# 我当过兵

‖ 马红彪

我当过兵，
为了捍卫祖国的尊严，我流过血，拼过命。
为了人民的生活安宁，我放过哨，尽过心。
虽然只是短短数年的光阴，
但我的内心深处，
已经被打上了深深的烙印。
共和国的基石里也已经注入了我的部分生命！

我当过兵，
虽然这早已成为了过去和曾经，
但每当想起这段经历，
我依然记忆犹新。
虽然早已变换了工作和生活的环境，
但只要党和祖国需要，
我依然还是服从、听令。

我当过兵，
虽然现在已经卸甲为民。
但我被磨炼过的筋骨，
依然挺拔强劲。
虽然现在已是衣着时新，
但是我的言行举止，
依然端庄严谨。

我当过兵，
我说这句话的声音虽然很轻。
但这四个字迸发出的能量，
能让不法分子胆寒，能让亲人安心。
虽然我早已离开军营，
家门上"光荣之家"的匾额，
依然可亲可敬。

军旅生涯伟大而艰辛，
他赋予了合格军人信念与坚定。
他让我成了坚韧不拔的精英。
畏惧与胆怯已从我的字典里删除，
我的意志早已被永不言败占领。

我当过兵，
这一信息涵盖的是我一生的荣誉与自信。
这是我的自豪与光荣，我要大声地告诉你，
我当过兵！

（马红彪，上海市长宁区人）

# 闪亮的名字

‖ 柳永建

那些名字穿越风雨,
追逐光明、踏遍荆棘。
为信仰前赴后继,
桅杆上挂满传奇。
多少血与火的故事,
写就了朝阳的壮丽。
金子般的初心啊,
散发着永恒魅力。
一个个闪亮的名字,
被后来人深情追忆。

这些名字温暖四季,
筑梦图强充满豪气。
像星星布满天际,
像麦穗垂向大地。
淬火的忠诚入诗句,

好儿女勇向潮头立。
工匠精神铸利器,
小草情怀见大义。
一个个闪亮的名字,
被追梦人用心铭记。

(柳永建,江苏省如皋市公安局)

# 我们都热爱这片山河(组诗)

‖ 李愫生

我的祖国,走过多少坎坷
我的民族,受过多少伤痛

风的摧
雨的急
霜的打
雪的压
抵不过虫的鸣
花的开
籽的芽
水的歌
山河依然壮阔
祖国人民
一起唱响新中国

岁月风波长

历史长河远
伤痛，不过是一道水痕
我的祖国，我的新中国啊
七十年的黄金历练
九百六十多万平方公里的山河
锦绣华章，万众一心
终将实现我们的中国梦


## 我们都是幸福的人

我是一个幸福的人
生在八十年代的新中国
一毛钱一根的冰棍儿
是我童年最美的滋味
今天几十元的冰激凌
填满我的孩子的童年
以前爷爷奶奶的童年
那是一分钱也不舍得花

而从现在起，我们都是幸福的人
智能种田、种花
想周游世界就周游世界
想关心粮食和蔬菜就关心粮食和蔬菜
想创业就去创业
努力的人群

漂亮的房子

发达的城市

美丽的乡村

幸福是闪电，蔓延到炸裂

七十年的变迁

带来经济的发展

生活的富裕

社会的政和

想与每一个人通信，传给他幸福

想给每一条河每一座山取一个名字，叫幸福

想告诉过去的爷爷奶奶和先辈，我们幸福

想告诉未来，继续幸福

历史的诗和远方

今天已抵达，继续在路上

城在山河中

你在我心中

时代在飞奔

我们的幸福，每天睁开眼

都是热闹又繁华的一天

## 历史的乡愁

一块城砖的回声，听见战轮的脚步
一片瓦砾的回声，听见历史的雨声
一面城墙的回声，听见故事的烛话
在这里轻敲的，还有袁崇焕啊
是否能听见？钟鼓楼的钟鼓
还在敲响着
是否能听见？城墙上的红夷大炮
还在无声地轰鸣
是否能听见？首山上的烽火台
还有热火的心跳

轻敲历史，辽金明清现
天空还是那轮明月的清照
方方正正一座城
东南西北四扇门
谁的忠义与气节还在那里站哨
守护着关外的最后一道屏障
守护着山河的乡愁
守护着历史的古道

三峰矗立的首山
少女仰卧轻唱着相思谣
渤海湾的波涛
浸湿了袁崇焕的衣角

菊花岛的禅净

菩提树下参悟岁月苍老

一千三百多年的温泉

洗涤去历史的喧嚣

宁远古城

把心留住，把心环绕

他依然驻守，铁马金刀

不管是轰轰烈烈，还是宁静致远

不管是青灰暗淡，还是身浴金光

用尽沧海桑田的气力

守望着时光

只要想家了，不再觉路遥

（李愫生，河南省作家协会会员）

报告文学卷

# 三年河西

‖ 崔展红

## 忽如一夜春风来

1

2018年5月8日。天刚刚放亮,莱西市河头店镇高格庄村村民王成桂就起了床。农民,向来都是早睡早起。早睡,能省电,能歇过上山一天的劳乏。早起,能多干些活儿,抵得上半天的工夫。"一日之计在于晨,一岁之计在于春,一生之计在于勤。"这样的生存哲理,农民,一直身体力行着。

要是在往日,一起床,王成桂准会上山。家里共有9亩地。4亩多人口地,小麦、玉米、花生,倒着茬儿种。一家人一年的粮油,足够。4亩多承包地,种植了一个叫作秋月的梨树品种。秋月梨已种了7个年头,正是盛果期,2017年卖了7万多块钱,是他家的宝贝。但凡有点工夫,他就窝在梨园里,耪地、除草、捉虫……每一样活计,他都做得像大姑娘绣花,细致而精巧。

但是今天,王成桂没有上山。从今天开始,他和他的众乡亲,要去社区进行安置搬迁前的预结算。

对于新居，王成桂早已心心念念地期盼。新居叫"龙泉湖移民社区"，属国家大中型水库移民避险解困试点项目，是专门为他们高格庄和泥湾头两个库区移民村盖的新楼房。楼房总占地84亩，有20栋，每栋5层，计700套，也像城里的楼房一样，配套建设了停车位、车库和储藏室，水、电、路、天然气、供热、污水处理、电视、网络、通信等基础设施，也都一步到位。楼房的户型，事先征得了村民的意愿，设置了60平方米、90平方米、120平方米三种。

三年前的2015年8月，5栋楼的一期工程交付，泥湾头村167户人家，欢天喜地搬入了新房。每搬入一位移民，国家发给1.5万元的移民补助。搬入的人，个个脸上乐成了喇叭花。那花，傻子也能看出来，是从心底开出来的。

提起泥湾头村搬入新楼房的事，王成桂的心里就起火，是羡慕嫉妒给点燃的。

原来的泥湾头村，离着他们高格庄村也就二里地。你村的地头，就是我村的地尾。两村的闺女，嫁过来，娶过去，亲戚连着亲戚。张家长李家短的事，也晓得个一二。

新楼房建在两个村的中间。泥湾头村搬迁后，两个村子离得更近了，芝麻绿豆的事都知道个详细。何况，新楼房与龙泉湖移民社区的为民服务中心，走一个大门。高格庄村的人到社区里办事，必会遇见泥湾头村的人。每次遇见，泥湾头村的人都会高高地昂着头，没话找话地大声吆喝："咳，成桂，你们村还捞不着搬吧？你们二期的楼还没盖呢。"说着，头一扭，胳膊一伸，手指一挺，指点江山一般："先到俺家来坐坐吧。想不到的好啊。敞亮又干净。蚊子苍蝇没一个。那茅房，噢，不对不对，叫卫生间了，一点味儿都没有，能在里面吃饭。冬天的时候，有暖气，20多度呢。"

那口气，那表情，张扬得上了天。王成桂很想呛几句，可又觉得不合适，怕人家说自己度量小，见不得别人过得好。再说，人家说的也是实情。

光彩彩的大楼、喜洋洋的花木、明晃晃的路灯，还有广场上铿锵铿锵的大秧歌，都真刀真枪地显摆在那里。而自己村的新楼房还是镜中花水中月。不得已，话到嘴边又咽了回去。——谁人有花不往头上戴？谁人得意不说几句傲气话？

2

这三年，王成桂是数着日子盼过来的。

前些天，他收到了社区搬迁指挥部写来的《致广大村民的一封信》，随后，指挥部又在他们村公示了《高格庄村房屋置换搬迁实施方案》，又公示了《关于对高格庄村房屋置换安置按期执行户的奖励政策》。关于搬迁的政策、流程、时间，他心里明镜似的清亮。不光清亮，还兴奋：终于要搬了。等搬了新家，见了人，一定也像泥湾头的人那样，挺起腰板昂起头，喜滋滋地唱几句。

因为兴奋，王成桂昨晚一宿没怎么睡，偶尔睡一会儿，也是在做梦。梦境，很美：他们村，赶在2020年之前，建成了小康社会。这对于一辈子在地里刨食、一辈子住得逼逼仄仄的他来说，就如同洞房花烛、金榜题名一样美。美得他从梦中笑醒了好几回。

每次笑醒，他都想把老伴儿叫起，跟她说说自己的梦，也划算划算今天去社区预结算的事。可老伴儿还在睡，他不忍心叫她。老伴儿也是62岁的人了，整天跟着自己上山。回到家，又要做饭，又要洗衣服，还要带孙子看孙女，一天到黑没个闲。唉，让她多睡会儿吧。反正，搬迁的那些事，老两口已叨咕了上千遍。如果那是一本书，估计早就翻成了收获后的花生叶子。

王成桂一肚子话没人说，躺在炕上又翻来覆去睡不着，索性坐起来，轻手轻脚拿过衣服穿上。就在这时，他听见东邻居家的大红公鸡"咯咯咯"地叫了几声，随即，全村的大公鸡也跟着叫了起来。他欠欠身，拉一拉粉红色大花窗帘，立时，灰蒙蒙的光，宛如进了门掀起盖头的新媳妇，盈进一片鲜亮。

"雄鸡一唱天下白"啊！

王成桂从窗台的烟盒里抽出一支烟，用打火机点燃，抽一口，吐出一团四散开来的烟雾。

烟，是哈德门，五块钱一包。他一天能抽一包。贵的烟，他也想抽，可不舍得。家里的收入，那都是汗珠子摔八瓣换来的，能省的地儿，必须省。

他的家，三世同堂。他和老伴儿，儿子儿媳，还有七岁的孙子、两岁的孙女。六口人，却只有四间老房子窄窄巴巴地住。——由于种种原因，从1984年起，上级再没为他们高格庄村批过一块宅基地。为了住得宽绰些，他只得把院子的南头和东头都盖上了配房。

人，勉强算是能住得过来。可农用家什又没地方搁。这些家什，也不能整天裸露在屋外，经了风雨和日晒，不顶使。没法子，王成桂又把院子用彩钢瓦和玻璃钢罩了起来。家，成了堡垒，成了大棚。风，只能从后窗和街门缝里刮点进来。夏天的时候，家里热得像蒸笼，一点活儿不干，一件衣服不穿，那汗也是滔滔地淌。但是，三代同居，除了孙子孙女，哪个人都要穿得周吴郑王。

这下好了，"忽如一夜春风来，千树万树梨花开"。熬了三年，他们高格庄村的新楼房终于修成了正果。

按照《方案》中"房屋置换面积人均不超过30平方米"的规定，王成桂申请了两套90平方米的楼房。按照"正房拆除1平方米置换1平方米楼房，配房拆除2平方米置换1平方米楼房，其他配房拆除4平方米置换1平方米楼房"的规定，他家现有房屋折算面积为83.5平方米，剩下的那96.5平方米的楼房面积，还有两个8平方米的储藏室面积，要另外交钱，也就是去进行预结算。

预结算的钱，王成桂早就算过，是14.9984万元。搬进新楼房后，他和他的老伴儿，还有儿子，能享受到移民补助，一人1.5万，三人就是4.5万。最终的结算是，他只需交上10.4984万元，两套90平方米、70年大产权的新楼房，从此就成了他们一家六口的私有财产。按照《奖励政策》，如果他们家能在六月底完成旧房拆除，还将享受每套楼房一台抽油烟机、一台电视机的奖励，65周岁以上的老人，每户每年还可享受600元的取暖补贴，953元的天然气接头费也由社区代交。

也就是说，他们家如果不想将房子装修得再漂亮一点，只需拿上以前的锅碗瓢盆，就可以在新楼里幸福地生活。

## 僵卧孤村不自哀

### 1

认识王成桂，是2018年4月27日。那天下午，在他的家里，为这次搬迁的事，笔者采访了他。

王成桂66岁，头发已灰白，不胖不瘦，个子中等，身子骨硬朗。他上身穿一件老土豆皮色的夹克衫，下身着一条老青瓦色的裤子。衣服，已褪了原色。庄户人都是如此，穿不出件像模像样的衣裳。明明是刚买的新衣，露水一打，庄稼一蹭，不用几天，就成了做旧的古董。不过，王成桂这人不邋遢，老伴儿又是位勤快整洁的人，向来都把他打扮得利利索索。

此时，王成桂右手的中指和食指夹着香烟，一口一口慢吞吞地抽着，烟灰弹在窗台上一个没了把儿的小茶杯里，装满岁月的双眼，出神地凝望着窗外。窗外，有一对燕子立在晒衣绳上，叽叽喳喳地说着话儿，然后，呼扇着翅膀，翘展着尾巴，两阵烟似的从玻璃钢的天窗上飞了出去。

天窗，是王成桂为燕子开辟的专属通道。古语说，燕子不落愁门，是吉祥之鸟。王成桂喜欢并善待它们。燕子也似乎通了人气，年年春天都来他家里。

想到燕子的南北迁徙，王成桂不经意地笑了，鼻梁挤到了眉心，嘴唇开到了腮窝处，随即，一道道不规则的皱褶，又在黄土地一样颜色的脸膛上，加了加密度和深度。他心里自语：燕子每年两次迁徙，次次都是自力更生。我们高格庄村这才搬了三次，次次国家都给补助，比燕子幸福多了。

王成桂第一次搬家，与1958年修建高格庄水库有关。

莱西的河流很多，大大小小57条。最有名的要数大沽河，属省辖河流，是青岛地区的母亲河。这么多条河流，在新中国成立之初，却无一处人工蓄水工程。1953年、1954年、1955年、1956年、1957年，连年水灾，莱西水利志上年年都有触目惊心的记载。

为了防止、减少水患，保障农业、农民旱涝丰收，1958年5月，莱西市高格庄水库在红旗猎猎、喇叭声声中，于洙河上游、高格庄村北，浩浩荡荡地破土动工了！自此，莱西人民同全国农村一道，掀起了大搞农田水利基本建设的高潮。

王成桂很好客。去他家采访时，他和老伴儿正开着三轮车，拉着农药桶，准备去给梨树打药。知道我们的来意后，复折回来，请我们在他家的正间落了座。

王成桂说，他家原先不在这里，是在洙河的东岸上。那时的洙河东岸，土地肥，庄稼旺，种麦麦收，种谷谷香。同样的年景，他们村一亩地的粮食产量，总比不靠河边村庄的田地产量高，是"桃花流水鳜鱼肥"的好地方。

王成桂是位老高中生，毕业后，先后担任了村里的团支部书记、技术队技术员、生产队队长，1977年光荣地加入了中国共产党，后来，又被县里抽调到日庄公社三分之一工作队，再后来，回到村里当会计，一当就当到了今日。因为有文化，又见过世面，说起话来总是有条有理，还时不时地冒出句诗。

"村里的人都喜欢水。淘米、洗衣、捉鱼摸虾，又方便又有乐子。各家各户都依着河势建房子。村子的整体布局，就成了南北向的长条形。可修了大坝后，村子就不是原来的村子喽。"王成桂说着，长叹了一声。

王成桂的长叹，是有原因的。1958年修建高格庄水库，说白了就是修筑一个东西向的泥土大坝，将洙河拦腰而截，将大坝北边的村庄、人家迁移，再将河道连同两岸的农田进行扩挖，挖出来的泥土用来修筑大坝。

关于那年的移民，莱西市水利志上这样记载："高格庄水库库区移民，当时涉及河头店公社大里庄、小里庄、河头店、高格庄、泥湾头、山前6个村，共159户、1085人，均在现河头店镇境内安置。"

这次搬迁的159户，高格庄村只占了十几户。但没有王成桂家。有他街坊辈的老爷爷王明动一家。

那年，王明动16岁，家里有9口人，父母，弟兄2人，姊妹4人。但住房，仅有两间。搬迁时，为了多盖间房，王明动家和他单身的三叔家，合成了一家，于1959年的春天，按一间换一间的标准，在大坝的南面，盖了五间新房。

盖房期间，他们一家九口又被分成了两个小家。一个小家，借住在本村王仁训家的三间厢房里；另外一个小家，被分派到三里外的卞家村孙树林家的三间厢房里。

往卞家村搬迁的时候，王明动的爹实在搬得不耐烦，犯了癫狂似的，搬起小缸小瓮狠狠地往地上摔，一边摔一边歇斯底里地嚷："搬搬搬，这要搬到几时是个头啊！……"

## 2

在高格庄村采访，王成桂和村民们都会说这么一句话："搬一搬穷三年，才得好，又得搬。"

这话，要从他们村第二次搬迁说起。

说实话，新中国成立初期修建的水库，由于资金短缺，多数工程又属仓促上马，而且是边勘测、边设计、边施工。这样建起来的水库，标准低、质量差、尾工大、隐患多。

"高格庄水库建成后，那大坝把上游的雨水一拦，水库倒是好看，像大海，水天一色望不到边。岸上的水草、树木也茂，绿油油的。又有天鹅、大雁、水鸭在里面飞来游去，简直就是一幅画儿。可大坝南面的我们，却遭了大罪喽。恁想想，上面悬着个头顶库，说不准什么时候就会鼓。记得1979年夏天下暴雨，水库的水涨得风快，10分钟的工夫就涨了30厘米。为了保住主坝，在大坝的东边，做好了炸坝泄洪的准备。那大坝一炸，直接就毁了我们村子，命都是别在裤腰带上的。"说起当年的命悬一线，王成桂至今还是一脸的骇然。

原来，那刚刚筑起来的大坝，是泥土培的，大夯夯的。可不管夯得怎么实，终归是泥土造的。渗水，漏水，透水，一年四季不停歇，把高格庄村一幢幢泥打草披装备的房子，一个劲儿地滋润。滋润得家家户户湿漉漉，滋润得墙皮掉了一层又一层，稍稍一碰就晃悠，轻轻一推就要倒。怕打伤人，砸坏了东西，村民们只有年年抹墙。夏天的时候，东家倒了壁子，西家坍了炕洞，北家塌了锅灶，都是稀松平常的事。家里的衣服、被子、粮食，还发霉、长毛。连阴天的时候，没法晒，粮食就用锅温一温去去湿，再放起来。衣裳、被褥就利用做饭烧火的当口，放在锅头边上烤一烤。就是冬天，那地也潮，还结着冰碴，家里阴冷阴冷的，很多人得了关节疼的病。

更受不了的是，那头顶库让他们特别不安生。雨水多的年份，晚上醒了，要去撒泡尿，伸脚一下炕，妈呀一声惊叫起来。水已没了半炕沿。随即听到村里巡逻的民兵敲着铜锣，抻着嗓子喊："不好了……不好了……大水要漫坝了……坝要鼓了……大家快起来跑啊，往村东的高处跑啊……"

民兵怕雷声雨声盖过了铜锣声，有的人家听不见，就放枪。那时候，村村有民兵，一个村为一个连，一个生产队为一个排。连部里有枪。到了汛期，大队就派民兵在大坝上昼夜轮流巡逻，看雨情，看水势，水库里的水要漫坡、要鼓坝的紧急情况下，就放枪，嘡嘡地响。村民们已习惯了这声音，惊吓得三把两把穿上衣裳,把家里的小推车、大篓子、农具,用绳子往树上一绑,再顺手拿上点要紧的东西,搀着老的、背着小的,叫爹喊娘地就往村东跑。

王成桂说:"住的不安全,吃的更成了问题。坝北边,俺村有2000亩地被挖到了库底;坝南的地,也被水库渗过来的水,生生泡成了盐碱地,什么庄稼也不爱长。当时还有句顺口溜,说高粱一杆枪,玉米软叮当,地瓜不爬蔓,豆子全成汤。不用说粮食,就连草、树,也都涝死了。紧接着,又赶上了三年困难时期,那日子,真是没法过了。"

那三年,高格庄及全国很多地方的粮食都是减产减收。别的村吃不饱,还有树叶、野菜吃。树叶、野菜吃光了,还有树皮、草根吃。但是,高格庄村连草屑都没得吃。村民们纷纷出去要饭。体弱多病的,活活饿死。为了一口饭,为了活命,没长大的闺女嫁人了,已结婚生子的女人,也再嫁他村。男人们嫁不了,就闯关东,上西北,背井离乡。

三年困难时期过后,别的村庄慢慢好了起来。但高格庄村依然是春天白茫茫,夏天水汪汪,寒酸得半大小子仍旧穿着开裆裤。村里的光棍,多得腿碰腿。生产队里干活儿时,别的村是男女搭配,干活不累。可他们村,几乎是清一色无精打采的大男人。高格庄村现任支书王世君说,直到现在,他们村70岁以上的单身汉还有三十多个。20户低保家庭中,有17户是未婚的单身。

挨饿,受穷,危险,是那些年王成桂和他的父老乡亲最难忘的乡愁。

## 3

人的生命是脆弱的,但人的生命意志又是不屈不挠蓬勃向上的!

为了活着,为了更好地活着,高格庄人民没有向挫折和困难低头。他们用智慧的头脑和勤劳的双手,于逆境中寻找生命的希望和人生出路。

1965年,高格庄在上级的支持下,以"敢教日月换新天"的大无畏精神,进行了"稻改"。他们要改变小麦、玉米、高粱、谷子、花生、地瓜轮番耕种的传统，要在盐碱地里种水稻，收大米！当时，全村九个生产队，每队派出两名技术员去县里学习水稻种植技术。现在依旧健朗的王仁堂就是其中之一。他说，为了掌握技术，他们像小学生一样，认真听，认真记，认真学。

世上无难事，只怕有心人。高格庄人民"稻改"成功了！水稻年产量达到每公顷5250千克！当众乡亲吃上糯香香的白米饭时，他们的眼里，竟无一不流下酸酸楚楚的泪。

大米饭好吃，可村民们不舍得吃，因为大米太贵，一斤能换两斤玉米。他们便用小推车推着，去马连庄、莱阳、栖霞等地换大米。为了向生产队少请一天工，每次去换，他们都是头天晚上天一黑就走，第二天正好到达目的地。到达后，他们不敢像郭达在小品《换大米》中那样大声吆喝，怕引来工商。如果被工商抓获，那就要以两毛钱一斤的价格，给充了公。而市场上的价格是四毛一一斤。他们只能小声喊。

大米，是当时的稀罕物，当地人也想尝个鲜，就是小声喊，两麻袋的白如玉，不用一天工夫，就会魔术似的变成四麻袋的黄金籽。

1971年，王成桂19岁，还在读高中。一个冬天的晚上，当他看见再次推起150多斤大米的父亲，面容憔悴，步履蹒跚，根本无力完成这趟"真金白银"的交易时，便用并不硬实的双手，从父亲手里接过了小推车。——王成桂说，他是家里的长子，他有责任为父亲分忧担累。

那是王成桂第一次出去换大米。那时，没有够多够暖的衣裳可穿。他的身上，只有薄薄的空心棉袄和薄薄的空心棉裤。一出家门，西北风夹着雪粒子往身上一吹，一打，浑身上下立即冰凉冰凉，就连口中的上下牙齿，都被冻得打起了架。可推着小车走不了一会，就气喘吁吁，大汗淋漓。累了，就坐到路边歇一歇；饿了，就啃几口母亲给带的玉米面饼子；渴了，路边沟里揭一块冰溜，就是水。第三天傍亮，当王成桂推着换来的300多斤玉米刚刚走回村头时，再也挪不动半步路，连人带车，咣当一声撂倒在地。

有了白米饭吃，高格庄村摘掉了穷帽子，抹去了穷名声。但是，他们这个库底村的安全问题，还是无情地禁锢了外村姑娘们的芳心。

移民，是困扰全世界水利工程建设的大难题。从高格庄人民的角度，修建高格庄水库百害无一利，绝对是牺牲自我成就大家的事业。他们完全可以居功自傲，完全有理由躺在功劳簿上向国家诉苦叫屈，伸手要援。但是，他们没有！他们只是心烦时，嘴上叨叨几句；行动上，却是倾心倾力地付出！

现任支书王世君说："以前，由于我们村地质好，土地评级的时候都评了高级。高级就要多缴公粮。后来修水库，村里的土地变少了，变薄了。但是，我们村民不向国家讨价还价，还按照以前的老地级缴纳公粮。当时，全公社有38个大队，我们村因为地级高，缴纳的公粮年年都占了全公社的十分之一。直到1982年包产到户才结束。"

能不让人感动吗？在事关国家前途命运的关键节点，高格庄人民"僵卧孤村不自哀，尚思为国戍轮台"，他们用拳拳的赤子之心，表达着无私的家国情怀！

高格庄人民让人感动的故事，像一条长河绵延不绝。

那时修水库，靠的是铁锨挖、大镢刨、篓筐抬、小车推的人海战术。莱西的高格庄水库、产芝水库、堤湾水库又是同年开工，调动了整个莱阳县（修水库时，莱西、莱阳两县合并）上万农民出工。这么多的民工，很多都是几里、几十里甚至上百里来出工的。吃饭是大食堂，以生产队、大队为单位，搭个棚子，架几口大锅，就是一个大伙房。窝窝头、大白菜、大萝卜、咸菜、玉米稀饭，就是一日三餐剪不断理还乱的不变思恋。

住宿问题，是在附近村庄解决的。

高格庄村，几乎家家户户住民工。村民王仁清家总共有三间房。他父亲被派往产芝水库出工。他母亲和他们兄妹六人挤在一铺炕上睡，腾出一炕给民工住。

高格庄水库修了不止一年，也不止一次。外村的民工便几次住到高格庄村。同一片天空下，同一片土地上，外村的小伙与本村的姑娘，朝可邂逅，暮能偶遇。久而久之，情情相悦。每每出工结束，总会缔结多对美好姻缘。

十年修得同船渡，百年修得共枕眠。但，高格庄村，愈发成了男人庄。

4

高格庄水库给高格庄人民带来的烦忧和失落，各级政府看在眼里，千方百计给排除隐患，对高格庄水库进行了多次大规模的保安全工程。

如今的高格庄水库，其大坝、溢洪道、副坝、非常溢洪道、放水洞等枢纽工程，已安如磐石，就是百年一遇的洪水，也能削减26.8%的洪峰。它不仅发挥着蓄水灌溉的作用，还成了莱西市重要的水源地。

然而，从前的水库却给高格庄人民的生命财产带来隐忧。生命重于泰山。1972年，上级不得不让高格庄村进行第二次搬迁。不过，这次搬迁，没有时间要求，村民可根据自家房屋的情况，灵活决定。搬往的地点，是村东的高地上。

1958年的那次搬迁，虽说村里只搬迁了十几户，但是，想起王明动爹搬起小缸小瓮狠狠往地上摔的癫狂场景，每一位村民仍旧心有余悸。这才隔了14年，又要搬，而且是全村搬。于是，就有了"搬一搬穷三年，才得好，又得搬"的慨叹。

王成桂的家，是1979年才搬的。那年，王成桂已27岁，本已到了结婚成家的年龄，但是，家里没有梧桐树，难引美丽金凤凰。他只得与父母、一个姐姐、两个弟弟、一个妹妹，一起挤住在刚刚盖起来的六间房子里。

1981年，王成桂担任了第三生产队的队长。由于他领导有方，又与社员们同甘共苦，1982年，他们生产队取得了前所未有的好收成，公社给予他一等奖——80元的奖励。年终决算时，他家分了800块钱。用这800块钱，他们家一下子又盖起了四行石头两行砖的八间房。原来的六间，由他的父母和二弟住；新盖的八间，他和他的三弟，一人四间。1985年，34岁的王成桂终于娶上了要模样有模样、要身高有身高的好姑娘。

为了快速摆脱二次搬迁带来的贫困，为了像王成桂那样成就一个美满的家，高格庄人民白天上山干活，晚上回家就用稻草编织网包卖，真真是"昼出耘田夜织麻，村庄儿女各当家"。

高格庄村现任党支部书记叫王世君。他从1984年就担任村干部，后来被公社调往河头店法庭工作，1997年，又被乡党委派回村里担任村委会副书记，1998年担任党支部书记至今。

为了带领村民发家致富，1999年起，他和村两委干部积极组织引导村民发展蔬菜产业，并与青岛亚细亚食品有限公司、青岛丰年公司签订了蔬菜种植400多亩的合同。蔬菜收获后，由公司全部包销。亚细亚食品公司在莱西城区，运输还算方便。可丰年公司在青岛，运菜的时候，要凌晨出发。为了路上不出岔子，为了让村民的蔬菜快快换回票子，五六辆运输车，一个村干部押一辆，第二天晚上十点多回到家里时，个个精疲力竭。

那几年，那400亩蔬菜基地，为村民增收作出了重要贡献。

后来，村两委又规划建设了100亩养殖小区，鼓励村民搞规模化养殖。村民王少华家的奶牛养殖规模已达到100头。再后来，村民们又发展了500亩梨园，现已成为本村的主导产业。

稍稍摆脱贫困的高格庄村，对村里公益事业的投入，却毫不含糊。

王世君书记说："从2000年到2007年，村里总共投资120万元，修建了村委办公室、村委大院、健身广场、两条胡同、一条大街，还重新建了小学和幼儿园。高格庄、泥湾头、山前、卞家四个村的孩子，都到这儿来读书。"

"你们这么一个移民村，既没有工业项目，也没有旅游项目，又不是城郊村，还要给村干部发工资、给小组长们发补贴、给村庄保洁员发工资，村集体要负债吧？"笔者担心地问。

"我们村没有债务。"王书记很有底气。

"一分也没有吗？"

"一分也没有。账上还有结余呢。"

"从哪儿来的这么多钱呢？"

"就靠村庄机动地的承包费。路边的树长大了，也能卖点钱。村里再省着点花。干部能干了的活，都干部干，少雇工、不雇工；浑吃浑喝的招待费，一分没有。"王书记朴实的话语，能让人感受到他内心的真诚与自信。

如果说高格庄人民顾大局、识大体的精神让我感动，那么，他们村以党支部为核心的两委干部不贪不占、身体力行为民谋福利的好作风，则让我震撼了！

要知道，高格庄村539户1609人，人均住房面积仅有18.08平方米，无房移民26人，还有57户是危房！

要知道，高格庄村共有耕地2200亩，人均1.38亩，其中旱涝保收田人均不足0.6亩！2012年，村民人均纯收入只有4616元，而莱西市农民人均纯收入已达到了13623元！

要知道，莱西市861个村庄中，没有债务的村，寥若晨星。2013年之前，全市收不抵支村、资不抵债村，高达40%。经过这几年的精准扶贫，截至2018年5月17日，这样的村庄仍旧占着25%的比例！

## 春风送暖入屠苏

1

七点半，吃过老伴做的鸡蛋汤手擀面，王成桂就往社区赶。他的家在村子的北边，离社区很近，但是他还是骑着电动车去，这样快，他要争取第一个预结算。

王成桂推着电动车走到门楼时，抬头看了看燕子窝。窝里有四只小燕子，两只老燕正嘴对嘴喂它们虫子吃。王成桂笑了，还跟它们拉了几句呱儿："燕子，等我搬进了新楼房，你们一家也要跟着来噢。就这么说定了。"

走出街门，王成桂又笑了。天，湛蓝湛蓝的。白云也有好多块，既闲散又傲慢地在空中飘，马牛羊的形状都有，有一块竟然像他们新楼房的模样。他又跟天拉了几句呱儿："5月8日，嗯，的确是个好日子。天公都作美呢。"然后，他开启电动车，披着一身淡橙色的光辉，优哉游哉地去往社区。嗯，今年的雨水也合适。路边的花草树木都长得繁茂，红情绿意。地里的小麦也抽出了长长的穗子，对着阳光，都能看到麦芒抖动空气的样子。嗯，不出什么意外，今年定是个丰收年啊。

一进社区大门，嗬，迎头撞见了泥湾头的村会计刘云金。王成桂紧急刹车，双脚往地上一点，头一昂，身子一起，很豪迈地说："云金，知道吗？我们也要搬了。要跟你们泥湾头住一样的新楼房了。我这就来预结算，要排第一名！要了两套！"王成桂右胳膊一挥，食指和中指向空中一扬，那姿态，比天上的白云还傲慢。

然而，一进预结算办公室，王成桂却蒙了。社区下发的通知说8点钟开始预结算，这才7点45分，屋里已挤满了人。王仁堂、王仁学、王宝山、王明动的女儿王旭玲……都在排队等候。王成桂暗暗责备自己起了个大早，赶了个晚集。

对于这次搬迁，高格庄村大部分村民都是欢迎的。因为这次上级统一给盖起了新楼房，国家给的移民补贴也最多。

其实，国家的移民补贴一直都有。只不过当初，国家还不富裕，补贴的数额少，以至于很多移民不记得国家曾给过补贴。在有关移民的档案里，凡是搬迁过的移民，都在领取补偿的记录里，签了名字按了手印的。

改革开放后,党和国家及各级党委政府更是把改善移民生活、提升移民福祉,当作头等大事来办。截至2001年底,各级仅投入莱西库区的扶贫资金,就有5081.15万元。

2005年12月8日,中共青岛市委办公厅、青岛市人民政府办公厅,下发了《关于加快解决库区移民村问题的意见》。

2006年5月17日,国务院又下发了《关于完善大中型水库移民后期扶持政策的意见》。

《意见》对库区移民给予高度评价:"新中国成立以来,我国兴建了一大批大中型水库,在防洪、发电、灌溉、供水、生态等方面发挥了巨大效益,有力地促进了国民经济和社会发展,大中型水库移民为此作出了重大贡献。"

《意见》对后期扶持给出了明确目标:近期目标是,解决水库移民的温饱问题以及库区和移民安置区基础设施薄弱的突出问题;中长期目标是,加强库区和移民安置区基础设施和生态环境建设,改善移民生产生活条件,促进经济发展,增加移民收入,使移民生活水平不断提高,逐步达到当地农村平均水平。

扶持期限和扶持标准是,对2006年6月30日前搬迁的纳入扶持范围的移民,自2006年7月1日起,再扶持20年,每人每年补助600元。对2006年7月1日以后搬迁的纳入扶持范围的移民,从其完成搬迁之日起扶持20年。

这两个《意见》,对于移民村、移民的扶持力度,皆为空前!用王成桂的话说,那是做梦都没有梦到的好事。

但是,真要把国家和各级的移民政策落实好,让移民切实共享国家发展成果,有更多的获得感、幸福感、安全感,对于移民干部来讲,却不是件容易的事。有时,还是顶着石臼做戏——费力不落好。

莱西市库区移民工作办公室主任王新东,给笔者讲了这么一个故事。

2016年,国家大中型水库移民创业贷款贴息政策在莱西试点。为了让该区所有需要的移民都享受到国家政策，王新东将政策印成红色宣传纸，并留下24小时畅通电话，同移民干部一起，逐个村庄去宣传发放。宣传到河头店镇小店东村时，移民左言刚问，我已贷了10万元，也能享受补贴吗？我们说能。左言刚高兴得立时拉住我们的手，一个劲儿地谢。

可当左言刚到莱西市移民办办理贴息时，由于缺了银行还款明细的复印件，王新东让他去银行打出明细再来办理。

左言刚当时是用手机还款，一季度一还。他到银行后，可能没说明情况，银行给打印出来的仍然不是需要的还款明细。移民办让他再去银行要明细。

左言刚一听火冒三丈，一出移民办的门，直接打了莱西市的为民服务热线，状告移民办！

王新东这人始终笑嘻嘻的，无论工作多么忙、多么累，都是四两拨千斤的轻松模样。但是，讲到这里，却是一脸的苦笑。他说："恁不接触移民，都没法想象移民、移民村贫穷落后的程度。莱西市移民涉及270个村、15123户、41827人。其中，整体搬迁村69个、32742人；分散安置村201个、8855人，外省迁入230人。这些移民，大都集中在北半市。他们不仅在物质上贫穷落后，在观念上、思想上、精神上，与南半市的人民，至少差了五年的距离。了解他们的现状后，你的良心会推动着你千方百计地去帮助他们、扶持他们。但是，好心不一定得到好报。像左言刚，还要告你！唉……"

王新东的慨叹里，有百般的无奈。

"人大都知道个好歹。不理解的毕竟是少数吧？"我问。

"左言刚后来也理解了，还直不好意思。"王新东脸上的苦笑，变成了欢笑，"望城街道红旗村唐经礼的妻子因为享受到了贴息政策，给我们送来了一捧大樱桃；日庄镇王家都一位70多岁的老太太，为了感谢我们给她补办了存折，炒熟了花生请我们尝……移民把对国家政策的感恩，转移到我们移民干部身上来了。"

2

　　移民对国家政策的感恩，在日庄镇新建村灌溉水源建设项目现场，笔者亲历过。

　　新建村属于产芝水库整体搬迁移民村，全村48户，93口人，耕地341亩，属丘陵薄田，毫无水浇条件。

　　2013年，莱西市移民办在他们村庄的南部给建了一个扬水站，实施了低压管道项目。然而，从2013年的下半年到2017年的上半年，莱西市连干连旱，扬水站根本无水可用。2018年，移民办又利用大中型水库移民后期扶持中央结余资金，在他们村北的位置实施了一个灌溉水源项目。按照设计方案，本项目是扩挖一座长70米、宽60米、深13米的平塘。

　　可是，当平塘挖到设计的13米深度时，只挖出了一点点水。新建村支书吕龙洪一看，急出了一脸的汗，一遍遍请王新东主任，给挖得再深一点，再深一点。要不，平塘周围200亩农田还是不能有效灌溉。

　　吕龙洪已干了14年村支书，65岁，满身的尘土，满面的操劳，身子骨瘦弱得好像不到100斤重，让王新东心疼得不忍拒绝，果决命令施工方："从实际出发，从群众需要出发。平塘的宽度缩一缩，在总土方不变的情况下，再挖深两米。出了责任我来担！"

　　但凡工程，往往是设计很丰满，现实很骨感。在施工过程中，假如遇到特殊情况无法与设计方案完全吻合，在误差不大的前提下，可根据实际情况，因地制宜，灵活施工。不过，灵活后，工程一切顺利还好。倘若出现人员伤亡等事故，那就要被问责，而且是终身负责制。

　　所以，王新东那一诺，千金重！

　　我问王主任："真的那么义不容辞吗？真的不怕担责吗？"

　　"担责也要义不容辞。咱是移民干部，是一肩担两当头的桥。要不的话，让老百姓骂我们国家搞形象工程、豆腐渣工程吗？想想看，工程呼呼隆隆干了好多日子，耗资金、耗人力。群众又一直在盼望着，到头来，一滴水也用不上。你是群众，你不骂娘吗？咱们干部和国家还有公信力可言吗？只有义不容辞！"这次，王新东没有笑，郑重的面庞写满了担当和使命！

那天，当我在现场采访吕龙洪书记时，他指指塘里蓝幽幽的水，又指指塘边旺生生的小麦，一迭声地感激，代表全村的百姓感激，代表村庄的土地感激，感激莱西市移民办，感激国家移民好政策！

王成桂的感激，比吕龙洪的还要多。因为他们村搭上了水库移民避险解困试点项目的首班车。

2013年9月6日，国家发展和改革委员会、财政部、水利部联合下发通知：为了库区移民同步实现全面小康，拟从大中型水库移民后期扶持结余资金中安排部分资金，帮助各地开展大中型水库移民避险解困试点，各省（自治区、直辖市）选择的试点县（区、市）原则上不超过10个。

这次试点，从通知上来看，可报可不报。就是报，也不一定能被选上。山东省有一百多个县级单位，而试点又不超过10个，这么低的概率，能花落莱西吗？再者，如果申报成功，就意味着莱西市、莱西市水利局、莱西市的移民干部、试点镇的干部要多干很多很多的工作。而且，要探索出一条成功的路子。要不，对不起上级给你资金、让你试点的信任。

面对这个渺茫的希望，面对这个渺茫希望将要带来的巨大压力，莱西市各级干部没有作壁上观，而是以敢为移民请命、敢吃第一只螃蟹的精神，立即将"生存条件恶劣、生活贫困，不搬迁难以摆脱困境"的河头店镇泥湾头、高格庄两个整体搬迁移民村，作为2013年度大中型水库移民避险解困工作试点村。市政府抽调相关部门的精干人员，以最快的速度编制完成了《莱西市大中型水库移民避险解困试点实施方案》和《山东省莱西市大中型水库移民避险解困社会稳定风险评估报告》。

功到自然成。2014年5月，上级批复了《莱西市大中型水库移民避险解困试点实施方案》，其主要内容是把莱西市河头店镇高格庄、泥湾头两个村的609户，1636名移民，整体搬迁安置到新建的龙泉湖移民社区。而这个社区，是山东省8个移民试点项目的其中之一。难能可贵！

看到批复文件时，王新东笑嘻嘻的脸上更是布上了七彩云霞。

## 为谁辛苦为谁甜

1

对于试点建起来的龙泉湖移民社区，王成桂是早也想搬，晚也想迁。然而，有的村民却不愿意搬。比如，泥湾头村的王仁凤。王仁凤不但不想搬，还狠狠骂过河头店镇政府的干部张卫海。

故事要追溯到2014年。

《试点实施方案》得到批复以后，莱西市成立了由市长任组长，分管副市长任副组长的工作领导小组。领导小组精准施策：跳出就试点而试点、就移民专项扶持资金而扶持的小框子，将龙泉湖移民社区纳入全市精准扶贫、美丽乡村建设的大格局中来统筹，整合各种扶持政策、资金和资源，在节约制约用地的前提下，按照高起点、高标准、高品位的原则规划建设，并配套相关产业，确保移民搬得出、稳得住、能致富。为稳妥、安全起见，试点工作分两期进行，一期工程先从人口少的泥湾头村开始。

"当正确的政策方针制定之后，干部是关键！"

张卫海，就是河头店镇党委政府尽锐出战的排头兵。他被任命为龙泉湖移民社区主任，全面负责龙泉湖移民社区建设、旧村拆除和移民搬迁工作。

这项工作，对于张卫海来说，就"像刚落地的娃娃，从头到脚都是新的"。初为"人父"的他，有那么一刹那，居然不知如何伸手呵护它。但张卫海毕竟是一位思维灵敏、有谋有略、敢想敢干的人，他在领导的支持下，既没有畏难，也没有发愁，首先弄通弄懂相关政策、精神、法规及专业知识，又团结带领部门同志，主动与上级业务部门对接，熟悉工作流程，并多次到外地参观学习。

外地的经验，有外地的特色和外地的历史背景因素夹杂其中，只可借鉴不可复制。龙泉湖移民社区只能擎起自己独特的旗帜。

工作开始之后，河头店党委政府设置了两个路线图：一是开工建设新楼房；二是为泥湾头村、高格庄村的百姓解读这次搬迁的缘由、好处和前景。

新楼房建设，不是件难事。只要资金到位，各方面再布置妥当，工程就能快速进展。

最难的是百姓心结。当张卫海和社区干部开会向两个村的村民报告，将整体搬迁到新社区时，全体百姓无一不瞠目结舌！"搬一搬穷三年，才得好，又得搬！"他们是一口十个"不搬"！

为了让移民了解这次搬迁的不同意义，张卫海和社区干部首先走进了村两委干部、党员和群众代表的家中或地头，用唠家常的方式，向这些村庄的"领头雁"们宣传《试点实施方案》的科学性、合理性和可操作性。一次不行，两次，两次不行，三次……在他们的思想有了转变之后，又组织他们到临沂兰山区、河南新乡市、黄岛张家楼等地实地参观。慢慢地，"领头雁"们的心结打开了，不仅同意搬迁，还主动加入到宣传动员的行列。

"头雁效应"是巨大的。经过4个多月的努力，工作取得突破性进展：两个村庄，签订搬迁协议的户，均达到80%以上。

泥湾头村搬迁时，莱西市还没有全面开展违建治理工作。社区在制定《泥湾头安置区搬迁实施方案》时，考虑到村民的投入，将违章建筑也纳入了补贴范畴：双坡的棚子，每平方米补贴150元；单坡的棚子，每平方米补贴100元。

王仁凤骂张卫海的原因，就与她家的违章建筑有关。

王仁凤59岁。2008年，她花13万给儿子盖了一栋新房。那新房，瓷砖贴墙，瓷砖贴地，屋内PVC吊顶，实木包边，四间正房带出厦，外带两间耳房、四间南房，窗是1.8米×1.8米的铝合金。不用说泥湾头村，就是在整个河头店镇，也绝对是一等一的好房子。

2009年，王仁凤吹吹打打给儿子娶了亲。第二年，又把自己和老伴儿住的老房子，加固装修。

就这么两幢好端端的房子，冷不丁的，政府又要让他们拆，又要让他们搬。王仁凤的思想是一百个转不过弯来，特别不平衡：人家一套破房子换一套新楼房，那叫一个赚；自己家这么好的房子，也是一套换一套，那不是吃了大亏，倒了大霉吗！不搬！坚决不搬！

王仁凤的不平衡还有一个原因。她家老房子的西头，有两间半的屋空子。为了盛点乱七八糟的东西，她老伴儿就把那个屋空子用砖给围了起来。但是，顶上却没有搭棚，连个半棚也没搭，一分补贴也没有。

王仁凤不服气，就去找当时的村支书赵仁讨公道。

赵书记说，按照方案，没有棚的就没有补贴。这事我也说了不算，不行你就去找社区主任张卫海问问。

问就问！王仁凤这人敢说敢做。生了气，天，她也敢捅个窟窿。第二天早晨7点，她就来到社区。

张卫海她不认识，只见社区广场上有些干部模样的人在商量什么事，就大着嗓门问："喂，干部！你们哪个是张主任？"

张卫海赶紧应："我是。大姐你有什么事？"

"我是泥湾头的。俺村里别家的违章建筑恁都给了补贴，就俺家的不给啊？凭什么？就因为没个棚？"王仁凤本就一肚子的不平衡，问出来的话，也就带上了火药味。

群众的话可以带火药味。张卫海却不能。因为他是国家干部。他平和地解释："大姐，方案在咱村里公示了那么长时间，你有意见怎么不早提啊。

现在只能按着方案来了。你们家的违章建筑真的不能给补贴。"

王仁凤见一点希望都没有，心中的不平衡愈发失了重，跳起脚后跟，手指点着张卫海破口大骂："你妈个什么东西！你个什么破干部！一点理也不讲，一碗水端不平，一点也不为老百姓办事。快滚回家让你妈另做做吧！"

2

张卫海愣怔了一下，然后一声没吭，转过身走向办公室，关上门，眼里的泪，却再也止不住。

男儿有泪不轻弹，只是未到动情处。——王仁凤你骂我行，可你不该骂我妈啊！就在半年前的12月1日，我妈刚刚去世。我妈去世的那天，我还在参加河头店党委政府为龙泉湖移民社区同步推进工业园区建设而召开的会议啊！

那天，会议正开着，张卫海的爱人突然哭泣着打来电话："卫海，妈要不行了。你快来医院吧！"

张卫海没有立即回家。母亲已瘫痪了三年，腿断了三次，一年住五六次医院，经常不行了不行了，又好了起来。张卫海是位孝子，20年来，一家三口一直跟父母住在一起。白天，母亲由父亲照应；晚上，就由他和爱人伺候。他以为，这次母亲还能挺过来。再说，会议没结束，园区建设又与移民就业有关。他想听听党委政府的最终决定，以便以后开展工作。

就在这个当口，他爱人又大哭着打来电话："卫海，快！直接去殡仪馆！妈已经去世了……"

殡仪馆里，张卫海抱着去世的母亲懊悔莫及，泪如雨下。他在心里一直有一个计划：等社区搬迁完了，他一定要休一次年假，好好陪陪母亲，推着轮椅，带母亲出去看看山，看看水。然而，"子欲养而亲不待"，母亲竟然就这么匆匆走了。匆匆走了的母亲，因为自己的工作，还要被人骂。这怎能不让他难过得懊悔莫及啊!

母亲下葬那天上午,社区的同事于进礼又打来了电话,吞吞吐吐地说:"主任,楼房室内装修的事今天招投标,你看……"

接完电话,张卫海"扑通"一声再次跪倒在母亲灵前,重重磕了三个响头,满含眼泪去了社区。——移民的楼房,是简单装修。装修公司没有大钱可挣,他必须找一家有公益心的公司来承担,他还要跟他们讨价还价。

这么拼的张卫海,王仁凤竟然骂他"一点也不为老百姓办事"。这又怎能不让他委屈得泪如雨下!

3

王仁凤最终还是搬进了新楼房。

2018年5月14日上午,笔者特意去了她的新家。

她的新家,是一楼,90平方米,装修得挺豪华:漂亮的布艺沙发、木质的双人大床和衣柜、最时尚的圆柱体立式海信大空调。这些"高大上"的东西,既明示了主人的生活品位,也暗昭了主人是持家过日子的好手。二楼的90平方米,也是她家的,因为儿子已搬去县城,2017年的时候,租了出去,一年4500元。

此时的王仁凤,一脸的喜相,实在无法与当初骂张主任的时候联系在一起。

"大姐,当初怎么就和张主任杠上了?听张主任说,你现在不跟他杠了,还送梨给他吃。怎么转过弯来了?"王仁凤这人很开朗,是个直性子,极易沟通,我便直白笑侃。

王仁凤略略有点难为情,随即哈哈一笑说:"那么好的房子,说拆就拆,谁能一下子转过弯来?我转不过弯,我儿子却一点弯都没有,动员我说,妈,咱的思想要跟上时代的趟儿。人家政府这是要帮着咱过上更好的日子呢。搬吧。"

儿子也没能说服王仁凤。她有自己的小九九：搬迁协议也签，不过，要观望。搬的人家多，就搬；搬的人家少，就不搬。

2015年8月7日，泥湾头村申报120平方米、60平方米的户先行抓阄，抓出的第一号最先选房，喜欢哪套选哪套，依次类推。

王仁凤也来了，来得还特早。她要看看到底有多少人家能搬。不看不知道，一看惊一跳。妈呀，呼啦啦一下子来了30多户，全村总共也就176户啊！平常日子，这家说不搬，那家说不搬，到了动真格的这一天，全都来了。王仁凤当即决定：搬！

拆除旧居那天，王仁凤哭了。不管是儿子结婚的新房，还是老两口住过的老屋，都是一家人一砖一瓦、起早贪黑建起来的。院子里的一棵树、一株花，锅台上供奉的灶王爷、房里的大土炕……每一个角落，都珍藏着一家人的记忆，那是关于亲、关于情、关于爱的故事。"裂墙残壁满蛛丝，犹忆旧风姿。"何况，那个家，墙没裂，壁不残，更无蛛丝满，怎不让她泪水涟涟寅时难眠？

告别过去，就是为了拥抱更加美好的明天！

搬到新楼房后，王仁凤笑了，笑得咯咯响，话里话外全是知足："啊呀大妹子，真没想到会是这么好啊。干净不说，还让咱女人少干老鼻子活儿了。不用烧草做饭掏锅灰了，不用自己烧土炉子了。以前怕煤气中毒，晚上还不敢烧，天天得生炉子，灭炉子。家里是一层灰压着一层灰。如果哪天上山去了、赶集去了，又正巧碰着下雨下雪，就得赶紧往家跑，怕衣裳白洗了，怕烧火草给淋了。现在可好了，过着农村的生活，享受着城里的待遇。家里的马桶不会用啊，天然气不会用啊，张主任亲自上门教。他没空，就派人来。我能不送梨给他吃？自家地里种的，吃着放心呢。"

"采得百花成蜜后，为谁辛苦为谁甜？"在王仁凤"咯咯"的笑声里，张卫海种种的难过和委屈，一定成了昨夜烟雨吧？

### 一上一上又一上

2018年7月3日，王成桂终于圆了让他魂牵梦萦的安居梦——通过现场做阄、现场抓阄、现场选房的方式，他们一家六口，在莱西市河头镇龙泉湖移民社区，拥有了两套90平方米的新楼房，一套在1楼，一套在最高的5楼。

为了这天的抓阄选房，王成桂6月30日给秋月梨打了药，7月1日在收了小麦的地里播种了玉米，7月2日去镇上为村里的5户人家办理了低保。他要把家里和村里的要紧工作，提前收拾停当。因为这天，他不光要来为自己家抓阄选房，作为村会计，他还要参与布置现场、维护秩序、为群众服务等很多工作。

当报号员报完他选的楼号时，河头镇副镇长王冰指指赤白色的太阳，又指指沥青铺就的小区路面，呵呵一笑说："王会计，你的手气不错啊。上可达天庭，下又接地气。楼中乾坤啊。"

王成桂向来豁达、乐观，困难面前都没认过尿，况且现在摊上了这么一桩大喜事，听王副镇长这么一说，立即擎起他家的楼号，文绉绉地回应："谁说不是呐。等搬新家的时候，我就贴这么一副对联：一上一上又一上，一直上到高楼上。横批是：步步登高！"逗得全场笑弯了腰。

王成桂自己也笑了，那脸就成了一朵盛放的喇叭花。不对，是比喇叭花大好多倍的太阳花，喜庆，热烈。

这次搬迁，王成桂知足又高兴。虽说装修、换新家具，他还要搭进去几万块钱，可搭就搭吧。这年头，挣钱的地儿多，只要不馋不懒，就能挣到钱。没见人家泥湾头村会计刘云金家？家里的6亩7分地流转给了花卉观光园，1亩1年1000元。他妻子有了空闲，就在新社区的车库里开了一个馒头房，一天生产馒头800多个，日收入200元。

还有泥湾村的刘振龙，在奶牛养殖场打工，一个月4000元的工资。他妻子在镇上的乐器厂上班，一月也能挣2000多元。

还有他们高格庄村的王奎武等25户人家。2017年的时候，莱西市移民办帮他们办理了移民创业贴息贷款，建起了28个葡萄大棚，还定期邀请教授跟踪指导服务。2018年5月，葡萄上了市，一斤卖到20元。王奎武家的2亩大棚葡萄收入了18万元，只差2万就收回了本钱。

想到这些，王成桂的心里就充满了感激，比日庄镇新建村的村支书吕龙洪的感激多得多。作为村会计，龙泉湖移民社区建设的事，他比村民们知道得多一点，理解也就多一点。

他知道，龙泉湖移民社区的建设，并不仅仅是两个村庄的简单搬迁、聚集，更是产业兴旺、生态宜居、乡风文明、治理有效、生活富裕的现代化新农村的探索与实践。中央和省移民避险解困试点专项补助资金只有4090万元，而社区建设却投入了1.86亿元。其目的，就是让他们从此安居乐业。

社区配套建设了医疗室、商业网店，还建了达省标的益民中学。2016年中学投入使用，原先河头店镇中心中学的学生都迁到这里来读书。冬天的时候，因为学校有暖气，其他村庄的孩子放学后都不愿意回家了，只有泥湾头村的孩子自由飞翔！

还建了农家书屋、科技服务中心、文化体育广场，并利用农闲、节假日开展群众性文体活动，还为他们进行种植、养殖、农机维修等方面的技术培训。寓教于乐，让他们的思想观念、精神面貌，也跟这新楼房一样，焕然一新，与时俱进。

那么，多投入的钱从哪儿来呢？这，王成桂也知道。青岛市移民、教育等配套资金用上了，土地增减挂钩结余的资金也用上了，再缺的496万元，是河头店镇党委政府给筹的。筹上钱还不中，又融资2.01亿元，在社区周边同步建设了两个蔬菜采摘园、一处奶牛养殖场和一处花卉观光园等生产扶持项目。这4个项目，流转土地230亩，安置闲散移民400多人。村里的五保户，更是幸福，一家一套60平方米的新房，一切费用全免！

各级党委政府这么费心费力地为他们着想，王成桂能不感激？能不知足？就是搬家花个钱儿，他也心甘情愿。谁搬新家不花钱？再说，这新社区，美着呢，被评上了中国人居环境范例项目。

在5楼的新家里，王成桂是转了一圈又一圈，最后，立在窗前，双手搭在窗台，眼睛定格在窗外：但见一排排杏黄色的新楼房，被一行行绿树和一簇簇红花所掩映；文化墙上的二十四孝图，用远古的故事，阐述"老吾老，以及人之老"的德孝；主题文化广场上的假山旁、凉亭内、喷水池边，燕子上下翻飞，他的孙子孙女还有很多很多的孩子，在捉迷藏，扔飞机，扑蝴蝶……

王成桂又笑了，"三十年河东，三十年河西"，这话有理哩。以前的乡愁是挨饿，受穷，危险；现在的乡愁是余庆，安宁，美丽。不过，这话也有不对的地儿。他心心念念的新居梦，不是只用了三年，就从"河东"走到了"河西"吗？他明白，他和他的父老乡亲，已在乡村振兴、全面建成小康社会的征程中，优先迈进了一步。

（崔展红，山东省莱西市水利局）

# 一个人改变一个村

‖ 陈秀民

习惯于把一只脚放在另一只脚的前面,只要不停下来,时间久了,就能蹚出一条路。

——题记

"去西山根看看吧,那里的变化让你吃惊。"2018年5月,在和林西县人大常委会主任赵锐久叙谈时,他向我推荐了西山根村。

县政协主席王春艳土生土长,对林西县山山水水了如指掌,她也向我推荐了西山根村,并特意推荐了村党支部书记刘占林:"在党支部书记岗位上干了四十年。四十年呵,群众不信任能干那么多年吗?"

晚上与几位文友聚会,当地作家陈淑敏把新近写的散文《听雨》给我看,倏然发现她写的就是西山根。在她的笔下,故乡盼雨祈雨,祖祖辈辈在干旱的土地上追星赶月,是全县挂了名的贫困村,难怪一场雨的降临让他们喜不自禁,倚在窗棂上听雨。不过,那已是三十多年前的事了。

"我们那时挣脱羁绊一样往外跑,现在又争着抢着想回去,西山根人过的日子比城里舒服。"

西山根隶属内蒙古自治区赤峰市林西县十二吐乡，这里的老地户都是山东移民，祖辈们在这里落脚，怀揣着一个幸福家园的梦想，几代人筑梦，终于在百年之后圆梦。有的人向我推荐时，甚至把西山根比喻成林西的"小岗"。我在县文联同志的陪同下，走进了十二吐乡党委书记谢艳丽的办公室，找她的人一个接着一个。"行就马上落实，不行就别磨叽，让别人干。"她正和一位村干部说话，"没办法，基层干部就是这样，习惯了。"说完给我倒杯水，彼此省略客套，直奔主题。她对刘占林这位手下爱将赞赏有加，听她讲述西山根村"七下松山"的故事，深谙农村的嬗变，凝聚着多少人不懈的努力，听起来更像是一部影视剧的情节，波澜壮阔，曲曲折折。

"我们去西山根，办公室静不下来。"不时有请示工作的人推门而入，采访不能顺畅进行。

走上通往西山根的一级路，车速明显快了。我无暇顾及路旁匆匆掠过的风景，暗忖，即将谋面的刘占林在村支书岗位上干了四十多年，与改革开放同龄，也算是个记录。信任，是一种心灵上的默契，而对一个人则是肯定。

我手里捧着一部新近出版的《移民故事》，方砖一样分量不轻，扉页是林西县地图，冬瓜一样夹在两片草原之间，西面是克什克腾旗，东面是巴林草原。清朝末年，指令巴林旗辟出地盘实施垦荒，为汹涌的移民潮开辟落脚地，巴林旗遵谕旨在西部划出地块，取名"巴西"上奏朝廷，朝廷核准时将"巴"替换成"林"，于是就有了林西。以山东、河北为主体的移民汇聚成林西县，是西拉沐沦河以北唯一的农业县。将草场开垦成农田，部分地区荒漠化不可避免地出现了，林西县南部，丘陵纵横，干旱少雨，由此埋植下贫困的基因。出林西县城，一眼就望见一道起伏的山谷，最高处有三块呈三角形排列的峻石，形同野外烧饭支锅的灶架，锅撑子山由此得名。在锅撑子山周围，有大量新石器时代的古遗址，远古文化的碎片散落在历史的传承中。锅撑子山绵延横卧，拖着长长的尾巴一直延伸到公路边。拐下一级路，实际已经到西山根地界了，只是需要再穿过一片杨树林。

"西山根的山指的是锅撑子山吗？"

"不是，西山根的山没有名，是座土山。"

谢书记驾车技术娴熟。如今的基层干部，不会开车如同当年不会骑自行车。

"锅撑子山下是苏泗汰村，西山根村西面有一座土山，不高，光秃秃的不长树，像一顶戴旧了的毡帽。早些年西山根村穷，穷得连个山名都懒得起，祖祖辈辈守着这座无名山，日子过得平平淡淡。如今西山根富了，是十二吐第一村……"

说话间已经来到西山根村部，村部前偌大的广场，四周用树墙围起来，中间不锈钢旗杆直插蓝天，国旗飘扬，格外醒目。村部身后的农舍错落整齐，街面干净，家家户户院子里都栽植果树，硕果压枝，绿荫浮游的树叶遮不住柚红的水果，小汽车黄牛一样卧在房前屋后。

西山根在这一带是个大村，辖六个自然村，每个村都按姓氏有一个村名，比如钱营子、焦营子、房家店，这些都是解放前大地主家的姓氏。原村部所在的村钱营子，其实是地主家有钱，老百姓穷得叮当直响。现在村部搬到房家店村南面，村前绿树成荫，视野开阔一些。

"一个人的确能改变一个村子。"谢书记语气坚定而自信，西山根村走到今天的地步，仰仗的正是刘占林。

见到刘占林，他刚刚送走一波参观客人。说话带着笑，面色棠红，一副朴实的形象，他年轻时笃定是位帅哥。不久前他在中央党校西北民族干部培训班上，以"如何做好党支部书记"为题，做了五十分钟的演讲，博得热烈掌声。

"我是十一届三中全会后西山根的首任书记。"他说话时总带着微笑，即便是一个严肃的问题，也被他稀释得轻松愉快。

时光倒推，"大跃进"的第二年，刘占林来到这个世界。开始懂事了，可三年困难时期的饥饿无情地碾压了他的童年，而后又在"文革"中挥霍了十年芳华。二十岁,刘占林高中毕业回村担任青年书记。血气方刚,能言善辩,机灵睿智,长得也帅气,不久后改任党支部书记。他诚实坦率,敢作敢为,人们信任他的为人,把他这样一个稚气未脱的年轻人推到"掌门人"位置,这展示出他人格魅力的一面。他思想活跃,在"一大二公"体制下就悄悄鼓动农民搞副业,即便是挣工分,也提倡多劳多得,在年终工分兑现分红时,西山根村总比别的村高出一块。他连任第二届,农村经营体制发生重大变革,西山根率先把土地分给农户。分田单干,使多年郁积的生产积极性得到集中释放,西山根村成为十二吐乡产粮大户。当然,所谓的产粮"大户"是自己跟自己比,矮子里拔将军,与其他乡镇条件好的村比还差着一大截。可是,在农产品价格呈现"剪刀差"的年代,分田单干解决了吃饱的问题,靠种田难以致富在农村比较普遍。

他驾驭这架大车并不轻松,时而陷入沼泽艰难前行,时而遇到爬坡需要外力推一把,关键是这段坡路太长了。掌管一千多号人口的大村,并非像居家过日子那么简单,到21世纪初,西山根依然在贫困线上下徘徊。一些青壮劳力去城里打工,留守的多是妇女和老人。

"有钱的日子咋说都有理,没钱说出花来也没人听,困扰西山根最大的问题就是贫困,每年县里开会,全县村支书坐在一起,我总觉得矮半截,老盯着脚背。摘掉贫困帽子,是我在这个岗位上一年又一年的目标。"

刘占林清晰记得,林西县1986年戴上国贫县帽子,下面十几个乡镇排队,十二吐乡排在倒数第二,而西山根在十二吐乡各村中也排名偏后,在全县一百多行政村中自然位居下游。为什么这么穷?主要是基础条件太差了。典型的穷山恶水,有的村竟然没有一亩水浇地,即便是地势平坦些的钱营子、方家店,也由于十年九旱,农业单产很低,村民勉强能够吃饱,但手里没钱。西山根人的后代上大学的多,是环境所迫激发出的动力,他们千方百计想"逃离"西山根,考不上大学的也外出打工。

"那时候,也不知自己几斤几两,就知道铆足劲儿干,至于西山根变成啥样,也没想直溜,只要一年比一年好一些就知足。"

刘占林是个实在人,他的实在就在于有一说一,有二说二,不搞虚把式,他知道在这样的贫困村担任支部书记,肩上的担子分量可是不轻的。他似乎有一种自然的亲和力,与人说上几句就成了朋友,县直部门混得门儿清,推门就进,使出浑身解数,为西山根村争取基础建设项目,打了十几眼机电井,全村有了3000多亩水浇地。在年复一年不遗余力的拼搏中他整明白了,分户单干的积极性已经发挥到了极限,要想改变西山根,必须换个思路,换个干法,西山根村的发展方向需要重新定位。

"那些年粮食价格低,种普通农作物除刨净剩,有的还赔钱,听说种经济作物赚钱,就引导村民种西瓜角瓜,种韭菜,栽大葱,可效果还是有限。主要还是土地过于分散,一条一垄的,种的品种不统一,五花八门,属于小打小闹。"

刘占林说,西山根结构调整的起步阶段,在试探性寻找致富门路过程中,他栽了大跟头。那年他有佛就拜,听信了走道的忽悠,西山根这土质最适合种倭瓜。倭瓜又称黄金瓜,这种蔬菜吃法比较单一,不能炒,只适合乱炖。刘占林动员全村种倭瓜,把水浇地全种上了。出乎意料的是那一年市场行情不好,满地的倭瓜一个都卖不出去,成了"窝心瓜"。刘占林站在地头,怔怔地望着一地的金黄色倭瓜,好像一个个随时都可能拉响的地雷,2600亩水浇地不但没有一分钱的收成,而且还要搭上种子、肥料,心疼得他哭的心都有。

回到家里,他像得了一场大病一样,一整天都没出屋,眼睛直勾勾望着天花板。他回想这些年没日没夜地干,可以问心无愧地说,已经尽力了,可西山根并没有实质性改变,问题出在哪儿?在家闷了一天终于想明白了,要让西山根脱胎换骨,必须从根子上改,老是在原有基础上修修补补,即使竭尽全力,也是枉然,旧的衣服再怎么补也是旧的。

谢艳丽当年是乡人大主席,在西山根包村。她目睹了刘占林为了西山根村不遗余力，大大小小的基础建设项目不知给西山根村争取了多少，他为西山根东奔西走，所做的每一件事群众都看在眼里，记在心上。从20世纪80年代到现在，他已连任十几届党支部书记，每次换届选举他都是满票。对这样一心为民的带头人，必须给予全力的支持与帮助。可是，当刘占林提出大面积种植大棚蔬菜时，响应者寥寥。一部分人担心，大棚投入大，且西山根没有大棚种植经验，一旦失败赔得更惨。另一部分人还没有从"窝心瓜"的失败中缓过神来，思想偏于保守，觉得种一般性作物比较有把握，老守田园，多多少少还能收一些，"咱可不想冒一年颗粒无收的风险，还跟种倭瓜那样？连老婆孩子都得搭进去。"

"换脑子！"

他没有争辩，光靠嘴是说服不了群众的，要让群众信服，顶要紧的是让他们得到实实在在的实惠。这些年他没少外出，见识了发达地区的农业，同样的土地产出有天壤之别，别人能做到的，我们为啥不能？思想决定思路，思路决定出路，此时他就剩一根筋了，无论如何也得换脑子，另辟蹊径，可这脑子又该怎么换呢？

我很愿意和刘占林交谈，他见地朴实而又不失幽默。记得杰弗里·卡恩这样说过，脑和手的距离，是全世界最大的距离。这话讲得既有哲理又逼真，我们经常会有一些可以让自己成功的想法，但却没能使想法付诸行动。

刘占林与班子成员开会，每次都免不了争吵，村部被旱烟缭绕得乌烟弥荡。他对村干部说，群众对调整产业结构的担忧可以理解，因为有过失败的教训，可由于失败而裹足不前或甘于保守经营，等待西山根的将是平庸。当干部的首先要统一思想，观念更新，倘若用全新的视角去看待，一次的失败就会转化成雄起的动力。

"你别给我们上政治课了，好听的话谁不会说，你就说到底咋干吧。"

"具体咋干先放一放，出去看看吧，看人家是咋干的。"刘占林终于说服了班子成员。村南的嘎斯汰河开始融冰，河岸边沿亮晶晶的。南来的雁阵发出"嘎嘎"的叫声,这一切似乎预示着新的兆头,酝酿新的开始。

"谢主席,帮忙联系一下,我们去南部旗县看一看。"谢艳丽与松山区取得联系,松山区西部的几个乡镇与西山根资源类型相似,有的甚至还抵不住西山根。

去县城租了六辆大巴,准备把西山根人除了孩子和老人,都拉出去开开眼。可是,头天晚上他一宿没睡,他纠结的不是几千元的雇车钱,而是搞这么大动静如果还不行,那可是光腚推磨转圈丢人了,恐成全县的笑话。他想,果真那样就让位,去县城或其他地方打工,没脸在这儿混了。鸡鸣唱晓,他早早地爬起来,在全村转了一遍,莫名其妙地鼻子发酸,似乎此去外地参观就是一次悲壮的告别。同时他也隐隐地歉疚,西山根在他手里这么多年"涛声依旧",而他已是"乡音未改鬓毛衰"了。晨阳露脸了,阳光懒洋洋漫过村头,清风在树梢上盘旋,鸡鸣狗吠把西山根吵得乱哄哄的,六辆大巴有序排列在村口,村民们已经急不可耐地登上大巴车,其中,有的并非是因为出去参观,而是因为长这么大从没出过远门。没有摊上机会的人跟刘占林急,他说:"别着急,全村劳动力都有机会,这次车装不下,下回。"六辆大巴上路了,浩浩荡荡开往松山区。路过赤峰,有人提议站半天。刘占林恼了,"村里出钱让你们出来不是逛街的,回去把日子过好了,自己花钱咋逛都行。"车绕过市区,一头钻进松山区西面的山坳。

松山东部地势平坦,西部丘陵山区,沿羊肠一样的山路行走,有人晕车了,田野被挤压在山丘的皱褶里。第一站是初头朗镇,大家还没下车就感觉到了这里与西山根截然不同,西山根春种还没开犁,人家的大棚蔬菜已经渐入采摘期。放眼望去,成排成片的大棚在阳光下熠熠生辉,眼馋得心疼。来到大庙镇,满目是低缓起伏的山丘,好像找不到一块平展的地方。不比不知道,一比吓一跳。大庙镇山坡地多,论资源条件比西山根差远了,可人家在坡地建的大棚,一亩地收入3万多元,相当于西山根4亩最好水浇地的产出,看得群众脸红了。瞧瞧人家,这才是种地的,咱们简直就是在糟蹋土地。刘占林四处撒目，见一老汉在村头晒太阳，上前就问，你咋不种大棚？老汉不屑地回答，我才不种呢。刘占林心头一惊，终于见到反对者，他很想听听反对的意见。

"我一年土地流转收入3万元，再去大棚里打工，年收入7万元，还种大棚干吗？"

刘占林接着问，你们这儿土地承包费多少？

"每亩800元左右。"

刘占林的眼睛睁得比牛眼还大，西山根好地最多100多元，有的土地40元求着人家租都没人要。

"你们那儿土地承包费多少？"人家反问。

"我们哪……没你们多。"

刘占林支支吾吾，脸上火辣辣的，实在难以启齿，说出来怕人家笑话，立即转移话题。百闻不如一见，第一批参观取经的想通了，他又组织第二批，要让全村各家各户都去感受一下。他特意拉上妇女们，她们对西山根推进产业结构调整有决定性作用。表面上男主外女主内，其实多数家庭都是女人说了算，掌管着家庭的绝对决策权。一来二去一共组织了七次，成为西山根转折的开始。

平庸者与成功者之间的差距不在别处，就在于"心动"与"行动"的统一，光说不练不行。晚上想千条路，早上起来走原路，毫无进益。如果想好了，就马上做。

七下松山，对西山根产生了强有力的促动。群众的思想换了，在大棚蔬菜种植问题上意见空前的统一，刘占林决意趁热打铁，说干就干。那年的秋天不同以往的热闹，西山根最大的工程项目建设开始了，其情景让人联想到多年前农业学大寨时的"大会战"。为了节约成本，一个钩机没上，没用铲车，没雇用工程队，400处大棚全是刘占林带领群众用铁锹和本村农用机械挖出来的。第二年种植西红柿，尽管是他极力倡导的，可真的实施起来,他的心却在打鼓,忐忐忑忑。那些天,他整天蹲在大棚里,像伺候"月子"一样。终于挂果了,他对棚里的西红柿像孩子一样养活,有空就钻进大棚里数柿子,一个大棚平均2200棵,每棵结6个西红柿,至少1.3万个。西红柿熟了,红得让人心醉,可他却莫名其妙地忐忑起来。市场是一只无形的手,变化莫测,倘若再像倭瓜那样成了窝心柿子,那今后就没法干了。这场产业结构的大变革,攸关西山根村未来发展走向和百姓生活幸福指数的提升,好比是一场博弈,西山根再也经不起失败了。战战兢兢地走进市场,出售价每斤1.7元。刘占林算了算,与松山区大庙镇还差着一块。没承想三天后每斤涨到2.8元,每个大棚收入3万多,兴奋得几个人凑在他家里,喝得酩酊大醉。

初战告捷,如同给刘占林注入一针兴奋剂,坚定了他大面积推广设施农业、彻底摒弃传统种植方式的决心和信心。

老百姓是看中实惠的,一次可触可摸立竿见影的成功,胜过一百次口干舌燥的宣传发动,群众种植大棚蔬菜的积极性像水一样沸腾了。多数家庭都有了自己的大棚,但这样的规模还不足以提高市场占有率。以外销为主的大田蔬菜,首要的是以订单为前提,而要满足订单,规模经营是起码的保证。刘占林把目光聚焦在西山上,这座默默无语的无名土山,在日升日落的岁月更迭中沉睡多年,对周围的风生水起无动于衷,背负的旱坡地基本是望天收,风调雨顺收一些,遇到干旱就歇菜一年。全县党建融合工作启动,十二吐乡党委瞅准时机,乡党委书记亲自组建"十二吐乡达康脱贫攻坚联合党委",刘占林担任常务副书记。

"联合党委?"我理解党委是一个部门或一个地区的一级党组织,弄不懂"联合"是出于何意。

"你看看党委成员就明白了。"

在墙壁上,贴着一张"十二吐乡达康脱贫攻坚联合党委"成员示意图,我细数了一下,除县直包村单位,还有涉农部门以及地税、国土、工商、卫生等部门,包罗万象,成员单位有二十几个。

"这些都是我们西山根用得着的单位,过去办事要逐一登门请示,现在不用了,他们都是党委成员,有事通知到西山根开个党委会,事情就解决了。"

群众智慧蕴含着伟大的创造力,他们像土地一样朴实。联合党委整合资源,对西山周围旱作农业重新规划,确立了以大棚蔬菜为主导产业的达康扶贫产业园区,项目区除涵盖西山根村种植户,对周边几个村贫困户实行准入政策,入驻的建档立卡贫困户在承包费上给予优惠。缺水是达康产业园不能回避的瓶颈,刘占林组织"北水南调",从苏泗汰村前的河边安装提水管道,在达康产业园南端的最高处挖一个蓄水池,然后再有序流进各个大棚。

村主任刘树清、会计温海,他们都是多年黄金搭档了,彼此配合默契。在刘树清和驻村第一书记魏思琪引领下,我登上达康产业园制高点。阴云密布,雾霭低垂,在产业园制高点俯瞰下去,成片的大棚排列整齐,方队一样等待检阅。这人为打造的风景别具一格,仿佛一张张水墨丹青,脚下凸起的山包已被削平,铺上瓷砖,花坛里花色争艳。本以为这里是观景台,其实是蓄水池的坝基,天池一样镶嵌在土山的半腰处。微风吹皱水面,而远端的云雾更低了,凭直觉一场雷阵雨即将到来。

"西山根村大棚蔬菜虽然起步较晚,但把松山的经验直接嫁接过来,没走弯路。"

显然刘占林对"七下松山"感到满意,除本村人经营大棚外,出乎意料的是外地部分人也悄悄跟了过来。刘占林在产业园巡查,发现一个人有些面熟。

"老张,对吧?"

一对夫妇抬起头来,像老朋友邂逅一样。男人叫张学良,当年七下松山,曾听他传授过大棚种植经验。

"没想到师傅到徒弟这儿来了。"

"嘿嘿，还管那些，哪儿挣钱就到哪儿去呗。"

张学良两口子听说西山根大棚种植成了气候，就举家来这里承包大棚，当年就收入9万元，这无疑对西山根大棚种植起到示范作用。可一部分人还在观望，缩手缩脚。贫困户耿立伟种大棚的成功，对西山根设施农业全面铺开推动力不小。耿立伟一家三口，老婆有病，女儿上学，他这人有些蔫巴，干一把死活计，日子过得稀里糊涂。2016年村里推广大棚蔬菜，给他两个大棚免费种，当年收入6万元，老实巴交的耿立伟有了信心，第二年又承包了四个棚，买了农用车，话也多了，还充当起经纪人。

"连耿立伟都种成这样，咱们还等啥呀！"

那些还在观望的人受到刺激，设施农业在西山根汹涌起来。靠种大棚，村民有了丰厚回报，最低的也是人均收入万元以上。截至2018年8月，西山根已发展大棚1000多处。一个棚脱贫，两个棚致富，在西山根已经是不争的事实。

"没有产业支撑的脱贫是不稳固的，靠输血不造血的脱贫是没有基础的。"这是几年来刘占林带领群众脱贫攻坚的实践总结。

"在没建成达康产业园之前，土地承包费每亩100元没人要，现在每亩600元争着承包。"刘占林算了几笔账，全村土地流转5000亩，仅此一项年收入300万元。产业园为村民提供了打工机会，长期雇工400人，季节性用工200人，打工收入合计600万元以上。

"我算整明白了，本以为做好村干部靠大公无私就行，过去就知道领着老百姓干，可方向不对路，就等于是瞎干，西山根之所以变成这样，关键是选准了路子。路子对了还要会干，好比打仗，光知道放枪不行，要讲究点战略战术。"

听了刘占林的话，我忽然想起有位作家说过，如果买了方向相反的火车票，每到一站都是错的。反之，只有选准了路线，才能走在正确的轨道上。由此，刘占林在西山根的威信进一步增强。年初村两委班子换届，刘占林再次全票当选。

"老牛不松套,还得继续干。"刘占林60岁,身体硬朗,他现在是书记村长一肩挑,还没有歇歇的意思。西山根的群众说,他们需要他继续驾驭这架日益加快的大车。

西山根村并非以一业为主,全村养牛户大户180户,一年育肥出栏两次,每次售牛收入在600万元以上,每头牛净赚1500元。养牛专业村与蔬菜专业村优势互补,形成了循环经济。

西山根的崛起,对十二吐乡乃至周边地区,产生"传帮带"作用。过些日子,刘占林准备带部分群众去北京郊区参观,还得让群众换脑筋,产业升级问题提到日程上来,村里还计划建个保鲜库。而最近他之所以走不开,是因为前来参观的人络绎不绝,有时一天就接待十几波。搞笑的是曾经七下松山拜师学艺的大庙镇也组团来参观,刘占林觉得不好意思,"这些都是从你们那儿学来的。"师傅请教学生多少有些滑稽,可松山人非常大度,"我们不是来学技术,而是学你这个人。"许多参观的人看完后都感叹,一个人选对了,一个村就有希望。

"西山根没有贫困户了吧?"

"有啊,怎么可能没有呢?"

刘占林认为,再富裕也有弱势群体,这些人基本丧失劳动能力,年老多病或先天性的残疾,只能靠政策保障,互助幸福院就是很不错的扶助方式。即使2020年达到小康以后,谁也不敢保证没有新的贫困户出现,扶贫将是长期性的。

如果不是事先知道,我还以为走进了休闲度假村。西山根互助幸福院建在房家店,院里的白杨树参天,中间空地栽着花草和果树,还有樟子松和金叶榆,不知道的还以为是生态园。幸福院的房子也有别于普通农房,房脊颇高,正门上方三角形的门脸似乎有些欧式风格,一幢房子分两户居住,每户60平方米,门前有个菜园,有的不种菜,种了花草。

"互助幸福院占地64亩，入住50户。"院长刘大利介绍，幸福院内有活动室、卫生室、图书室、会议室，功能齐全，幸福院的公益岗位均由居住在这里的老人担任，划分责任区，每天保洁员清扫院子。有位八十多岁的老党员自告奋勇，担任幸福院政策讲解员，每天都搜集报纸，看电视新闻，准备教案。

走进幸福院那天是漫阴天，偶尔落下几滴雨，似乎是一种暗示，真正的大雨瓢泼将在夜幕以后。早期这片土地姓房，新中国成立后地主的土地分给农民，房姓也从此凋零，只留下房家店的村名。十几位老人正围坐在果树下的石桌旁，我插进他们中间聊了一会儿，感觉这些老人过着退休一样的生活。

幸福互助院都是65岁以上无依无靠的贫困老人，每户房顶安装紫晶电板，像是头顶着礼帽，既能发电，也起到美化装饰效果。光伏电板发电总量62.5千瓦，每年每人可获得光伏发电收入分红650元。陪同采访的王建莹乡长说，夕阳产业在农村前景广阔，与政府社保体制、健康扶贫和扶贫基金有机结合，老年人的养老问题迎刃而解。有的老人体力恢复，还到幸福院外面的产业园打工，贫困户魏广林两口子住在幸福互助院，2017年在产业园打工收入9万多元。

一张张幸福的笑脸，氤氲着和谐的惬意，没有半点儿的矫揉造作，幸福是发自内心的。王忠老人行动不便，每天由老伴张淑琴推着轮椅，在院内花草绿树间的步道来回游走几遍，其他老人也跟址似的一起遛弯儿，有说有笑。脑中风让王忠老人有话说不出，可此时无声胜有声，眼神传递感恩。李桐老人在家时连双拐都买不起，拄着两根木棍走进幸福院。生活的好转和精神焕发，让他彻底扔掉了拐棍，每天伴着夕阳与幸福院的老人一起扭秧歌。莫力沟村的魏树海，一次车祸让他由富裕户沦为特困户。搬进幸福院，他享受脱贫攻坚各项政策，身上的负荷减轻，体力也恢复了，用贷款买了皮卡，在达康产业园承包了四个大棚，对于未来他信心十足。

金秋送爽，大田里的农作物开始微微泛黄了，而这时恰是野花最艳的时节，明眼人都能看得出来，这一波艳色凋谢后，便是一年收获的舒展。

平展在西山根西面土山上的达康产业园区，1000多处日光暖棚有序排列，宛如写在大地上的诗行，折射出致富的光辉。在300多户经营者中，容纳建档立卡贫困移民户90户，来自7个自然村。小西沟村兰国利自从儿子得了一种怪病，他家的日子急转直下，跌入特困户的深渊不能自拔。两口子带儿子去北京、天津、沈阳看病，欠下30多万"饥荒"，医院权威确诊，儿子患的是进行性基因营养不良，浑身无力，只能卧床。他们回到村里，边干活儿边给儿子治病，偏偏祸不单行，他家的房子被冲毁了，无奈只能借房住。脱贫攻坚大幕拉开，也是他家转机的开始。享受健康扶贫政策，核销了大部分医疗费用，儿子上了低保，他有一种从水底浮出水面的感觉，两口子腾出手来，聚力家庭创收。2017年他家进入达康产业园，免费种植一个棚，当年纯收入2.5万元。他信心倍增，2018年又包了6个棚。

"能行吗？"我有些狐疑。

"没问题，按规定我们只能免费种一个棚，再多种就得付承包费了。"

走进他的大棚，第二季柿子刚刚核桃大，善捕信息的兰国利预判2018年柿子可能涨价，自信他家的大棚至少多收入5000元。

与兰国利大棚隔一幢是王华家，村里人不会忘记王华家以前的日子，有房有车，上等户的生活水平。可天有不测风云，王华得了肾病，他家的日子有如踏上跷跷板陡然变脸，夫妇二人把车和房子卖掉，踏上边打工边治病的漂泊之路。在外打工七八年，王华的病没见好转。他们返回十二吐，借住在弟弟家。2017年春，脱贫攻坚政策阳光普照到这个摇摇欲坠的家庭，村干部来到他家，告知他家已被精准识别为建档立卡贫困户，王华可享受健康扶贫政策，上了低保，可以去西山根达康产业园区免费种植一个大棚。妻子晏海芬顶起家里的大梁，一年下来，大棚收入4万元，2018年收入能有5万元，两口子合计再租一个棚。好事一件连着一件，产业园区为移民户在大棚边统一建了新房,房间窗明几净,室内整洁。他们的女儿也考上了内蒙古师范大学。

"要不是摊上好政策,我们家都活不起了。"妻子晏海芬从厨房走出来。

活不起了——是他们当年生活陷入绝境时的真实心态,如今阳光照射进来,温馨满屋,活得有滋有味了。

随乡长王建莹来到达康产业园区最西端,那里有500亩食用菌暖棚兴建正酣,业主潘建刚是河北平泉人,从蘑菇之乡把产业的触角伸展到这里,将给十二吐乡达康产业园区增添浓墨重彩的一笔。几台挖掘机不停地点头挖土,暖棚的主体框架已经形成。潘建刚说,九月底暖棚将建成使用,在家乡平泉已准备好50万个菌棒,年底就可出菇。

站在地头展开视野,北面的锅撑子山倒像一个硕大的蘑菇,开放的田野一直蔓延到嘎斯汰河边。乡长介绍,达康产业园让西山根村农民受益匪浅,尤其是贫困户更为突出。全乡采取拔萝卜方式把有劳动能力的贫困户移民到这里,基本上是当年进园当年脱贫。

"资源变资产,资金变股金,农民变股民。"

王乡长的话提振人心,这种静与动的转换已成为现代农业走向的风向标,站在高点上谋划,乡村振兴的切入点和未来愿景初见端倪。而这一切,都得念及刘占林,他是政策的具体实施者。随着年龄增长,体力有些跟不上节奏,他把精力主要集中于谋划。

"十二吐乡以锅撑子山为界,将规划托起这一区域产业带动的脱贫致富产业密集区,与食用菌园区隔一条路便是返乡创业园区,开发建设面积500亩,以吸纳能人为主,打造农产品高端业态,开发新品种,与3000亩蔬菜园区、500亩食用菌园区构成三个主体产业单元,开发高产紫花苜蓿1万亩,经济林5000亩,整个大产业园区立足西山根,辐射带动全乡,互促互补,高效互动,集采摘、体验、观光、农家乐于一身,打造生态农业观光田园综合体。"

西山根与贫困彻底挥别了，悦动的活力将推动他们接近前列。返乡创业园又是刘占林极富想象力和创造力的创意，吸引力和凝聚力毋庸置疑。那些走出去的打工者中，不乏成功者。他们积累财富的同时，也学到了先进的技术和经验，思想更加开放开阔，然而，月是故乡明，他们致富不忘乡里，纷纷返乡创业。

太阳躲进云层，清雨淅淅沥沥，我们躲进何连山的蔬菜大棚里。何连山68岁，村里人都叫他老何。老何种地是把好手，倔脾气也是全村闻名。他家落入贫困也是源于生病，把土地和房子让儿子耕种，老两口搬进产业园区。他家种植的大棚七分地，在产业园是最小的，2017年净收入9000元，老何已很满足。年龄大体力不行了，儿子经常来帮助料理。儿子说，2017年遇上干旱，十几亩地的收成还赶不上老爸七分地的大棚。大棚虽小，但老两口吃的用的足够，棚外空地种着玉米、白菜、辣椒。自足的心态让老何气顺了，脾气变得温和，跟谁说话都笑呵呵的。老伴焖一锅的甜玉米，扑鼻的香味弥漫屋里屋外，热情的老太太高低让我们尝尝，站在门前啃了一根，乡村美味真的无以言说。

西山根外出打工的人很少了，产业园区1000多处大棚，常年用工二三百人，临时用工高峰时六七百人，日工时100元到120元，谁还舍近求远？刘占林掰着指头跟我算账，一个正经干的庄稼人，靠园区打工每月至少3000元，自己种一个棚，每年保守收入3万元，如果这样日子还不行，那也忒完蛋了。

我再次来到西山根已是2018年的深秋，刘占林已是林西县蔬菜商会会长。在村史馆二楼，他站在全县的高度，就商会运作及林西县蔬菜产业发展远景侃侃而谈。他已经60岁，带领西山根已经打拼了40年，看起来他的精力依然旺盛。

他是位很有幽默感的人，在群众中威信很高，在支书岗位上干了40年就是最好的评价，每一次都是高票当选。他说，"村级换届千万不要把手中的那一票不当回事,选对了猛干三年就能致富,选不好非但不作为,还可能直接导致全村发展停滞或倒退。"这话说得实在。在农村牧区采访期间,见到一些村平平淡淡,就是两委班子没选好,没有一个好的带头人。

刘占林指着墙上的商会理事名单,全县有一定规模的合作社或种植大户都在其中,甚至还有北京最大的蔬菜交易市场的老总。他准备国庆节后就带领商会理事去北京对接,让林西蔬菜直通车进入首都。

达康——静默千年的西山根土山终于有了山名,意有所指,如同孩子上学有了学名。太阳就要落山了,一道道黄昏的日色和一片片湛蓝的暗影错杂交汇,形成一缕缕细如发丝的光线。在这苍茫的暮色中,袅袅炊烟竟显得温情脉脉,待到明晨日出,达康又将迎着朝阳,成为西山根新的期待。

(陈秀民,内蒙古作家协会会员)

# 露天矿之春

‖ 余玉明

春天是播种希望的季节。

茂名的春天从这里出发。

露天矿—生态园—好心湖。

## 神奇的油页岩

星星之火,燎燃高凉大地。

20世纪50年代初,新中国刚成立不久,百废待兴,石油紧缺成为国家发展的心腹之痛。据有关资料记载,1949年全国石油产量只有12万吨,后来国家投入了大量人力物力支持石油工业发展,但是到了1952年全国石油产量仍不足50万吨。工业发展需要石油,国防发展需要石油,一个国家、一个民族的发展不能没有石油。依靠进口石油只能永远受制于人,只有把石油产业发展起来才是硬道理。一时间,找油炼油成为举国上下关心的头等大事,也时刻牵动着党和国家领导人的心。

1954年春,时任燃料工业部石油管理总局局长的康世恩,带领一批专家到全国各地调查石油资源。路过广州时，时任华南分局工业部副部长的廖似光和他聊到茂名时说："那地方神奇，孩子烤红薯，用石头就可以当柴烧。"没想到廖似光不经意的一句话，康世恩却把它放在心上，回京后立即向时任燃料工业部部长的陈郁汇报。

当年，国家就派出了130个钻井队进驻茂名。不久，勘探队员在地下发现一种很神奇的东西——单从表面上看和褐色的石头没有什么两样，但是拿一块往地上一摔，就会摔成许多片状的碎块，看起来就像一页页纸叠起来似的，一点火还能燃烧起来，这就是"油页岩"。

跋山涉水，风餐露宿，勘探队员踏遍茂名500多平方公里矿区，历时3年探明茂名油页岩储量达50多亿吨，居全国第二位。以年产100万吨原油计算，茂名油页岩可以开发100年。矿层平均厚度至少有15米，最厚达100米，储量大、覆盖浅、倾角平，适宜大型露天开采。仅金塘、羊角矿区浅部储量就有19亿吨以上。

"地上不长草，地下藏着宝"，勘探队在茂名勘探油页岩，就像哥伦布在美洲发现新大陆，相继提交了5个矿区精查报告，引起中央高层关注。

1956年4月25日，毛泽东主席在中央政治局扩大会议发表《论十大关系》讲话时提出："现在，我们准备在广东的茂名（那里有油页岩）搞人造石油，那也是重工业。"

1956年4月28日，周恩来总理在相关报告上批示："经中央同意，在广东茂名建设规模为年产100万吨原油的油页岩炼油厂。"当年，茂名油页岩开发就被列入国家"一五"计划156个重点项目之一，茂名由此迎来了发展的春天。

1958年1月，成千上万建设者从大江南北、五湖四海汇聚茂名，大规模开发茂名的序幕由此拉开。更令人感动的是，当地乡亲们像老区人民支援解放战争一样，出现了"一头挑床板，一头挑干粮，父送子，妻送郎，报名上矿山"的动人场面。当时的茂名一片荒凉，没有半点城镇化基础，仅有破旧不堪的"罗大人庙"，作为"茂名油页岩露天矿建设临时指挥部"。但对石油的渴望早已把困难征服了千万遍，建设者们不怕喝矿坑水，不怕吃粗杂粮，不怕住稻草棚，不怕睡竹笪床，更有甚者"抬头望星星，躺下地当床"，风餐露宿在野外。就是在这样极其艰苦的环境下，建设者们不畏艰难困苦、万众一心、排除万难，在"罗大人庙"西侧荒丘上建成了第一批37000平方米的平房建筑。后来人们口口相传的"三万七"，正是这里——茂名市雏形的起点。

1958年8月，茂名露天矿破土动工。有人回忆当年说，茂名油页岩的开采，就好似给高凉大地动"剖腹产"手术，沿着矿脉中储量最丰富的部位剖开一条缝，把表土剥离，露出原矿，直接在矿脉上掘取矿石运出。说起来容易，做起来却万般艰难。没有先进的生产工具，建设者就用锄头畚箕加扁担；没有先进的车辆运输，建设者就用肩挑手提板车拉，上万名科技人员、技术工人和民工组成一支浩浩荡荡的建设大军，在雷打岭附近兴建了大型干馏炉和炼油厂，炼出一桶桶页岩油，上演了一出现代版的"愚公移山"。

一座石油工业城市在采矿声中诞生，1959年设立茂名市。高凉大地见证着建设者挖矿炼油的峥嵘岁月，也镌刻着建设者们的拓荒牛精神，在艰难的前行中沉淀形成了独特的石油文化。"完全可以说，茂名因油而兴"，露天矿最后一任矿长黎安兰老人深有感触地说，露天矿条件艰苦，但大家都没怨言，一上班就拼命挖矿。从油页岩到页岩油，建设者们呕心沥血，付出了极其艰辛的劳动，也奉献了一代人的青春。

从1962年初投产到1992年底停产，茂名露天矿累计采掘量近2亿吨，开采油页岩1亿多吨，生产页岩油292万吨，相当于1949年全国原油产量的24倍，为国家甩掉"贫油国"帽子和经济建设作出了特殊贡献。

**疼痛的"大伤疤"**

有人说，从高空看下去，它像一只巨型瞳孔，又像一个巨大脚印，荒凉而神秘。

有人说，从卫星上俯瞰，它就像一块裸露的"城市疤痕"，丑陋而难看。

这就是1992年底停产后的露天矿，面积竟达10.07平方公里，最深处距地表超过百米。它是南方最大的露天矿坑，也是中国第二大的露天矿坑。

经过30多年的粗放无序开采，露天矿早已失去了天然的自我恢复能力。烟尘百丈高，油污遍地流，四周寸草不生。大气污染、水体污染，一个比一个严重，露天矿开采形成的巨大矿坑还可能诱发滑坡、坍陷、泥石流等地质灾害。

更想不到的是，停产后的露天矿几经承包转手后成了"三不管"地带，沦为没人管没人理的"城市孤儿"，却是盗采者虎视眈眈的"唐僧肉"，竟有"盗采一晚，轿车一辆"之说，导致小规模盗采遍地都是。不仅诱发了一系列更为严峻的生态环境污染问题，同时也诱发了一系列影响社会和谐稳定的信访治安问题。

说起露天矿，附近的牙象村村民莫支干苦不堪言：废渣、脏土盖满山头，树叶上积着厚厚一层灰尘；漫天污尘呛得人咽痛气喘；上午刚擦完窗玻璃，下午又能在上面写字了……

还有村民说，过去富集的地下水都往较低的矿坑流，打井到六七十米都出不了水，导致上千亩地丢荒；灌溉水源被废渣污染，原本挂满龙眼、荔枝、阳桃的果园绝了收。

当地的小伙子曾经痛心地问道："当年我的爷爷和父亲那么辛苦地支援国家建设，为什么到了今天我生活如此之难，连讨个老婆都难？"

露天矿沉默无语。日积月累形成的矿坑湖，水质十分差，不但影响着周边居民的身体健康，而且威胁着周边居民的生命和财产的安全。当地，长寿者稀，健康者疏，外面的女孩子不愿嫁进来，里面的村民也想尽办法逃离。

停产后的露天矿，不仅是这座城市难以抚平的"伤疤"，更是周边群众心中抹不去的"伤痕"。

**迷人的好心湖**

2013年12月31日，对于露天矿来说注定是永恒的一天，它正式从茂名石化公司手中移交给茂名市政府。

一边是价值上千亿元的矿藏，一边是生态平衡和受到严峻挑战的村民健康，露天矿将何去何从？

经历激烈争论后，一锤定音。茂名市选择了"让那些所谓的'黄金'永远埋在地下，绿水青山才是百姓的金山银山"！

真是时来运转，停产20多年后的露天矿，终于迎来发展的又一个春天。

茂名市坚持以人民为中心、以人民利益为重的发展思想，大力贯彻"创新、协调、绿色、开放、共享"五大发展理念，作出"要整治、修复、保护好环境，把宝贵的资源留给子孙后代"的决策，并确立了"引水、种树、建馆、修路"的生态修复工作思路，决心将露天矿建设成为一座美丽的露天矿生态公园。

这犹如一股春风，渐渐吹绿了一片荒芜的露天矿。

2014年初，露天矿生态公园建设全面展开。

"问渠那得清如许？为有源头活水来。"面对这么大这么深的矿坑，引水来谈何容易？一道难题横亘在面前，绕不过去，更躲避不了，必须勇于面对，正面回应。这考验着执政者的智慧和勇气。

经过实地调研，茂名市政府决定将高州水库、鉴江水源注入矿坑湖，激活一潭"死水"，使之变成一个面积约6.8平方公里、库容为1.6亿立方米的干净湖泊，打造成为集生态、灌溉、景观于一体的多功能水库。

从2014年10月动工到2016年3月通水，茂名市政府投入约5000万元建设引水工程，先后扩建800米公馆支渠、新建950米引水渠、新建1130米泄洪渠，筑填920米大坝，堆砌4万平方米人工沙滩浴场，通过引入高州水库水使矿坑湖死水变活水，不仅改变了矿坑湖的水质，也改善了周边8800多亩农田的灌溉条件，还为城区增加了一个面积约6.8平方公里的美丽湖泊。

随着新鲜水源的不断注入和中和处理，矿坑湖的水质得到持续改善，已有部分指标接近二类水质标准。鱼类成群游动，鸟类栖息觅食，矿坑湖已起死回生，有了生命的奇迹。

矿坑湖边上种树并不容易。经过长年累月的雨水冲刷，露天矿水土流失触目惊心，土壤呈弱酸性，树木难以成活。

"没有调查研究，就没有发言权"，时任茂名市市长的李红军几乎走遍了露天矿每一寸土地，最终找到了解决的办法，就是将市区小东江和几个公园清理出来的淤泥作为矿区换土。这样既解决了城区淤泥去处问题，又节约运输成本改善矿区土质，真是一举两得。

土壤虽然改善了，可树还是很难成活。林业专家欧智感慨："不同于其他地方，在矿坑周边种树，可是个技术活。所谓十年树木，树种能否成活，既耗体力也费时间。有的树种栽植两年后，发现无法存活，让人空欢喜一场。"为此，茂名市林业局和广东省林业厅联合成立了一个专家组，反复试、反复种，前后试种了30多个树种，最终才成功找到大叶相思、簕杜鹃等适宜树种。

这几年每年春节过后，茂名市四套班子就到露天矿带头植树，形成以上率下示范效应。广泛开展义务植树和树木认种认养认捐等活动，得到市直各单位及社会各界的热烈响应和支持，掀起了全民植树造林新高潮。

簕杜鹃、黄花风铃、紫花风铃、多彩风铃、大叶紫薇、腊肠树、宫粉紫荆等各种花木漫山遍野种植，茂石化林、统战林、金融林、劳模林等多个主题林竞相生长，约8000亩、40余万株花木点缀矿坑湖，仿佛给露天矿穿上了一件绿衣裳，焕发出一派生机勃勃的景象。

矿坑湖边的圆形小山坡上建有一座600多平方米的德式小木屋，引入德国原生态建筑元素，全木结构如神来之笔，使这里锦上添花。

40公里长的环湖公路，仿佛给矿坑湖戴上了一条天然的大项链。漫步在公路上，仿佛走进了一幅渐次打开、美不胜收、令人神往的生态画卷。

你看，那一排排顽强生长的绿树，多么像久经沙场、英勇无比的战士，又多么像当年在这里战天斗地的矿工们，笔直地站立着，默默地守护着……

你看，那一簇簇盛放的簕杜鹃花，多么像大自然的口红涂在矿坑湖这位妙龄少女的唇上，又多么像当年给矿工们信心与力量的"半边天"，美得让人流连忘返……

你看，那一望无垠的湖水碧波荡漾，多么像一块晶莹剔透的巨型翡翠镶嵌在高凉大地上，又多么像伟大的母亲源源不断的乳汁，哺育着这里……

为了铭记当年建设者们好心采矿炼油、好心建设茂名精神，创造性转化、创新性发展"岭南圣母"冼夫人"唯用一好心"的精神，打造"好心茂名"城市品牌，2017年8月矿坑湖正式被命名为"好心湖"。

"莽伟力之神通兮，引鉴江之清流。诞滇瀛之矿坑兮，涵骊珠之岭南。施仁政之苍生兮，护生态之疮痍。黎山之北，葵山之南，山接苍翠，水浮碧穹。一时胜景，鲲池天降"，这是作家眼中的好心湖。

"矿湖的色彩，可媲美黄龙的五彩池；矿湖的美，可媲美九寨沟的海子。矿湖是一处浪漫遗产，去远方找诗，不如来茂名矿湖读美"，这是画家眼中的好心湖。

"那水像马尔代夫的海那般清澈碧蓝"，这是游客眼中的好心湖。

"水那么蓝又那么绿，真是城市边的'九寨沟'……"这是市民眼中的好心湖。

化腐朽为神奇，一个荒废的露天矿蝶变成一座美丽的露天矿生态公园，创造了工矿遗址生态修复的全国典范。2017年11月21日，它被授予"国家矿山公园"称号。

2019年3月23日，草木蔓发，春山可望。

这一天，我像万千市民一样，风雨无阻地来到露天矿，参加"砥砺六十载，茂名再出发"——"四城同创"好心湖健步行活动。回望来时路，憧憬新未来……

这一天，巍然屹立在好心湖旁的茂名露天矿博物馆正式开门迎客，就像一位穿越时空的老人饶有兴趣地告诉人们，这里曾经发生的一切，还有这座城市即将发生的……

这一天，茂名市党员干部和市民群众来到好心湖边种上一片好心林，让"好心茂名"在这里生根发芽、开枝散叶……

（余玉明，广东省化州市平定镇人民政府）

# 逐梦山乡
## ——武隆与祖国壮丽前行70年纪略

‖ 陈庆发

武隆大地，遍野含翠，万山吐绿，生机盎然。

初春时节，行走在重庆市武隆这片神奇而美丽的山水间，不仅能领略到世界自然遗产地奇山秀水的原生态魅力，更能感受到武隆人逐梦前行的责任和力量……

### 黄土植新绿

"好个武隆县，衙门像猪圈，大堂打板子，全城听得见。"这首民谣是武隆过去贫穷与落后的真实写照。

新中国成立初期，武隆这个国家级山区贫困县，受地理条件、产业结构等因素的制约，经济发展极其落后。境内仅有一条319国道公路和一条乌江，是走出大山的两条通道，当时的7个片区46个乡镇无水、无电、无路、无产业，全靠国家这个"大家庭"救济过日子。

摆脱贫困，黄土变"金"，成了一代又一代武隆人的梦想。然而一个以红苕、洋芋、玉米为主要农产品的山区纯农业大县，黄土"生金"路在何方？

1982年，伴着改革开放的春风，武隆人从贵州引进烤烟这一株新绿，才使武隆这个极其落后的贫穷山区，铺就了一条金色的希望之路。尽管还处在"刀耕火种"的年代里，当年推广种植的4817亩烤烟，仍出产烟叶6065担，实现烟农收入36.9万元。

在初尝黄土变"金"的甜头后，穷怕了的武隆人几乎是倾其全力发展烤烟生产，把烤烟作为"富民强县"的骨干支柱产业来建设，不仅创造了1994年至1996年三年蝉联"全国烟叶生产收购先进单位"的辉煌纪录，而且经过30多年的精心培育，烟叶仍是高山地区农民增收的"致富叶"。2018年，全区计划种植4.35万担，收购烟叶10万担，实现烟农收入1.42亿元。

后来，随着产业结构优化，武隆从"烤烟独大"的单一产业，逐步发展成以蔬菜、林果、茶叶、药材、畜牧等多业并举的格局。双河的高山蔬菜、火炉的脆桃、文复的甜柿、白马的茶叶、桐梓的金银花……这些新兴产业如雨后春笋，纷纷崛地而起，让曾经的蛮荒之地焕发出勃勃生机。

如今，武隆大地正全面形成以乡村旅游、特色农业、观光农业、休闲农业为重点的农村新业态和新产业，促进三大产业融合发展，有效带动农民脱贫致富，全区农民在2017年就实现整体"脱贫摘帽"的目标。

## 山乡铺通途

"养儿不用教，武陵山水走一遭。"这一形象的说法，真实反映了过去武隆的交通落后面貌。

位于武陵山和大娄山深处的武隆，境内全是崇山峻岭，千百年来，特殊的地理位置让人们一直感叹"蜀道难，难于上青天"。

这个曾被人们戏称为"小台湾"的仙女山镇荆竹村桐梓园，因位于乌江悬崖绝壁的半山腰，人们进城赶集先是沿着悬崖而下，然后再乘坐用木头制作的小木船逆江而上。1983年，这里曾发生过一起震惊四川的特大沉船事件，14名乘船者无一人生还。

2001年7月，土地乡农技员陈永树去天生村荆竹槽农业社指导烤烟生产后，在返回老龙洞岩的下山路途中不慎摔下山崖，幸亏被村民发现后及时抬送到医院抢救，才挽回了生命。

"要想走出山门，必须打开山门。"道路的滞后不仅制约了武隆人的出行，更制约着城乡经济发展。1985年，不愿再受"蜀道难"煎熬的武隆县领导干部，开始率武隆人向大山挑战，整整用了5年时间，在乌江悬崖绝壁上凿通了武隆走出大山的第一条经济通道——巷白路。从此，武隆结束了仅靠319国道和乌江航道进出大山的历史。

后来，一届又一届的武隆领导干部更是秉承"要想富，先修路"的致富观，举全民之力，拿出"逢山开路，遇水架桥"的气魄，一边发展产业，一边改善交通。30多年来，自强不息、坚忍不拔的武隆人，修建了横跨在乌江上空的9座过江大桥和通往26个乡镇的产业致富路，打通了连接涪陵、南川、道真、务川、彭水、丰都等6个周边区县的经济通道，让武隆驶上一条"产业+交通"的现代快车通道。

目前，全区公路总里程达到5072.35公里，25个乡镇、2个街道办事处和187个行政村实现"双百"目标，使昔日"蜀道难，难于上青天"的武隆，形成"四通八达"的交通网络。2018年，武隆荣获"全国四好农村路示范县"称号。

如今，这一条条公路，盘绕在武隆绵延的大山里，成为一道道美丽的风景线，织成了新农村四通八达的交通网，增加了武隆人奔向小康路的"速度"。

## 引水润民心

"水在江中流,人在岸上愁。"这也是对过去武隆山区水利状况的一个真实写照。

虽说武隆境内有20多条溪河分布其间,但这些溪河均分布在低山地区,而大部分中高山地区却因特殊的地理环境导致水资源十分匮乏。尤其是每遇干旱时节,高山缺水地区的农民只有看着低山的江水而发愁。

凤山街道杨家村70多岁的老农李来云,回想起1991年那场旱情至今都十分后怕。那年,一场干旱长达100多天,村民们每天只好集中在村头,眼巴巴地盼着政府为他们送去救命水。那数百个木桶、脸盆摆在公路上长达1公里,成为可怕的一幅图景和一抹记忆。

而与杨家村只有一江之隔的仙女山镇荆竹村,更是长期深受用水之苦。这里方圆几十里没有泉水,家家户户就房前屋后挖上土井靠天落水来"解渴救命"。蓄水时间久了,水里时常长着各种虫子,极不卫生;若遇上干旱,连这样的"救命水"都没有,大家就四处寻水。2004年,村民代会堂在一次取水中不慎从山崖上摔下致死。

兴水利,除水害,历来是治国安邦的大事。然而,在全国各地"小家"都要靠国家这个"大家"拉扯救济过日子的年代,地方财力十分拮据,"治水兴农"又谈何容易?

据武隆县志资料记载,从新中国成立到2004年,全县累计投入3600多万元用于解决人畜饮水难问题,这对武隆山区大面积缺水的状况来讲,只是杯水车薪,特别是高山缺水地区农民仍喊"渴"。

2005年,有着烟叶产业优势的武隆烟区,迎来了又一个明媚春天,烟草行业计划投资400亿元在全国各烟区实施以烟水配套为重点的基础设施建设。这一"惠民兴农"政策如春风喜雨润泽神州大地,而水利部从2016年定点联系扶贫武隆,更让武隆如虎添翼。武隆各级党政和相关部门抓住这一千载难逢的好机遇，倾力打造"治水兴农"惠民工程。

短短的10多年时间，武隆人就累计争取烟草援建资金4.04亿元，建成烟水配套池3650口、75.8万立方米，安装管网2068公里，修建沟渠19公里，援建接龙水源性工程1座，改造和硬化公路800公里；争取水利建设资金5.6亿元，建成水库18座、供水工程12处、农村饮水安全工程3323处，全面解决了25个乡镇、两个街道办事处、187个行政村、33.64万名农村群众的饮水问题。

"以前洗衣做饭，全靠人过挑，费时费力。现在，拧开水龙头就可用，是省时又省力。"广大老百姓纷纷称赞党和政府的为民情怀。如今，这一座座水库、一口口水池，分布在武隆广袤的山野里润泽大地，滋养民心，孕育希望，加快了武隆人的"追梦"步伐。

## 美景变黄金

巍巍群山连绵起伏，清清河水日夜流淌。

仙女山、白马山、桐梓山、弹子山、落英山等群山分布在武隆大地，乌江、芙蓉江、长途河、木棕河、大溪河、朱自溪等江河贯穿在武隆境内。

这些独特的生态山水，在农民眼里，是阻碍农村发展的"穷山恶水"；在游客眼里，则是一幅完美的"山水图画"；在经济学家眼里，则是一条掘金的"生财之道"。

1993年5月，江口镇潘家岩村的6位村民在芙蓉江畔半山腰发现一个神秘洞子后，就开启了武隆发展旅游的序幕。当年，武隆的领导干部在财政收入只有3800万元的困境下，投入850万元来开发此洞，可谓是"孤注一掷"开发旅游。

1994年5月1日，这个洞被命名为"芙蓉洞"正式"开门迎客"。从此，这个"养在深闺人未识"的武隆，随着"芙蓉天下第一洞"的美名，开始逐步走进祖国各地人们的视野。

在尝到山水变黄金的甜头后，武隆人就开始围绕上天恩赐的自然风光做文章，先后开发了仙女山大草原、芙蓉江漂流、天生三桥、龙水峡地缝、天坑寨子等景点，建成了仙女山、白马山两大旅游度假区和"印象·武隆"实景演出剧场，把武隆旅游搞得风生水起，美名传遍世界各地，获得了"世界自然遗产""国家5A级景区""国家级旅游度假区"这3块金字招牌和全国"绿水青山就是金山银山"实践创新基地的称号。

武隆全域旅游的加快推进，吸引了来自全国五湖四海的游客。大家源源不断地涌向武隆观光旅游，让武隆人赚足了"旅游金"。2018年，全区共接待游客3200万人次，同比增长15%；收入150亿元，同比增长20%。

随着武隆旅游的做大盘强，当地农民跟着节拍，吃上了"旅游饭"，走上了"致富路"，还成功探索出"旅游+N"的扶贫开发模式。2018年，全区贫困发生率下降到0.78%，人均可支配收入增长17%。

"全面小康路上，一个都不能少。"以习近平同志为核心的党中央，"全面建成小康社会"的承诺掷地有声，铿锵有力。逐梦山乡的武隆人依然牢记使命，继续砥砺前行，同心共圆"中国梦"。

（陈庆发，重庆市武隆区烟草公司）

## 不一样的后洼
——见证祖国发展70年

‖ 王仁贵

早晨八点多,祝老师来电话,邀我去后洼村。

推开门,与微风撞了个满怀,晨风好清爽!阔步走在大路上,初夏,雨后的华北大平原,一碧千里,蓝蓝的万里长空飘着几朵白云,阳光微笑,燕子呢喃,麦田鲜绿,玉米苗壮,花喜鹊迎面飞来,鸣叫着,勃勃生机!

我上了车,汽车顺着平坦的公路飞驰。汽车行进在广阔的大地上,汽车在飞,我心在飞。正前方,小公路上方横着一处显眼的红色标志:后洼真情在。此时花香夹杂着雨后泥土的新鲜气息飘入了刚打开的车窗,崭新的黄油菜花和紫色胡麻花映入眼帘。司机王洪彦说:"这就到了我们的硒旺农场。"祝相宽老师说:"好味道啊,心旷神怡,家的味道嘛!这个味道是通七窍的。"我深吸一口气,浓郁的清凉香气直入鼻孔,透彻心脾,心里格外舒服!"哎呀!您不知道,后洼……"

## 历史记忆

后洼是我姥姥家所在的村庄。听母亲说,她小时候和几个孩子爬进一处黑黢黢的房子里探秘,断壁残垣,檩条被烧焦了,墙壁都成黑的了,弄得脸上、手上、衣服上都是黑,到家就被姥姥拧哭了。姥姥说那处房子是被日本鬼子烧毁的,烧死了十多个人,以后别去了,多腌心哪!

我小时候,那是一九八几年吧,春节,父亲骑着大铁驴驮着我去后洼拜年。从俺村到后洼村十几里路,那个时候都是土路,路面坑坑洼洼的,我坐在大铁驴的后座架子上,颠得我屁股疼。

过了好几年,到了一九九几年,我学会了骑自行车,自己去,有五里路变成了柏油路,剩下的仍是土路,还是颠得我没法。记得有一年是大雪过后去的,村里小土路到处是混杂着粪尿的黄色污水,我提着裤管拣高岗处走,生怕把裤脚染脏了。路边有一家一家的粪堆,还有乱七八糟的垃圾堆,房子大多是土坯房,有砖包皮的房子,浑砖的房子少……

这两年我去后洼拜年,一片坦途——大道都成了水泥路,小巷也铺上了路砖!举目四望,惊奇地发现那些老房子,不知何时,大都被起脊挂瓦的新房子取代了。探询母亲儿时探秘的老房子,已被王振合家翻盖成坚固高大的新房屋!父辈们没有把遭蹂躏的家园当作战争的受难地、不吉地,而是重建家园,教育后辈要自强不息,保家卫国!弹指一挥间,换了人间……中华人民共和国成立70年变化太大了!

大表哥说:"我院子里的猪圈,村里义务给搬迁到村外。"被困扰多年的小表弟轻松地说:"我正房后面恶臭的垃圾堆终于清走了,现在修上水泥路了。"二妗子喜上眉梢:"一早一晚的,我可以到'红色广场'走走蹓蹓哇!每天都有很多人,有运动的,有唠嗑的,很散心呀!对老年人来说,有人陪就叫幸福。你看,这花草树木,养眼,看着都顺心!"

## 红色后洼

沿着水泥路继续往西行驶,透过车窗,迎着这条路面的尽头看到一处徽派建筑影壁,上有四个端正秀丽的黑体大字"上善若水",这就进了村子。而后向南拐,路面豁然宽阔。王洪彦说:"这是我们村8米宽的'红色大道'。我们用了三年多的时间打造完成了这个'立体工程'。"汽车放慢了速度,他自豪地介绍着:"大家请看,路面两侧有2米的路肩;路肩两侧是4米的绿化带,植山楂红;两侧矮城墙高90厘米;矮城墙两侧是村民的2米私人空间;墙面粉刷徽派的灰白相间颜色;上面有各种传统文化与十九大主题精神相结合的宣传语;最后就是中国梦的太阳能电灯了。""了不起呀,洪彦。有内涵,有远见,有意义!"祝老师啧啧称赞。"红色大道、红色内容、红色中国……"王洪彦声音响亮,"在红色大道的北头,要建一处2500平方米的'曹寺乡革命老区纪念馆',周围建一个70多亩的森林公园。这个进入了我们的五年规划。"

我们通过降下的车窗玻璃看风景。一块独特的标牌特别扎我的眼,我示意停车,下车拍了照片。"我是后洼人,村里村外做好人",这个朴实的宣传语真切地反映着后洼人的心声,后洼人确实也是这么做的。二妗子和一些亲友跟我叨扯过村子里的一些事——王洪彦十多年义务教授八极拳、宫跤、散打……收徒弟200多人。他是慈善家,义务帮助残疾战友刘春虎;牵头为本村贫困户肝硬化患者王振龙一家捐款3000多元,为他家出售白菜30000多斤,到医院看望照顾……他是个重情重义的人,获得第九届青县"道德模范",去年被青县县委评为"优秀共产党员",获得沧州市"儿童慈善奖先进个人"。还有照顾瘫痪妻子十五载的乔治英。几十年如一日给百姓修家电和农机具的退休教师王振金……村民们用实际行动诠释着村风和时代风尚。

滑过车窗的标语还有:"德行天下,孝耀中华","精准扶贫,不让一个贫困群众落后","把握一带一路新机遇,开启农村发展新篇章","毛主席指引我们向前进","建设新农村,受益每个人"……

我们驱车西行到村子的正西南村口。墙面有一个"美丽乡村·后洼"的标志。大道左边是红色文化长廊的标语:学习传统文化,重温革命历史,传承革命精神,发展红色旅游。大道右边是一处百花园,花朵鲜艳、五颜六色,蜂蝶飞舞。接着往西,行到一座桥旁边,都下了车。

我感慨万千:"这原来是一处小砖桥子,疙疙瘩瘩的。我从前每年通过这座小桥,到大城县白洋村给我二姑拜年。这叫什么桥啊?""头年修好的。这座桥名乾龙桥,我懂点《周易》。乾属西北方,占首位;龙取黑龙港河之意。也就是指青县最西北第一座黑龙港桥,也取兴隆之意!这座桥宽6米,跨度30多米,混凝土结构。你看,不但坚固,而且美观。更重要的是方便了群众出行!"王洪彦回答。怪不得呢!好多年没去白洋村了。二姑已过世七八年了。唉!我心里想着。

站在拱形的乾龙桥上,俯瞰清澈的黑龙港河水,没有污染,清清绿绿的;河两岸芦苇黑绿丰美;抬头远看,一台挖掘机正在作业……一位头发花白的大爷下了电动车,径直走向王洪彦。这个老人是我学生王永瑞的爷爷,我有印象。他们交谈的话,我没听清楚。只见王洪彦温和地解释着什么,然后老人骑车下洼去了。

王洪彦开着车,笑说:"在村里我辈分最小,我就是一个孙子哟。当然喽,小也小不了哪去。跟谁说话都轻声慢语,像水一样柔缓。哈,我感觉平和些,低姿态做人,更容易把事办成。大事小情都得管,都得调解。""在村里,工作不好干啊。王书记?"吴学慧老师打着趣。王洪彦哈哈笑着:"下一站,咱往革命历史纪念馆看看去。"我看见一户上了门锁的古老房子,随口问:"村里精准扶贫怎么样?""精准扶贫,有针对性地落实了。'两不愁三保障'是贫困人口脱贫的基本要求和核心指标。国家的托底政策好呀!我们村,国家给贫困户王振龙家盖了四间新房,花了四万多。给低保户王汝会家盖了两间厢房，修缮了正房，花了两万多。他们都住进宽敞亮堂的新屋了，免受夏天漏雨冬天钻风之苦。往后，日子会越来越好，都挺高兴啊。""可以讲，这就是社会主义制度优越性的最好见证；消除贫困，改善民生，都有好日子过，实现共同富裕，这是社会主义的本质要求；这也是对我们党的宗旨'全心全意为人民服务'的最好注解。"我由衷地赞叹。在车里，大家交谈着村子里的趣事，也有麻头皮子的难事。

不一会儿，就到了目的地。这是一处坐北朝南的临街平房。平房门口东侧挂着一个竖牌子：曹寺乡后洼村革命历史纪念馆。门口西侧也挂着一个牌子：曹寺乡后洼村爱国主义教育基地。此平房后面就是后洼村委会。朴素的村委会大门口，隔10米道路，对面的墙壁橱窗里是后洼村的发展规划图。这条道路南头丁字路口的上方是一个长条形的红色标牌——人民群众对美好生活的向往就是我们的奋斗目标。道路两侧有各式各样的健身器材，两面墙壁的橱窗里有"后洼村·道德模范展评""后洼村·今昔对比照片""后洼村·优秀学生光荣榜"——王振全之女王语涵被清华大学录取，后洼村委会奖励1000元……除此之外，两面墙壁上还是很有特色的文化长廊，可谓五彩缤纷，底蕴丰厚！有一处标语给予我强烈的心灵震撼——一名书记就是一个榜样，一名党员就是一面旗帜，一个支部就是一座堡垒，一名代表就是一片百姓心声。

这条道路东边最南头的一处平房是我母亲儿时居住过的祖屋，如今卖给人家成了超市。我嗅闻着怀念过的气息，听一些温暖的声音，走在母亲曾经生活过的土地上，内心惆怅，这个世界最疼爱我的母亲过世已有一年多了！我心情压抑，常常记起。但是看到姥姥村日新月异的变化，心里逐渐阳光起来了！

啊呀，环境大不一样了！我默默地想。

一看我们来了，蹲在南墙根聊天的退休教师王振金赶紧迎上来。给我们打开门锁，热情讲解。他说，这座"后洼革命历史纪念馆"只有三间房大。

最东边那间是图书馆，收藏有3000本图书。有后洼革命史、抗日英雄传、科技普及类等好多种图书，大部分是王洪彦捐赠的。中间和最西边的这两间是革命文物收藏室，藏品有300多件吧，有手榴弹、手枪、子弹壳子、毛主席徽像、刺刀……一部老式留声机，一曲《沙家浜》把我们带入了那个年代——"抗战期间我们村牺牲了7个战士，一场惨案死了18个村民，伤了几十个，烧毁房子几十间。我们村没出现过一个叛徒。"老人家声音洪亮充满自豪，他用食指指着墙面上的一串长字说，"你看，仁贵。王锡忠你知道不？""不知道。"我诚实地回答。"他跟你亲舅是叔伯哥们儿，你想你们关系多近啊。你也得叫舅啊。他是一位英雄人物。"我肃然起敬。老教师精神抖擞，"你锡忠舅啊，出生在小康之家，读过几年书。1938年，年仅15岁的王锡忠参加了抗日工作。初任大城县三区交通员，后任三区财政助理员……1942年，王锡忠除掉了叛徒窦汝正……1944年6月王锡忠担任三区区长。同年10月1日在周庄子工作时，被敌人发现，突围中受伤被捕，被伪军杜毛虎押到里坦镇据点。王锡忠被捕后，敌人对他软硬兼施，先是套近乎，企图诱降，继而严刑拷打。无论敌人施展何种手段，王锡忠始终大义凛然，对敌人骂不绝口。敌人恼羞至极，打断他的一条大腿，敌人用抬筐抬出他，又怕他发出声音，勒住喉咙，然后凶残地杀害了他。王锡忠牺牲时才22岁啊！你锡忠妗子怀有身孕。你知道吗？你柱表哥是遗腹子……生活太不容易啦！你柱表哥一生贫苦，死了有十来年了吧！……你柱表哥的儿子小记儿也过得清贫……"我心底油然而生一种崇敬之情，同时心里有一种说不出来的悲伤！

我们来到西屋，我双手握着一把生锈的抗战时期的大刀，有十多斤沉，用力向下砍去，想象着砍杀鬼子脑壳的痛快劲儿。王洪彦抓拍了这张照片。

从这出来，向西南走，步行去看古槐。王洪彦说："这棵古槐是后洼村里年龄最大的植物，明嘉靖年间就有了，将近500岁了。它被雷击过两次。"说着话就到了。远看，槐花如雪，馨香村落。这里我少年时来过，它在我大舅家老房子后面不远处。曾经倒塌的院落修成了一方广场，这棵古槐被白栏杆围了起来，保护了起来。物是人非，今非昔比。古槐依旧旺盛，枝叶在阳光照耀下晃人的眼睛。偶有鸟的脆鸣，但看不到鸟，可以看到几根枯枝。近看，大为震惊，顽强的树身光剩下北边这半边身子了，被雷劈的，树心都糠了，表层呈土灰色，深部呈深褐色，有大的树洞，有小虫眼，有弹痕，满目疮痍，冲着南方，向着阳。这棵古槐多么像一位历尽劫难而不屈不挠的人啊！不，是我们的母亲，是我们的父亲，是英雄，是硬骨头的民族精神！斑驳沧桑的树身上几只蚂蚁正在穿梭。时代变迁——明朝，清朝，民国，中华人民共和国……人事更替——姥爷过世，大舅过世……逝者如斯夫，唯苍翠古槐守护村落，见证兴衰沉浮！天空瓦蓝，大地沉寂，河水流淌，村庄安详。我想，后洼村领导者，留下了乡愁就是留下了我们的亲人，也为后人留下了真实的历史。

坐车顺大道东行，看见一条向北的小水泥路就拐上去，下坡不远向东转，就到了开阔的红色广场了。上午大约十点半，没有大人，只有几个小孩在快乐地玩耍。看到我们来了，两个小学生向我们打了个又漂亮又标准的队礼哩！嚄，胸前飘扬着鲜艳的红领巾。

红色广场正南面的高台子上是100多平方米的大舞台。过年过节的吸引文艺志愿者团队来演出，有红色演出，有唱戏的，有唱歌的，有朗诵的，有说相声的，还有练武术的……总之，极大地丰富了人们的生活。我仰脸看，大舞台横批：革命老区后洼红色大舞台。东联：开伟业雄心创未来。西联：唱老区热血汇青史。王洪彦指向红色大舞台，面色凝重，语气平和："打红色主题牌的，到目前为止后洼村在青县仅此一个呀。结合我村实际情况，有自己的特色。说真事，我曾祖父被日军烧死了，我祖父19岁从日本鬼子手里逃了出来，我又是军人出身，我们村又涌现出那么多英雄人物，可以说红色是我们村骨子里的东西。更近一步说，红色文化需要代代传承，需要多种方式的传承。"他停了一下,"我们不是作秀,不是做表面文章。要让子孙后代知道这都是真事,要记住这段屈辱的历史,坚决不能重演,14年抗战,历史性决战,死了多少人,才有了中华人民共和国。前事不忘,后事之师。珍惜烈士拿生命换来的好生活,更重要的是知道以后怎么去做。好好学习,好好工作,报效国家,回报社会……就这么简单。"

红色广场正北面是6亩大小的长方形荷塘。荷塘里,"小荷才露尖尖角,早有蜻蜓立上头"了!荷叶初盛,碧绿,水也很清亮,水草柔美,几只大白鹅和几群麻鸭漂浮在水面上,还有一只野鸭子露出小脑袋——晶亮的米粒似的眼睛警觉地注视着四周,突然一只大鹅嘹亮地叫了一嗓子,野鸭子瞬间吓没了影儿。

### 硒旺农场

穿过红色广场,向东直行约300米路程,看到水泥路南边立着红色标牌:争创千亩富硒生态产业园。顺着水泥路往南拐,看到一处白房子。到地儿了,我们下了车,我看了看表十一点了。白房子是一幢白色的古典风格的平房建筑物,东房山嵌着一溜大红字:传承农耕文明,弘扬民俗文化,发展现代农业。王洪彦坦诚地介绍:"这座硒旺农场成立于2011年,是以合作社、农场加农户参与为经营模式,致力于富硒果蔬种植、生态家禽养殖、艺术家创作基地、农家乐餐饮休闲观光等现代农场项目的探索与开发。说实在的,硒是人体必需的一种微量元素。而中国是一个缺硒大国,我国三分之二的人口严重缺硒,我看到了这一商机……"他有力地打着手势,"去年5月份,我参加了农业农村部在江苏省无锡市举办的第一期家庭农场创新发展与提质增效公益培训班。长了见识,更增强了我创业的信心……"

白房子门口东边挂着金黄色牌子：青县硒旺家庭农场。白房子正前方是一片开阔的水泥广场，是王洪彦练武与传授徒弟武术的训练场。训练场南边是1亩大小的露天绿色菜园子，长着茴香、香菜、韭菜……白房子西边是10亩家禽林下养殖园，养了许许多多的鸡、鸭、鹅。这些家伙在它们的王国里自由自在地生活。一只大白公鸡正在一只灰母鸡身上踩蛋，大红公鸡看见了，生气地一挥翅膀把大白公鸡赶跑了，它骄傲地拍打着翅膀喔喔叫着；三只鸭子正在啄吃一个甜瓜；五六只大白鹅正信心十足地踱着步，后面跟着一群小鹅；更多的是一群一群的母鸡在小绿树下咕咕叫着啄食，简易鸡舍里面是家禽下的蛋，密密麻麻的，大小不一、颜色也不一，禽舍外面的地上也有蛋，凌乱却自然天成。还有淘气的小土鸡跑到了禽栅栏外面，天地广阔，玩野了！突然，一条青灰色的大个子母狼青追上一只黄白花的成年狼猫，上去就是一口，狼猫一个无影拳打在狗脸上，狼青不生气，嬉笑着又咬了一口，气得狼猫边躲闪边愤怒地喵叫着。两个伙伴打了起来，呵呵呵！我数了数，白房子的前方和后面共有18个暖室，种了富硒西红柿、富硒甜瓜、富硒黄瓜、富硒西瓜、富硒冬枣、富硒草莓、富硒桑椹……白房子隔着这条水泥路的东面是几十亩的胡麻花和油菜花！再往东是茁壮的富硒玉米……俨然一处世外桃源啊！

　　走在乡间的小路上，别是一番心情。这么一大片紫色的胡麻花，看着就舒畅，也很香，我们几个文友照了好多张相片。然后我们又钻进了暖室。暖室里很热，我的眼镜迅速糊上水蒸气了，我摘下来，用衣角擦了擦镜片，又戴上。一个梳着短粗黑辫子的中年妇女正在低头拔草，我诧异地问："大姐，现在谁还费这劲呢？不都打除草剂吗？""我们这儿不可以。我们这儿是无公害呀！纯绿色啊！"大姐往自己粗布衣裳上抹了抹手，摘下一个深绿皮甜瓜，"尝尝，兄弟，没有药，你放心，不用洗。"我双手接过瓜，顺手撸了撸，一口咬下去，"真甜呐！还挺脆，筋道！"大姐开心地笑了。

## 实在人，王洪彦

从暖室出来，走到白房子，十一点半了。说话间，我们到了屋里，南墙壁上挂着金色牌匾：省级示范家庭农场。

军人出身的王洪彦做饭麻利——咔咔切黄瓜飞快！只不过有的黄瓜条有筷子一样粗！他自我解嘲："自己动手，饿不着嘛！哈哈哈……"

我在旁边择香菜。不大工夫富硒面条就熟了。我们把富硒黄瓜条、富硒西红柿打富硒鸡蛋卤、富硒香菜碎末、富硒大蒜碎末、富硒酱肉卤……端上圆形饭桌。

"看看，满桌子富硒产品，色香味俱佳。看着就开胃啊！关键硒是人体必需的一种微量元素，抗氧化，调节血脂，防三高……"王宝玉老师风趣地说着，转向我，"我不是打哈哈，可是有科学依据的哟！小王同志。"

饭后，闲聊。

我问："您怎么想当村支书呢？原来您做生意可是风生水起啊。"

"嗨！想法很简单，就是想后洼路好走点，村民过上好日子，别受罪呀！我是2014年12月当选村党支部书记的。我要对得起村民对我的信任。"他自然地端坐在椅子上，脊柱笔直，保持着军人一贯的气质。"其实，我干这个，妻子、父母都反对。但是我认准的事就要干好，干到底，不放弃。"一瞬间，联想到习主席坦诚质朴的"我将无我，不负人民"和"谁把人民放在心上，人民就把谁放在心上"的话语。我想，真正的共产党人都是这么想这么做的吧，那么这种无我的精神境界，这种无我的为民情怀，这种无我的工作作风一定会成就大梦想。"王洪彦光搭钱就搭了几十万，现在还有这么傻的人……"王宝玉老师笑了起来。搭钱这事我是知道的。为什么？因为前年冬天，我听他姑父说，洪彦在他那拿过钱的。他姑父和我是一个村的，我跟他姑父是叔侄关系。

我说："我校六一儿童节，我的学生任家正等6人表演的'八极拳'获得全校才艺表演一等奖。"他没有回声，呵呵笑了。"我听任家正说您八极拳获得过全国冠军，散打进入全国八强？""对。""假日，我领我儿子跟您学武来。"

"行！"他很干脆，"我走到哪都带两样东西，一是武术，一是国画，都是国粹。走，咱看看去。"他的画室里收藏了上百幅作品，有气势恢宏的山水画，有栩栩如生的人物画……我仔细欣赏了他朴拙峻拔之力作——《遇着青山便栽竹，短长高下总清间》，这些都免费给村民、游客参观。

我们走出屋，穿过练武场往北走，小公路的西边是一畦竹子，三五厘米高，鲜绿的。"我喜欢什么就种什么。我喜欢竹子挺拔、节节上升、意志坚定、蓄势待发……竹子用了三四年的时间仅仅长了3厘米，从第五年开始，以每天30厘米的速度疯狂地生长……其实，在前面的四年，竹子将根在土壤里延伸了数百平方米，我感觉做人做事也应该这样……"

"所以说嘛，别担心此时此刻的付出得不到回报……人生需要长远的储备！"祝老师谈笑自如，"实在人，王洪彦。能文能武。站位高，看得远，埋头干，后洼发展得好是必然的。"

这时，精神矍铄的赵大娘刚好路过，"文化人就是明白，有脑子啊！"她停住了脚步，"后洼变化大，多亏这只领头雁啊！""难道群众干得不够好吗？"王洪彦真诚地笑着。

"麻雀虽小，五脏俱全。"一个小村的变化折射出伟大祖国70年来，尤其是改革开放40多年的巨大变化！无论是从物质财富还是精神面貌，都有了长足的成长！一个小村的变迁，见证了历史中的苦难中国从站起来到富起来到强起来的伟大飞跃。放眼整个中国，中国全方位崛起。量子通信，中国高铁，拥有自主知识产权的5G技术，特高压技术和智能电网技术，水电、火电、第四代核电，高性能计算机，北斗定位系统，隐形战机，中国"天眼"，大型运输机，人工智能，港珠澳大桥……中国技术领先世界，中国奔跑在第四次工业革命的第一方阵。"潮平两岸阔，风正一帆悬。"中华民族历来就是一个追求完美的民族，历来就是一个有着远大理想的民族，历来就是一个奋发图强的民族。在中国共产党的领导下，经过中国人民70年的奋斗和探索，我们找到了成功之路，找到了中国特色社会主义。可以说，这是第一次根据购买力平价计算，中国成为世界最大经济体，拥有世界最大外汇储备，成为世界最大贸易国，基本实现了世界上最大的全民养老和医保体系。回眸百年，奋斗当下，思接千载。坚定的真正的全心全意为人民服务的中国共产党人必将，也必然带领中国人民实现伟大复兴的中国梦，实现人类命运共同体，实现共产主义，实现古圣先贤理想中的大同社会。

大家都笑起来了！

对啊！大雁一会儿排成个人字形，一会儿排成个一字形，众人行远啊！

是啊！不一样的后洼，一样的情怀，一样的爱，一样的行进方向！

雁阵变换着队形，鸣叫着，越飞越远。

树绕村庄绿，水满池塘清。

晴日暖风生麦气，政清人和兴万事。

我仰头看天，浩瀚的浅蓝天空，圆的金色的中午的太阳照耀着大地，光芒四射，不正像眼前这位一米八的小麦肤色的年富力强的雄心勃勃的王洪彦吗？我想，祖国大地不知有多少名这样的勤务员为群众忠诚奉献着……

"长风破浪会有时，直挂云帆济沧海。"是啊！乘新时代"改革开放"之强劲东风，挂伟大的"习近平新时代中国特色社会主义思想"与"十九大精神"之帆；面对新形势，抢抓新机遇，英雄的智慧的实干的后洼人民在党支部书记王洪彦的带领下必将走出一条新时代的小康之路，希望之路，光明之路，幸福之路，美好之路！

（王仁贵，河北省沧州市作家协会会员）

# 护砂猎人，在江上
## ——长江河道采砂管理执法见闻录

‖ 陈松平

夜黑风高的江面上，水政执法艇破浪前行，搜寻、追捕着非法采砂船。

围绕长江砂石，执法的"护砂猎人"和偷盗的"砂耗子"，在人们看不见的战场持续较量。

在"护砂猎人"眼里，砂石是长江河势河床稳定的"平衡器"，是保证长江防洪与通航安全，维护长江优良生态的基石。但在"砂耗子"眼里，江里的砂都是钱，挖出来一转手就是成捆成箱的钞票。

一方要守卫砂石保护长江，一方要盗采砂石变现牟利。故事在正义与邪恶的较量中展开。

### 蹲点监视与迂回围捕

一艘货船驶过，探照灯的光芒刺穿雨幕，划破了漆黑的夜空。

执法艇上，大黄猛地蹿到船头，朝下游浅滩上搁着的破船又是一阵狂吠……

郭留锋跟着钻出了船舱，望向重归漆黑的江面若有所思。江上风雨交加，雨借风势扑打在他憨憨的面庞上，却没浇平他紧蹙的眉头。

这是2014年5月6日的凌晨2时。郭留锋与脚下的"长江水政5号"执法艇，依然停留在鄂赣大队执法基地，没有开展行动的迹象。

长江水利委员会鄂赣边界采砂管理执法大队基地，位于江西省瑞昌市码头镇长江边的狗头矶，隔江对岸就是湖北省的武穴市。

基地下方的简易码头附近，常年有几条破船在浅滩边搁着，经常有人来船上活动，伪装成钓友，监视执法基地的一举一动。

此刻，郭留锋知道，那破船上的人还在，借着夜色隐蔽在暗处，像老鼠一样盯着他和执法艇。

"行了，别叫了。"郭留锋打了个呵欠。这场已经展开的迂回大围捕，是一网成擒大获全胜，还是徒劳扑空铩羽而归？郭留锋在焦虑地等待着。他拍了拍大黄的脑袋，唤着它一起回了船舱。

2014年4月底，全江水行政主管部门组织开展涉砂船舶清查行动。在高压打击态势下，大量非法采砂船采用越境流窜偷采江砂的作案手法，逃避和抗拒执法，长江鄂赣省际边界河段采砂管理工作压力陡然加大。为应对各种突发状况，打胜这场战斗，鄂赣大队报请上级同意后，决定全员值守，加强巡查频次，开展为期20天的专项执法行动。

"五一"小长假期间，鄂赣大队联合江西瑞昌、湖北武穴两地水政、海事、交通等部门，在鄂赣边界水域开展不间断巡查，初步掌握了流窜至此的非法采砂船活动规律，正在寻找合适"战机"准备一网成擒。

5月5日上午，基地的瞭望哨就发现了两个人背着钓箱、竿包，拎着折叠椅，一身钓友打扮，登上了基地下方约500米处那艘搁浅的破船。

气象台早上就发布了暴雨橙色预警，居然有人摸到江边钓鱼。

"他们这是在玩此地无银三百两的把戏。"鄂赣大队采砂执法队员们心知肚明，"蹲点"的来了，就等于宣告今晚"砂耗子"又要"出洞"了。

"砂耗子"派来的"看门狗"就位,等于告诉执法队:"战机"已至!

5日上午,鄂赣大队全体动员,召开会议细化此前拟定的行动方案。最终敲定的方案是——入夜后,经过乔装的执法队员们,分两组从基地后门分散潜出,至瑞昌市区集合后,第一组与当地水政及海事部门执法人员会合,从指定地点乘两艘执法艇自上游往下游巡查;第二组乘车赶往湖北武穴,与当地水政及海事部门执法人员会合,从指定地点乘两艘执法艇自下游往上游巡查。两组均于5日22时准时行动,巡查发现目标后,立即通知另一组联合围堵抓捕。

为避免打草惊蛇,此次行动中,鄂赣大队大队长郭留锋及"长江水政5号"执法艇,均未直接参与,而是留在基地迷惑"砂耗子"派来的监视者,配合此次迂回大围捕行动。

这正是,你有蹲点监视计,我有迂回围捕策。

讨论制订这个行动方案时,还出现了一个插曲。郭留锋坚决不同意留守当"烟雾弹",要去一线。驻守长江鄂赣省际边界河段从事采砂管理执法工作10年来,大小行动百余次,他还从未缺席过。

但是队友们反对他去一线的理由更充分。

作为长江鄂赣省际边界河段最具威名的"护砂猎人",郭留锋身经百战,与"砂霸""砂耗子"们打的交道最多。特别是在2011年至2013年那段暴力抗法最严重的时期,他经历过撞船、炸船,被数名"砂耗子"合抱跳江等暴力抗法事件,这一带的"砂霸""砂耗子"们对他太熟悉了。这次行动,只要他和"长江水政5号"执法艇一起待在基地不动,就能通过蹲点监视的人,稳定住前方的"砂耗子",让他们"安心"行动,这样撒出的大网才好一网成擒。

虽然心中百般不情愿,但理智还是战胜了情感。郭留锋最终认可,此次行动他留守基地当"烟雾弹",比去一线作用更大。

是夜,狂风裹挟着大雨倾泻而下,江面上浊浪排空。

暴雨、狂风、黑夜……这些要素,为非法采砂活动构筑了天然掩护。但从另一个侧面看，这些要素，又何尝不是"护砂猎人"们开展行动的"天时"之利呢？

5日22时，行动按计划如期进行，4艘执法艇两两分组，分南北岸从上下游对向合进，顶风冒雨在茫茫江流中搜索巡查。

6日凌晨1时，行动开展3小时后，长江水利委员会河道采砂管理局督查处接到电话举报，称南岸瑞昌新洋丰码头附近有多艘非法采砂船聚集偷采。收到转来的举报信息后，前方行动组立即调整方案，第一组赶往事发水域，第二组继续巡查，同时做好在下游围捕的准备。

半小时后，第一组赶往新洋丰码头时，现场已没有了采砂船踪迹。事后审讯得知，"带泵人"（非法采砂组织者）还安排了几艘货船在事发地外围游弋放哨，发现执法艇后立即通知这批正在作业的非法采砂船迅速逃离。

得知事发地非法采砂船已经逃离后，留守的郭留锋立即组织鄂赣大队内勤人员调取辖区监控影像，综合分析发现，几艘非法采砂船由事发地点沿南岸向下游逃窜3公里后，越江掉头靠北岸躲进了武穴锚地水域。

两个行动小组立即沿北岸从上下游合进包抄，前往武穴锚地水域搜捕。6日凌晨3时，终于在一群货船中间发现了这4艘非法采砂船。

其时夜黑如墨、雨骤风狂。8名"护砂猎人"不顾危险迅速攀爬登上非法采砂船，两人控制一艘，开展问询和取证工作。采砂船上人员都是具有丰富对抗执法经验的"老油条"，一部分人忙着向江中倾倒刚刚采上来的砂石，企图销毁证据；一部分人装聋作哑拒不配合问询，同时故意用身体遮挡执法记录仪镜头，阻挠执法取证。

鉴于气候条件恶劣，加之现场情形混乱，为避免4艘采砂船借机串通逃逸，现场负责人王强当机立断，报请长江水利委员会水政总队同意，将其中两艘采砂船押解至九江市采砂船集中停靠点，另外两艘押解至鄂赣大队基地。

从5月5日10时开始动员部署，至6日24时4艘非法采砂船分别押解到位，此次执法行动前后历时38个小时，一线"护砂猎人"们在江面上整整漂了26

个小时未合眼，圆满完成任务。

虽然没去一线让郭留锋直呼"不过瘾"，但是看到辛苦疲惫的队友和取得的战果，他也很自豪自己留下来做"烟雾弹"，这同样是此次行动成功不可或缺的一环。

更何况，新的"战斗"随时会打响，没时间去想那么多，他和他的队友们，时刻准备着奔赴打击"砂耗子"的下一个战场。

当然，郭留锋和鄂赣大队所有的"护砂猎人"当时都没意识到，他们这次"多部门联合行动，异地调船迂回包抄围捕破除蹲点监视"的战术，很快得到上级部门的嘉许，并作为经典案例在全江采砂管理执法中推广，不少地方都成立了由水政、公安、海事、交通等多部门抽调人员组成的采砂管理联合执法队伍，从而开启了一个长江采砂管理联防联控的"新时代"。

### 贴身盯防与突杀"回马枪"

这是整整3年后的另一个"猎砂"故事。发生于2017年5月6日夜间和7日凌晨，是我在安徽池州采访时亲历的。其过程，堪比一场小型军事战斗。

"报告队长，盯梢的船一直在后面跟着。"

猛地吸了两口手中的香烟，掐灭烟头扔进垃圾桶，左右两手交替掰了掰指节，田旺春才开口说道："不用管他，我们走我们的，把整个池州江段巡查一个来回，再收队！"

5月6日晚21时许，长江安徽池州段乌沙水域，池州市长江采砂管理联合执法队一支队6名队员刚登上水政执法艇，就发现岸上盯梢的人撤了，但水里盯梢的船却跟了上来。

执法被盯梢，支队长田旺春早就习以为常。对此他并不在意，因为他心里早就盘算好了一个计划。

大约两小时后,在江面巡查了一个来回的"池州水政1号"执法艇返航,队员们都上岸回联合执法队乌沙基地休息。

此时已是7日0时了,朦胧夜色中,乌沙基地大门外约50米处的树下,照例停着一辆银灰色奇瑞轿车。基地后面的民房里,二楼两间房灯火通明,搓动麻将的声音和嘈杂的人声,通过打得大开的窗户喷涌而出。

显然,基地已经被全方位监视了。

与几年前只是蹲点监视执法艇相比,如今"带泵人"和"砂耗子"对采砂管理执法的监视与盯梢,真可谓是"升级加强版"——自从沿江各地陆续成立多部门组成的采砂管理联合执法队,并常常采用异地调船方式打击非法采砂后,"带泵人"和"砂耗子"也在一次次严打之下"学聪明了",他们雇用大量社会闲散人员,明确分组分工,不仅盯船盯码头盯基地,还盯人。即对水政执法码头、执法艇、砂管基地等派人长期定点监视,对执法队员,则采用一对一盯梢跟踪。

盯码头和盯船,就是派人一年四季驻守水政码头附近的滩涂,看着码头特别是执法艇的一举一动。除了这些老花样外,随着科技的进步,"砂耗子"脑洞大开,竟然偷偷在水政执法艇上装GPS定位器,随时监控执法艇的动向。因此各执法队都纷纷养狗护船,不让生人靠近,同时定期对船体进行检查。

盯基地,是指采砂管理执法基地四周,常年有人全方位监视。如果执法队接到举报,发动车辆离开基地去码头,路上必然有"交通事故"堵住本就不宽的道路,让执法队车辆无法通过。等交警来现场处理完挪开堵路车辆再赶去码头,非法采砂船也早已逃之夭夭。

盯人,则是如同足球比赛里一样,派人一对一盯梢执法队员。只要执法队员出了基地,无论干什么,都跟着,哪怕是休假回家休息,也守在楼下。

在这种狗皮膏药式贴身盯防之下,"护砂猎人"与"砂耗子"派来的盯梢人,成了最熟悉的陌生人。田旺春轮休时,去农贸市场买菜,去公园散步……盯梢人也跟着。他实在忍无可忍,就给盯梢人发烟,主动找话题攀谈。但盯梢人既不接烟，也不发一言，只是沉默地跟着。久而久之，他也就"习惯"了。

"今天的巡查，从基地门口、路上、码头，一直到江面上，都有人盯梢。"田旺春说，"反常就要出妖，他们肯定想趁今晚风大浪高开干（非法采砂）。"

"那怎么办？用什么办法抓住他们？"值班员小张和其他队员一齐看向支队长。

"我自有办法！"田旺春说，"除小张在值班室值班外，其余人都回房熄灯睡觉，等候命令。"

时间一分一秒地过去，银灰色奇瑞依然趴在基地门口蛰伏不动，基地后面民房里麻将依然打得热火朝天。

7日凌晨2时许，小张下楼锁上了乌沙基地的铁栅门，返回值班室关了灯，在电脑上打起了网络游戏。游戏里"放大招"时闪耀出的五颜六色光芒，后面麻将房窗户边看得一清二楚。

"是时候了，出发！"小张一系列掩护动作完成后，田旺春一声令下，与其他5名队友一起再次整装集合，借着一棵歪脖树翻出基地院墙，在大风的掩护下，悄悄出了乌沙基地，弃车步行，抄林间小路，奔向江边一处锚地，那里有事先停好的"池州水政2号"执法艇。登艇起航，实施"回马枪"计划。

乌沙段水域，是长江下游的一个著名险段，被当地人形象地称为"拐子弯"，水流湍急，尖底执法艇一旦遇到风高浪急天气，极有可能发生侧翻。因此，平底采砂船和运砂船，就利用吨位大、行驶稳的优势，专门挑风雨天气和夜间在乌沙水域作案。

"今晚肯定有收获！"执法艇启动后，田旺春看着江面信心满满地说，"他们以为今天刮大风，我们例行公事巡了一趟，就不敢再出来。哪知我们将计就计，翻墙换艇，杀他个'回马枪'，打他个措手不及。"

自5月6日上午开始，皖南地区就刮起了8级大风。至7日凌晨，风势更大更猛,江面上狂风卷起巨浪,猛烈地拍打着执法艇。

冒着狂风大浪,"池州水政2号"执法艇仔细搜寻着每一片水域。7日凌晨3时许,在东方船厂对岸水域,发现江面有船舶停留,而且还发出风浪都掩盖不住的轰鸣声。

执法艇加大马力靠过去,只见现场3艘船均挂着时亮时熄、光线晦暗的"鬼火"灯,船体两侧伸出又粗又长的吸砂管,已经深深探入江中,船上的嫌疑人正在操作吸砂泵,疯狂盗采江砂。

田旺春和队友们迅速行动,分别登船,将船只、吸砂泵,以及船上人员控制住,并拍下船主身份证件。

现场判定,这是3艘自采自装自运式非法采砂船。执法队员立即协调有关部门增援,办理扣押、拖船事宜。

5月7日上午,船主承某、纪某和童某,先后主动到乌沙基地投案,接受询问,配合后续处置。

至此,这记将计就计突杀的"回马枪",画上了圆满的句号。

这记"回马枪",可算是在"长江大保护"理念逐渐深入人心的背景下,采砂管理工作进入稳定向好阶段后,特别典型的一个采砂执法案例,也是长江干流采砂管理实现"打击有力、监管有效、态势平稳局面"的一个缩影。

自2016年以来,在主管部门持续的高压严打和非法采砂入刑的双重震慑下,长江上大规模非法采砂基本绝迹。但面对巨额利润的诱惑,零星偷采依然屡禁不止。

这一阶段,开着大吨位采砂船出来从事非法采砂活动的,已经销声匿迹。出来零星偷采作业的,多为500吨以下的自采自装自运式小型采砂船,此类船只多在夜间出没,依靠其马力足、船体小、速度快的机动性与灵活性,与执法人员"捉迷藏","打游击"。

相比此前采运分离、船体吨位大的采砂船,此类小型采砂船抓捕时就颇费脑筋了,不得不运用一些战术。

## "隐形船"与堵源头

料峭的春寒中，江风吹在耳边呼呼作响，扫得脸颊生疼。

执法艇上，周佩日和同事们已在长江镇江段江心洲水域兜了好几个圈子。借着朦胧的月色，环顾宽阔的江面，除了停泊着两艘货船外，空空如也，并无异常。

"难道又是虚假举报，骚扰我们的？"执法队员小顾嘀咕了一句。

"有可能。"在江上转了一个多小时，一无所获，周佩日打算通知船长返航。

刚一转身，突然发现右前方的货船上，影影绰绰的有几个人在朝执法艇这边张望，他灵机一动："何不到货船上去问问，看他们在这里停留了多久，有没有发现什么异常？"

匪夷所思的那一幕，就在这时出现了。

看到执法艇靠近，货船上的几个人，猛地将手上的什么东西朝甲板上摔，然后捡起来就朝江里扔。看形状和大小，扔的好像是手机。

这是什么情况？跑运输的货船船员，怎么和"砂耗子"一个做派，看见执法人员就摔手机、扔手机。难道他们在通过什么手段非法偷采江砂？可船上也没见吊机、吸砂泵、吸砂管等采砂设备啊！

周佩日和同事们一时也不明就里，但既然船上的人行为异常，作为执法人员，就更要上去看看了。

执法艇靠了过去，执法队员开始架梯登船。

见此情形，两艘货船上的人都往船尾跑，顺着旋梯跳到早已准备好的小艇上，直接弃船逃跑了。

很不寻常啊！

执法队员赶紧登上两艘货船检查，发现船舷边、甲板上都有散落的砂石。但船上一切看起来都很正常，直到揭开甲板上盖着的防水油毡布，才发现,玄机都藏在船舱里——油毡布下的甲板中间,被开了一个直径一米多的大洞,在探照灯照射下,可以清晰地看见船舱里面装着一组发电机和一个大型吸砂泵,一根巨大的吸砂管从船底直通江中。

这是2018年3月的一个凌晨,在全国"两会"期间开展的统一"清江行动"中,江苏省镇江市水政执法支队负责人周佩日,第一次亲眼见到传说中的"隐形采砂船"。他坦言:"当时吓了一大跳,这些年各类改装的采砂船见过不少,但这种在船底打洞装管子的,还是头次见到。"

长江水利委员会河道采砂管理局提供的信息显示,这种被形象地称为"隐形船"的内置式非法采砂船,第一次出现在"护砂猎人"视线里,是在2017年7月2日,由江西省九江市水政支队抓获。

自2017年下半年以来,"隐形船"在长江中下游多个江段陆续出现。至2019年,几次专项打击行动中抓获的,几乎都是这种"隐形船",而且升级得更为先进,外形看就是普通的运输船,没有任何采砂船标志或痕迹,极其隐蔽。

其实,对于"隐形船"的出现,采砂管理执法者并非没有预料。

数年前,执法者在一起聊天,说起采砂管理工作局势,就有人半开玩笑说:"按现在这样的节奏高压严打下去,将来他们为了逃避打击,只怕会造出隐形船偷采,把泵和管子都收进去,让你在外面看不出来……"

"没想到一语成谶!他们真的就造出了隐形采砂船。"2019年5月中下旬,开展汛期采砂管理巡江暗访期间,发现沿江各地采砂船集中停靠点扣押的大部分为"隐形船",长江水利委员会砂管局督查处处长刘平刚不禁感叹,"看来这些'砂耗子'也深谙'工欲善其事,必先利其器'之理,为了逃避打击,都混成了'装备控'。"

刘平刚是长江采砂管理战线上的"老兵",十余年来一直驻守在巡查打击非法采砂第一线,对于非法采砂船的变迁,了如指掌。

在长江采砂秩序混乱的时代,江上各类大小船只云集,甚至渔船装个吸砂泵拖个管子就加入采砂行列了。2002年国务院颁布施行《长江河道采砂管理条例》，明确水行政主管部门"一龙管砂"，采砂管理步入正轨，从"大乱"走向"大治"。这一时期，那些设备粗糙的杂牌采砂船在打击下首先退出历史舞台，大中型采砂船则在具有黑社会背景的"砂霸"组织下，通过暴力抗法继续偷采。随着打击和惩处力度不断加大，此类移动缓慢的大吨位非法采砂船，逐渐被机动性更强的小型自采自运非法采砂船取代，直到内置采砂设备的"隐形船"出现。

刘平刚认为，在实际操作层面，对非法采砂船舶缺乏有效处置方式，对涉砂船舶改装缺乏有效监管措施，是"砂耗子"一直在采砂船上做文章，变成"装备控"的主要原因。

在十多年跟踪采访采砂管理的经历中，我接触过的全江各级采砂管理人员、一线执法人员，也都持此观点。

《长江河道采砂管理条例》中，对非法采砂船舶的处置主要有两点：一是没收违法所得和非法采砂机具，并处10万元以上30万元以下的罚款；二是情节严重的，扣押或者没收非法采砂船舶，并对没收的非法采砂船舶予以拍卖。

但到了实际操作中，关于第一点所述的罚款，执行起来颇为尴尬。

对于超过千吨的大型采砂船来说，由于砂价持续上涨，偷采一夜的利润就能抵上甚至超过30万的"顶格罚款"，所以大船船主往往不在乎罚款，船领回去后重新焊上采砂设备，继续伺机作案。

对于500吨以下的自采自装式小型采砂船而言，整艘船总价都没超过30万，对其处以10万元以上30万元以下的罚款，船主都会不约而同表示"没钱交罚款，你们扣船吧"。而且，此类小型采砂船基本都是船主一家老小的生活场所，水政部门对船只暂扣期间，船上人员吃喝拉撒睡依然都在船上，考虑到安全因素，最终只能切割采砂机具后放行。同样，他们回去后也会重新焊上采砂设备，继续伺机作案。

关于第二点所述处置方式，同样存在执行难。首先是"情节严重"不好界定，找不到法律依据；其次是扣押后无有效处理措施，在扣押期满后必须要放，放了以后这些船只还是继续从事非法采砂活动。

而"对没收的非法采砂船舶予以拍卖"，则更难操作。因非法采砂船舶大多属于"三无"（无船名船号、无船舶证书、无船籍港）船舶，无法进行公开拍卖。即使拍卖了，买受人大多还是利用这些船只继续从事非法采砂活动，达不到行政管理的目的。

鉴于对非法采砂船只的行政处罚在执行过程中存在种种困境，2010年水利部重新修订《长江河道采砂管理条例实施办法》，以部门规章的形式，明确规定：（查获的非法采砂船）难以拍卖或拍卖不掉的，可以就地拆卸、销毁。

这是一项重要创举。

"早就想拆船销毁了！"新的《实施办法》一出台，沿江各地处于采砂管理执法一线的"护砂猎人"们都"喜大普奔"。

采砂船舶难以禁绝，是非法采砂活动屡禁不止的根源。

控住了船，就堵住了源。新的《实施办法》出台后，面对抓获的非法采砂船，各地有了"自由裁量权"，处置起来就更加得心应手。九江、武汉等地率先开展了切割拆除，池州等地则是直接爆破销毁，增强震慑力。

在此情势下，"隐形船"出现在江面上了。这就引出了严控采砂船堵住非法采砂源头的另一个问题——采砂船舶的改装如何监管？

水政执法只能针对江面和水面的非法采砂活动，而无法监管改装涉砂船舶的企业或个人。

郭留锋、田旺春、周佩日等一线采砂管理执法人员，曾在不同的时间和不同的场合，分别告诉我同样的无奈：知道改装"隐形船"的船厂在哪里，却无计可施，因为"不能干涉人家企业的自主经营权"，所以只能在涉事船厂周围布控，等改装的采砂船进入江面，才能行使水行政执法权，查处扣押改装的涉砂船只。

安徽省繁昌县河道采砂管理局局长肖本祥，知道我在采写关于一线采砂执法的报告文学，给我发来一段微信留言，很能反映基层一线采砂管理执法人员关于非法采砂船舶改装的看法：关于当前涌现出来的大量所谓"隐形船"，为我们基层采砂管理执法增添了许多困难。采砂船舶改装、销售等环节的单位或个人，为此应该承担哪些法律责任，哪些部门应该为这些环节去负管理责任？如果不从源头解决这些问题，我们这些处在采砂管理一线的执法人员只能疲于奔命，今天你抓了一条，明天那里又建造或改装出来三条，怎么抓得完？

造船企业是"隐形船"和各类改装采砂船的源头，必须要管住造船企业。基层采砂执法人员的困惑，主管部门早已开始寻求解决之道。

刘平刚介绍，在"共抓大保护"的旗帜下，针对非法采砂这一长江大保护的"毒瘤"，沿江各地都在探索多部门联合从源头加强管控。湖北省水利厅就联合湖北省国防科工办，督办全省船企停止建造、改装采砂船，一经发现，即对该企业船舶修造技术许可证年检采取不合格处理，从源头上遏制非法采砂活动。

江水匆匆，向东而去。

长江从严管砂十数年来，在"护砂猎人"持续地高压严打之下，"砂耗子"们也在斗争中不断变换策略，最初是直接硬碰硬暴力抗法，后来又通过盯梢监视"打游击"，到如今则是在船上做文章变成了"装备控"。

魔高一尺，道高一丈。无论"砂耗子"怎么伪装与变化，"护砂猎人"执法亮剑、保护长江的初心，从未更改。

（陈松平，水利部长江水利委员会宣传出版中心）

# 一路向西：到祖国最需要的地方去

‖ 邢小俊

62年前，一棵已经在黄浦江畔江南水乡生长了60年的大树，却要去黄土漫漫的高原上生根。本来，它成长在近代以来中国最为富庶、发达、繁华的沿海大都市，如今，却要去一个沉寂千年的西部古城重新萌芽……

1956—1959年，中国学术界与教育界发生了一件大事：位于上海的交通大学，一大批知识分子和青年学生，跨越一千多公里来到西安，兴建了如今的西安交通大学，成为历史上有名的"交大西迁"事件。

如今，一南一北，两个交大，两棵擎天大树，生机勃勃，枝叶蓬勃！这是几代学人，无数普通人，用他们的心血、智慧、行动，朴素忘我地激情工作实现的骄傲成果。1956年的交大校园里流行着三句感人至深的话，"党的决定就是我们的行动！""党叫我们去哪里，我们就背起行囊去哪里！""哪里有事业，哪里有爱，哪里就有家！"这些口号洋溢着当时的中国知识分子浓厚的家国情怀和爱国奋斗精神。

一滴水里观沧海，一粒沙中看世界！

2018年深冬，古城西安的一座茶楼里，对面坐着金沙曼教授，性格开朗的她总是未语先笑。当时，金沙曼5岁，全家7口人，四世同堂，一起西迁。母亲高景孟西迁后曾任西安交大幼儿园主任，父亲金精从难民子弟成长为大学教授，机械切削领域的专家，美国机械工程师协会会员（Member，ASME）。金沙曼清晰地记得，1987年，65岁的父亲实现多年愿望成为一名中国共产党员，他视其为政治生命的开始。他说要将毕生精力献给党的事业！

金沙曼回忆西迁时说，绿皮火车硬卧车厢的隔断里，两个下铺，一边是妈妈抱着不满周岁的二妹，一边是祖奶奶搂着4岁的大妹妹。祖奶奶当时已经80多岁了，大家征求她的意见，要不要留在上海，她老人家这样说："哪里的黄土不埋人！人是宝，人是活宝！一起去西安！"祖奶奶从东北乡土中走来，经历了年轻守寡抚养幼儿、离乡背井躲避战乱，但她精明能干，用女人柔弱而刚毅的肩膀承担起生活的重担。她干净利索，大襟褂子和长袍总是一尘不染。祖奶奶没有进过学堂，却秉承儒家思想教导儿孙读书做人，父亲至今仍记得在幼儿时奶奶教的诗：朝为田舍郎，暮登天子堂。将相本无种，男儿当自强……1972年10月，金沙曼96岁的祖奶奶在睡梦中安详地离去，一个平凡而伟大的母亲，把自己永远留在了大西北……

2017年11月30日，西安交通大学史维祥等15名老教授联名给中共中央总书记习近平写信，汇报学习党的十九大精神的体会和弘扬爱国奋斗精神的情况。信中说："多年来在西北的奋斗，我们形成了'胸怀大局、无私奉献、弘扬传统、艰苦创业'的'西迁精神'，并在代代师生中传承弘扬。"2017年12月11日，习近平总书记对来信作出重要指示："向当年响应国家号召献身大西北建设的交大老同志们致以崇高的敬意，希望西安交通大学师生传承好'西迁精神'，为西部发展、国家建设奉献智慧和力量。"此后，习近平总书记在2018年新年贺词中和不同场合多次提到西安交大西迁的老教授们，指出："他们的故事让我深受感动。广大人民群众坚持爱国奉献，无怨无悔，让我感到千千万万普通人最伟大，同时让我感到幸福都是奋斗出来的。"

## 大树西迁

一棵在黄浦江畔生长了60多年的大树，为何要不远千里，迁到祖国的西部腹地去？

新中国成立时，人民生活必需品都是洋火、洋蜡、洋油、洋布、洋皂、洋面、洋碱、洋车、洋行、洋片，可想而知当时的新中国能有什么工业和家底！何况以美帝国主义为首的资本主义国家还在敌视和封锁新生的中国。当时中国东西部经济、社会、教育发展程度差异巨大，按照党中央、国务院的战略部署，来自金融、高教、建筑、纺织、电力、机械等行业的数万名干部、工人和知识分子，从上海、天津等地一路向西，支援在陕的国家重点项目建设。

国家战略是战略体系中最高层次的战略，是为实现国家总目标而制定的总体性战略概括，是指导国家各个领域的总方略。国家战略依据国际国内情况，综合运用政治、军事、经济、科技、文化等国家力量，筹划指导国家建设与发展，维护国家安全，达成国家目标。

交通大学内迁西安，是新中国成立初期党中央做出的战略决策。作为我国最早兴办的高等学府之一，上海交大前身是1896年创建于上海的南洋公学。1954年至1955年初，党中央据我国东南沿海紧张的周边形势，为适应社会主义建设和国防建设的需要，并为改变旧中国遗留的高等教育布局不合理的现状，支持西部社会经济发展。1955年4月，中共中央和国务院决定将交通大学从上海内迁至西安，这是国家调整新中国工业建设、文化发展和高等教育布局的重大举措，影响巨大、意义深远。周恩来总理亲自领导了交通大学西迁工作，中央部委，西安、上海两地以及社会各界给予了全力支持。1955年5月25日，时任交通大学校长的彭康向师生们公布了西迁的决定。

地要哪里给哪里，一切特事特办！

中央要求1956年9月在西安开学，新交大很快选址在西安市东南郊，兴庆公园对面，北面是兴庆宫，南面是青龙寺，这是1500亩有深厚文化积淀的绝好土地。校址一定，当地农民听说在这里要开办大学，感到十分鼓舞。没几天，当地老乡就自觉让出了这片广袤的土地。

时间紧迫，必须边搬边规划设计边施工。

1955年10月，交通大学西安新校园建设破土动工。基建任务十分繁重，陕西省、西安市政府集中全省主要基建队伍一起投入校园建设，数千名建筑工人在一片原野上，夜以继日、争分夺秒，以当时最高的建筑质量要求完成工程任务。

1956年8月，首批一千多名交大师生登上专列来到西安；1956年9月10日，交通大学西安新校借西安人民大厦的场地举行了规模盛大的开学典礼。在西安人民的倾情支持下，艰苦的条件没有让教学有任何中断，没有让招生延迟一届，学校没有因为迁校而晚开一天学，迟开一门课，少做一个实验，创造了中国高教史上的一个奇迹！

这时学生共3906人，教职工815人（其中教师243人），随迁家属有1200人。

5月看地方，10月就建房，不到一年时间，西安新校园建设已经初具规模，一幢幢教学楼和师生员工宿舍楼就建起来了，处处体现了那个年代的"西安速度"。

1956年至1958年间，一趟趟专列从上海开往西安，包括24位教授、25位副教授在内的70%的教师，1954级、1955级在校学生中的80%，1956级全部新生，均随校西迁。与此同时，设备、图书、档案也都源源不断地运往西安，运送西迁物资的列车装满了700多节车厢，仅图书就14万册，超过交通大学馆藏图书总数的70%。

哪里有爱，哪里有事业，哪里就有家！自此，有"东方麻省理工"之称的交通大学，从繁华的大上海迁至古城西安，在大西北的黄土地上深深地扎下根来。

向西，向远方。交通大学西迁，是一次响应祖国号召、跨越大半个中国的"行军"，主体不是军队，而是知识精英，他们在"小我"和"大我"之间博弈，个人利益和国家利益之间权衡，以大局为重，听党的话，党和祖国需要到哪里就去哪里，把个人选择融于国家需要之中。

交通大学西迁为什么能取得成功呢？回溯交通大学西迁的历程，西迁群体的爱国热情仿佛就在眼前。

西迁教师、中国工程院首届院士谢友柏回忆说："那时候大家都有一种精神，一种为了国家的富强不顾一切去奋斗的精神。"交通大学在接到中央"全部西迁"的电话指示后，第二天即着手开始部署迁校工作。1956年8月10日，一千多师生登上"交大支援大西北专列"，乘车证上印着"向科学进军，建设大西北"这句话。尽管火车经过的地方越来越荒凉，但是在那个热气腾腾的年代，这些年轻人是一路唱着歌来到西安的。

当时西安的条件十分艰苦：马路不平、电灯不明、电话不灵，用水非常紧张。建校初期，野兔在校园草丛中乱跑，半夜甚至能听到狼嚎。冬天教室里仅靠一个小炉子取暖，洗脸水得到工地上去端……虽然条件艰苦，但是大家都精神饱满，干劲十足。

西迁之时，彭康已步入天命之年，却以非凡的毅力和卓越的领导力完成西迁使命。在对迁校问题发表意见时，他开宗明义："我们这个多科性工业大学如何发挥作用，都要更有利于社会主义建设"，"我们的国家是社会主义国家，因此考虑我们学校的问题必须从社会主义建设的合理部署来考虑"。短短数语，道出了老校长心系国家发展，为人民办好教育的真切情怀。他用自己的实际行动践行了他的庄严承诺："要在西北扎下根来，愿尽毕生之力办好西安交通大学。"

这种爱国情怀体现在广大教职员工身上也是不胜枚举，留下许多教育后世的生动故事。

> 秦岭一片白云飘，关中平原真富饶，
> 周秦汉唐是古都，工业重镇在今朝；
> 交大西迁任务重，西安建校热情高，
> 文教适应工农业，经济建设进高潮。

1957年9月的一个早晨，陈学俊站在西安交通大学东门远眺秦岭，写下了这首《迁校有感》。这一年，他和夫人带着四个孩子乘坐第一批专列，由上海来到了西安。临行前，他将上海的两处房产交给上海市房管部门。"既然去西安扎根西北黄土地，就不要再为房子而有所牵挂，钱是身外之物，不值得去计较。"38岁的他，是交大西迁中最年轻的教授。

中国"电机之父"钟兆琳先生，迁校时已57岁。他婉拒周恩来总理考虑他年龄比较大，夫人需卧床养病，可不必去西安的照顾，孤身一人前往西安。他的感人事迹，在西安交通大学师生中口口相传，称颂至今。在他的感召和带动下，他所在系的绝大多数教师迁来西安。"老骥伏枥，志在千里；烈士暮年，壮心不已。"年近花甲的钟兆琳，不辞辛劳，事必躬亲，在一片荒凉的黄土地上将西安交大电机系扶上了迅猛发展的轨道，并使之逐渐成为国内基础雄厚、规模较大、设备日臻完善的高校电机系。钟兆琳教授掷地有声："天下兴亡，匹夫有责，支援西北每个教师都有责任。"

热工先驱陈大燮作为迁校带头人之一，舍弃了大上海的优越生活环境，卖掉了在上海的房产，义无反顾偕夫人一起，首批赴西安参加建校工作。1957年，在西安部分新生入学典礼上，陈大燮说："我是交通大学包括上海部分和西安部分的教务长，但我首先要为西安部分的学生上好课。"一席话，坚定了大家献身大西北的决心。陈大燮教授斩钉截铁："迁校西安是政府的决定、祖国的号召，对国家工业建设是有很重大意义的，因此，我们要坚决响应这一号召。"

数学家张鸿，早年留学日本，迁校时任交通大学的副教务长。他从社会主义建设的战略高度来认识迁校问题，他曾说，"西北是祖国强大的工业基地，迫切需要一个专业齐全、力量强大的学校为她服务，因此应该争取交大西迁，来支援祖国的社会主义建设。"

直到今天，83岁的潘季教授还清楚地记得，当年老一辈交大人满怀憧憬和希望，在西去的列车上唱着歌儿兴高采烈的场景。"60多年前那段激情燃烧的岁月，深深吸引我的，是一种为国家建设而拼搏的火热生活，是开拓、创造、创新所带来的快乐。"

> 长安好，
> 建设待支援。
> 十万健儿湖海气，
> 吴侬软语满街喧，
> 何必忆江南！

这首创作于1957年的《忆江南》道出了无数西迁交大人的心声。而这首充满豪情壮志的词作者便是西迁而来的沪上名医沈云扉，他以66岁高龄来到西安新校的小诊所里为师生服务，一干就是8年。

总务长任梦林作为学校后勤事务的大管家，领衔承担新校建设任务。为了保证交大顺利西迁，他所率领的交大工作组与工地建设人员必须在一年的时间内，完成11万平方米的建设任务。当时，参加施工的有2500名工人之多，他们没日没夜地干，每天晚上加班，过春节也只休息三天，年初四即照常施工。

据当时参加建设的基建科科长王则茂回忆说："那年冬天特别冷，经常风雪交加，积雪盈尺，气温低达零下15℃。施工组的同志们住在工棚，与工人同吃同住，同甘共苦，没有人叫苦，没有任何埋怨。大家从不考虑个人，只有一个共同目标,就是完成迁校任务。"

"当年放弃个人生活优越条件的教授和先生们是英雄,为交大迁校默默奉献的建设者们更是英雄。"迁校时正值青春年华的卢烈英教授说。

学之道,在于立德树人,在于培育英才。"西迁精神"最为可贵的就是体现在全体教职工身上的那种兢兢业业、工作第一的无私奉献的精神。严谨认真的治学态度,课比天大的教学理念,都高度体现了交大西迁者对其工作的热爱以及对高等教育事业快速发展的热忱与期待。

1956年,刚到西安的教师们顾不上休息,一下火车就忙着筹备开学。9月中旬,新学期正式开始,一切却井井有条。"这就是交大人的品质,没有因迁校而延迟一天开学,没有因为迁校而少开一门课程,也没有因为迁校而耽误原定的教学和实验计划,堪称那个年代的一个奇迹。"陈听宽教授自豪地说。党中央和国务院发出支援大西北建设的号召后,他毅然携病妻弱女,带头来到西安创业,以满腔热情,不分昼夜地投入到紧张繁重的建校工作中。面对主讲教师严重不足的困难,已经多年忙于行政而离开讲台的他,重新拿起教鞭主讲高等数学,在教学第一线上拼搏。

被学校授予"终身教授"的赵富鑫同样在1956年随校西迁,一去便扎根西安43年。他一生从事大学物理教学、研究近70年,为交大物理基础课程的改革与建设,老交大"基础厚、要求严、重实践"教学传统的建立,以及中国大学物理教材的编订等方面做出了突出贡献。赵富鑫教授壮怀激烈:"50多岁我还算年轻,到西北有好多事可以做啊!"

据傅景常回忆,赵先生授课"滚瓜烂熟,无书无稿,只发讲义,一边滔滔不绝地讲,一边笔走龙蛇地写板书,刚写满两块黑板,即闻下课铃响,每次上课差不多都是如此,其掌控授课的时间,竟如此准确"。同时,赵先生协同著名物理学教授裘维裕、周铭进行基础物理课程的设计、教学和实验改革,为交大老传统的建立做出了突出贡献。

女性教职工和家属,是"大树"西迁过程中的重要主体,发挥着"半边天"的作用。在校园，她们爱岗敬业、奋斗拼搏、昂扬向上、奋勇争先；在家园，她们尊老爱幼、倾注仁爱、支撑家庭、亲情无限，留下了浓墨重彩的篇章，感人肺腑的故事。

交大刚迁到西安时，各方面工作千头万绪，教职工们夜以继日，以忘我的工作热情投入新的事业。他们大多数年轻且多子女。为了解除西迁教职工的后顾之忧，后勤部门的同志真是竭尽全力，把服务工作具体落实到细微之处。交大幼儿园是其中的杰出代表。

交大幼儿园1956年8月迁到西安，幼儿园工作提出"要为教学科研生产服务"的口号，具体落实在"五托八包"上。"五托"，就是家长有需求，就可以全托、日托、星期日托、节假日托、临时全托。"八包"，就是包疾病护理、包打针、包理发、包洗头、包洗澡、包洗衣服、包洗被子、包缝补等。幼儿园年轻的老师们学会了理发，学会了打针；那时候没有洗衣机，她们都是用手给孩子们洗衣服；孩子的裤子短了、衣服破了，她们就帮着缝补；家属区的浴室每周末专门为全托班的孩子开放，老师就给孩子们一个个地洗澡，洗完澡后换上干净的衣服，第二天家长们高高兴兴接回家。

遇上流行性传染病，就需要对孩子进行隔离处理。1958年麻疹大流行，有70多个幼儿同时出麻疹，为了不影响家长工作，幼儿园冒着巨大的风险，将这些病儿全部隔离在园内。园主任带着所有行政人员和抽调的保教人员，日夜轮流守护，星期天也不能回去。孩子们一人睡一张小床，而老师没有床，就挨着孩子的小床在地板上打地铺。全园上下提心吊胆地度过了两个多月，出麻疹的孩子们才逐渐平安好转。很多当年的幼儿家长至今回忆起来，对幼儿园同志们的那种敬业精神都赞叹不已！

有的孩子星期天不能回家，老师就把他带回自己的家。为了让孩子们看上一部儿童电影，老师们就用架子车，在上面铺上草席，让孩子们坐在上面，把孩子们拉到长乐电影院去。为了让孩子们感受西安的建设，就带着孩子们到正在开挖的兴庆公园湖底去上课、去跑步……

对孩子们无微不至的照顾背后，是母亲和幼儿园老师们舍小家、为大家的辛苦付出。金沙曼的母亲当时是交大幼儿园首任主任，家里全靠金沙曼的祖奶奶照顾。有时候，祖奶奶拉着她，抱着小妹妹悄悄到幼儿园，隔着竹子做的大门让小姐妹把妈妈看上几眼……

几十年后，当金沙曼谈起那段往事的时候，她说："妈妈一直记着交大党委领导说的话，'你们（幼儿园）是学校党委工作的一部分，你们的工作做好了，就是对党委工作的最大支持'。妈妈说，当时只要是孩子的需要，不管再难也要去做。"就这样，妈妈和交大幼儿园的老师们，将青春奉献给了幼儿教育事业，将挚爱奉献给了西迁孩子，播撒在每一个孩子的心灵深处。直到现在，那些家长们都很感激她们，长大了的我们都会唱"幼儿园就是家，老师阿姨赛妈妈"！

交大女教授，也是一个光荣的群体。已经84岁的胡奈赛教授，是15位给习近平总书记写信的老教授之一。精神矍铄的她说起交大的历史难掩激动："我的老师们主动响应国家号召，放弃上海优越的生活，克服困难，面对祖国支援大西北建设的召唤，他们表现出来的是对事业、理想的热爱以及胸怀大局的家国情怀，至今想起仍令人感动。"在她看来，爱国不仅仅是一个口号，有爱国情怀就要有奋斗精神，爱国与奋斗是交大最宝贵的传承，交大人更要在传承西迁精神中不断创新。

俞察老教授回忆西迁经历时这样说道："我是一名教师，哪里能拿粉笔，哪里有讲台，哪里就是我的家，所以我抱着8个月大的女儿，和婆婆、侄子一起高高兴兴跟随西迁大军来到了西安。"已经87岁的穆霞英教授谈起当年西迁，献身教育，两眼有神，无怨无悔……

于怡元教授，1956年在中科院计算所参加了我国第一台计算机会战。刘耀南教授，交大新专业电气绝缘和电缆技术筹建人之一，1982年被第一批批准为博士生导师，在之后的十年中培养博士生、硕士生数十名。袁旦庆教授,她非常重视女孩教育,曾资助安康农村二十几个贫困家庭女孩上学。还有盛剑霓教授,一位成就卓越的女科学家和教育家,直到80岁才离开教学岗位,被誉为爱国爱校顾家的"乐观主义者"。

西迁60余载,女教授们和交大一起走过,她们巾帼不让须眉,在祖国需要的时候胸怀大局,扎根西部,奋斗不息,在各自岗位上不忘初心,追求卓越,做出了不平凡的业绩,用自己的行动展示了当代女性自立自强的优秀品格和爱国奋斗的崇高精神,为交大这个大家庭注入了坚韧灵魂,也增添了许多柔情。交大西迁的谱系中,永远闪耀着她们的身影。

交大西迁,不仅仅是交大教职工的大事,更是每个家庭、无数家属亲属们的大事。由于交大在上海市已有60年的历史,迁校不只牵扯到上海市的千家万户,而且牵扯到全国许多省市。据不完全统计,单是调动问题,就牵扯到两百多家;家属(包括子女)就业、上学,也牵扯到好几百家。

许多老教授的夫人,不少是职业妇女,在上海有着稳定而体面的工作,有着众多亲友和社会关系,但她们毅然离开繁华的大都市,离开方便舒适的生活,离开条件优越的工作环境,跟随丈夫,带领子女来到欠发达的西北地区。她们人到中年,上有老下有小,既扮演着妻子、母亲、媳妇等多重家庭角色,同时又有着职业妇女的社会角色。交大著名教授蒋大宗的爱人黄宗心,万家翔先生的爱人卢琬华,虞洪述先生的爱人邵爱芳,还有像周惠久先生的夫人、顾崇衔先生的夫人,也都是随丈夫来到西安的……她们不在交大校园里工作,上班单位远,交通不便,工作环境完全陌生,她们比一般的交大人面临着更多的困难、更大的挑战,但是她们都坚持了下来,同样做出了不可磨灭的贡献。

交大西迁不仅是一所高校的迁移,而且具有当时中国经济、文化整体西进的意义。62年来,西迁的交大师生克服重重困难,用青春和汗水在西北建设了一所著名的高等学府。当中国进入新时代,以"爱国、奋斗"为核心的西迁精神,依然在社会各界引起强烈反响。

## 枝繁叶茂

当时，有不少人担心，一棵大树从南方迁到北方，是否会影响损害"根系"？这也是所有西迁人最担心的问题。但是他们的心理底线是：个人生活的困难都可以解决，就是这棵树不能受到一点损害，否则有悖于初心。

1959年3月22日，中央决定在高等学校中确定一批重点学校，交大西安部分和上海部分，以西安交通大学和上海交通大学名义同时进入全国16所重点学校的行列。1959年7月，国务院决定将交通大学西安、上海两个部分，分别定名为西安交通大学与上海交通大学，一南一北，两个交大。

一晃62年过去了，当年的创业者老了。他们中，许多人都已经长眠，许多人都已经退休，还有为数不多的人仍然发挥着余热。交通大学已经在西北深深地扎下了根系，大树西迁却丝毫没有伤及根系，为建设大西北发挥了义不容辞的刀锋作用，并且，这棵大树在一代代交大人的奋斗中，枝繁叶茂，硕果累累。

现在的西安交大，已经发展成为一所具有理工特色，涵盖理、工、医、经、管、文等10个学科门类的综合性研究型大学。2017年入选了国家首批"双一流"建设A类高校名单。

担任过上海市市长，后又任国务院副总理的陈毅元帅，当年是深为赞同交大西迁的。他曾讲过一句意味深长的话：迁校对不对，十年后作结论。

让我们看看六个十年来，西安交大奋斗的足迹。

迁校的第一个十年间，学校培养毕业生有一万人，超过中华人民共和国成立前交通大学培养毕业生总数的一倍。迁校初期，一批教授根据国家需求攻坚克难，开拓了计算机、原子能、工程力学、应用数学等尖端的新专业。科研更是异军突起，1965年，在北京举办的全国高教部直属高校科研成果展览会上，交大周惠久院士创立的"多次冲击抗力理论"，与北大的人工合成胰岛素、清华的反应堆等五项重大的科研成果，被誉为"五朵金花"。

1958年,周惠久院士一家七口全部西迁,迁校后任机械系主任。立足国防工业建设急需的钢铁材料问题,他在国内率先倡议建立了"金属材料与强度研究室",在国际上率先提出了从服役条件出发研究设计材料的思路。20世纪80年代,周惠久领导的"低碳马氏体强化理论和应用研究"项目达到了国际先进水平,他研制的低碳马氏体钢,提高了强度,减轻了重量,延长了使用寿命,降低了石油工人的劳动强度,获得了1987年国家科技进步一等奖。该理论被广泛应用于石油、机械、矿山等领域,至1987年,产生的经济效益达到3亿元人民币。在科研实践基础上,他提出的"根据金属材料强度、塑性、韧性合理配合的规律性来设计材料"的思想,要比欧美国家早数十年。

1928年出生于重庆的涂铭旌,毕业于同济大学机械系。1958年10月,身为交通大学机械系教师的他离开上海前,学校已决定在上海和西安两地同时发展交通大学的工学类学科。作为机械系重点培养的青年教师,他若要申请留在上海根本不成问题。然而,涂铭旌却坚持服从组织安排,登上了去西安的列车。在西安交大的30年间,涂铭旌作为主研人员跟随周惠久院士从事金属材料研究,并和周惠久共同创立了金属材料强度理论。1988年,涂铭旌作为主研人员的"发挥金属材料强度潜力的理论研究"荣获原国家教委科技进步一等奖。

今天,西安交通大学金属材料强度国家重点实验室,是我国最重要的以研究材料力学行为基本规律、特异现象和材料服役效能为主的科研机构之一。这个实验室的建成,凝聚前期几十年交大金属材料学科人的集体智慧,其中在金属材料及强度研究所工作多年、后期担任所长的涂铭旌功不可没。

迁校的第二个十年间,即便是在"文革"的艰难岁月,交大师生临危受命,自主研发了用来冷却卫星通信战略雷达敏感元件的低温制冷机,为我国第一颗人造卫星的成功发射做出了重要的贡献。

迁校的第三个十年间，西安交大被列为全国10所重点建设的大学之一，"八五"期间建成11个国家重点学科、5个国家重点实验室。

朱城教授、唐照千教授前赴后继创办力学专业。朱城教授废寝忘食，在专业组建完成的第二年不幸患病去世，年仅39岁。唐照千等一批交大青年才俊迎头顶上，1959年研制成功频谱仪，1964年建立了教委直属的"振动测试基点"，1981年固体力学专业最早获得中国博士学位授权点。在海外留学期间，面对海外亲友的竭力邀请，唐照千毅然回绝，"祖国再穷，总是我的母亲，我不会只为个人安逸、舒适而留居国外"。因为积劳成疾，他离世时只有52岁。在他已经失明的情况下，他坚持通过口述，由妻子和学生代笔完成书稿和论文。

1978年，西安交大讲师孟庆集在中法设备索赔谈判中，为我国挽回了600多万元的经济损失，在全国产生重大影响。1980年5月《人民日报》头版以"在和外国厂商技术谈判中显才能——孟庆集分析质量事故有理有据"为题做了报道，并结合事迹配发了《有真才实学才能建设四化》的社论，为中央落实"重视知识分子，创造条件让知识分子破格而出"政策营造了良好的氛围。

1995年，迁校整整40年的西安交大迎来了一次本科教学工作的"国考"，获得"优秀"成绩，向党和人民交上了一份满意的答卷。2017年，在最近一次全国高校本科教育教学审核评估中，专家这样评价道："西安交大是一个能在浮躁世界中放下一张平静书桌的地方。"

进入新世纪，2000年，西安交大与原西安医科大学、原陕西财经学院合并，成为一所具有理工特色的学科门类更为齐全的综合性研究型大学。在近20年的发展中，西安交大在人才培养、科学研究、社会服务等方面，显示出更强的实力，迸发出更大的活力。

扎根西部，就是要为西部培养和输送大批社会需要的栋梁之材。西迁以来，交大已经培养出毕业生26万名，其中40%留在西部建功立业；培养出的

34位两院院士有近一半在西部工作。科研方面,以国家三大奖为例,1978年以来,西安交大共获得国家科学技术奖226项,位居全国高校前列,其中,2017年以主持单位获得国家科学技术奖7项,位居全国高校第二。

沿着西安交大最受崇敬的校友、中国载人航天技术奠基人钱学森学长走过的路,交大西迁后培养的一代代校友在祖国各行各业奋斗奉献。校友王华明院士是我国"金属3D打印"技术领域的首位院士,校友王珏担任"长征五号"运载火箭的总指挥,在读工程博士生景海鹏、校友陈冬是我国的航天英雄……1981年4月,时任教育部部长的蒋南翔在西安交大发表讲话,指出:交大的迁校,是周总理亲自领导下,我国在调整高等教育战略布局方面的一个成功范例。

2006年,在西安交大110周年校庆之际,时任教育部部长的周济评价道:正是交大的西迁,改变了整个中国西部高等教育的格局,改变了西部没有规模宏大的多科性工业大学的面貌。西安交大通过自身的发展壮大,引领和带动整个西部地区的高等教育乃至整个教育的蓬勃发展,形成了"一马当先,万马奔腾"的局面。

潘季教授回忆说,1956年,交通大学从上海迁往西安时,我还是一个青年教师。1956年秋季开学时,师生们走进了新的教室上课,没有耽误一天功课。退休后,我经常晚上站在窗口看校园,看到办公大楼、实验室灯火通明,老师和同学们都在忘我地学习和工作,我感到非常高兴。前不久我们参观了中国西部科技创新港。不到一年时间,这里高楼拔地而起,很快就能建成使用,学校的发展真是日新月异。我们这些老同志感到,西安交大在中央关怀下,在陕西省委、省政府的支持下,有着蓬勃发展的光明前景。现在西安交大正在创建"双一流",我们这些老教授也在发挥余热。全校教职员工将继承交大的传统、爱国的情怀、艰苦奋斗的精神,完成党交给我们的任务。

卢烈英教授说,我是首批从上海迁来西安的教师,作为"西迁精神"的践行者，使命感、自豪感、荣誉感到现在还在激励着我。60多年来，我见证了祖国翻天覆地的变化，也见证了交大始终以国家发展需要为使命，默默扎根西部，为大西北发展提供重要人才和科技保证的历程。一直以来，胸怀大局、无私奉献、弘扬传统、艰苦创业的"西迁精神"就是我们交大人的精神血脉。近几年，我经常给青年师生作报告，讲西迁的历史、西迁的精神，也讲党的路线方针政策和创新理论，继续传递一个老党员、老教育工作者的正能量。

胡奈赛教授说，62年前西迁时，我还不到23岁，是个小姑娘。其实在我心里，真正的西迁主力是我的老师们，是他们那些老同志。比如我的老师周惠久先生，他的一生都与国家命运紧紧联系在一起。周惠久先生1931年大学毕业，当年9月1日到沈阳的东北大学任教。不到20天，"九一八"事变就爆发了。随后，他到清华大学任教。为了更直接地为抗日战争作贡献，1941年周惠久先生又转到陆军机械化学校战车机械工程研究所工作，当时的条件非常艰苦。1945年抗战胜利后，周惠久先生先后到重庆、上海任教，一直在搞科研，筹建新专业，研制国内急需的机器设备。为响应支援大西北的号召，周惠久先生全家迁到西安。他一生辗转多地，真正是"哪里需要去哪里"。

朱继洲教授说，我1958年跟随学校最后一批队伍迁到西安，到2018年已经在西安工作了整整60年。从上海来西安，要舍弃太多熟悉的东西，要改变多年形成的生活习惯。老先生要拖家带口，年轻人要辞别父母，到陌生的、艰苦的地方生活和工作。当时西安条件还很艰苦。有时候食堂没有面粉了，年轻教师就去面粉厂把面粉背回来。夏收时节，老师们到临潼割麦子，晚上睡的席子上有很多跳蚤，一夜下来身上都是红块块。这些困难，大家都克服了。

当时，在这些教授心中，"课比天大，教学优先"。大家不觉得生活苦，共同的心愿就是要把迁校这件事办好，把交大的牌子传承好，要在西部为国家培养高质量的人才。

## 根系蔓延

交大西迁的过程酿就了一种精神，这个精神就叫西迁精神。2005年，西安交大党委常委会审议，将西迁精神概括为"胸怀大局、无私奉献、弘扬传统、艰苦创业"十六个大字，作为学校最核心的大学文化和大学精神。

西安交大是西安的"金名片"，"西迁精神"与革命时期的红船精神、井冈山精神、延安精神、张思德精神、西柏坡精神，以及社会主义建设时期的大庆精神、红旗渠精神、焦裕禄精神等，共同形成了中国共产党的精神谱系。它所承载的爱国精神、奋斗精神、奉献精神、创新精神是我们顽强奋斗、不断发展、奋勇向前的强大精神动力，是推动大西安奋力追赶超越发展的宝贵精神财富。

"西迁精神"体现了知识分子的家国情怀。在中国传统文化中，家国情怀是一种深层次的文化心理密码，是"天下兴亡，匹夫有责"的使命情怀，是"为天地立心，为生民立命，为往圣继绝学，为万世开太平"的价值取向。

"西迁精神"体现了知识分子的价值追求。"党让我们去哪里，我们背上行囊就去哪里"，西迁群体始终把实现民族复兴的根本要求与学校命运、个人发展紧密结合在一起，不计名利，不较得失，听从人民的召唤、事业的召唤、内心的召唤坚定前行。

"西迁精神"体现了知识分子的使命担当。62年前一群胸怀爱国大志的人用激情、热血和青春芳华，打造了西部首屈一指的科教高地。时光荏苒，历经一甲子风雨磨砺的"西迁精神"，不断焕发出旺盛的生命力。这种生命力来源于西迁人兴学强国的悠久传统、艰苦创业的顽强意志、开拓进取的事业追求。迁校以来，西安交大兴办国家需要的尖端专业，勇担国家科研任务，解决了一批制约经济社会发展的重大科技难题。

胸怀大局，是西迁精神的一个灵魂。交大西迁是党中央的决策，是国家行为，这就是一个大局。老校长彭康一再告诫交大人：不能把眼界、心胸局限在狭隘的小圈子里面，我们心里面不仅要装着民族、国家，甚至要装着全人类。对交大人来讲，西部不仅仅是区位的概念、地域的概念。当时交大人很清楚建设西部就是一个伟大的使命和伟大的责任。1956年前后是国家开始社会主义建设的时期，"一五"计划实施了，这时候要开发大西北，要发展西部，这就是当时的使命和责任。交大人把个人的命运、前途跟国家的需要、党的要求紧密联系起来。

无私奉献，是西迁精神的核心内容。西迁的过程对所有的交大人是一个"小我"与"大我"的博弈和考验。每一个人都有"小我"的一面，比如生活上的一些问题、家庭的问题、事业的问题，还有一些社会关系等问题。怎么样使得"小我"的利益服从"大我"的需求，需要"小我"的奉献。所以奉献就是一种自觉地、不计回报地把集体利益看得高于个体利益的行为。从井冈山精神、延安精神、张思德精神、大庆精神到焦裕禄精神等，这些精神都是不同时期奉献的生动体现和丰富的内涵。一个人活在世界上，你看重什么、看轻什么、坚守什么、舍弃什么，就像一把无形的尺子，量出每一个人品格的高度，显示一个人境界的高度。

西安交通大学退休教师，交大西迁时为马列教研室教师的86岁的卢烈英说："每个人背后都有一些'小我'的困难，每个教师当时在上海最起码都有一个'窝'，都有一个舒适的家。西迁意味着什么？就是要舍弃这个家，要到祖国最艰苦的地方去，当时大家都争前恐后。因为上海交大当时要留一部分人，所以如果谁有困难需要留的可以报名，但基本上没人报名。"

"那个时候哪儿艰苦往哪儿跑，党的需要就是我的志愿，那是没二话的，也不在乎艰苦。走！去西部！"今年81岁的老教授金志浩，当年是第一批报考的学生。他仍记得那西行列车的乘车证，印着"向科学进军，建设大西北"字样。西迁时为机械系学生的金志浩，唱着《再见妈妈》就一路奔到西安来了。

老教授率先垂范，更多师生也义无反顾。西迁开拓者们让大西北拥有了国家重点大学和一批新兴学科。西迁以来，西安交大的毕业生已近26万人，其中40%以上在西部奋斗。

弘扬传统跟艰苦创业也是西迁精神的重要内容。艰苦创业体现在学校发展的各个阶段、各个方面，贯穿全过程。迁校的困难只是一时的困难，建校的困难才是长期的、长远的，也就是说这棵树在西部扎根，能够茁壮成长难度是更大的，是要一代又一代人接续奋斗的。

"爱国爱校，饮水思源"是交大的革命传统。作为我国最早兴办的高等学府之一，其前身是1896年创建于上海的南洋公学。在百年教育中形成的交大办学传统也有一个特色，简单地说：第一，起点高。第二，基础厚，这个基础不仅是专业基础，而且是做人的基础。第三，要求严，对学生对老师要求都很严。交大有名的教授，学生考试分数五十九点几分也不给及格，不是刁难学生，因为他们明白严格才可以出人才。第四，重实践，理工为主，要求学生动手能力强，到了岗位要干什么就能干什么。

西迁精神虽然是在一个时代、一个地域发生的一个事件中形成的精神范式和行为典范，却显示了那一代人最普遍的品格特质和思想内涵，为后代留下了能够继承的宝贵精神财富。厚重的西迁精神实际上代表着新中国知识分子的集体精神，是对他们生命、意识、风骨、品格的集体写照。

西迁精神既高尚又平凡，既特殊又普遍，它不仅具有深刻的历史意义和广泛的社会意义，而且具有强大的现实价值。西迁精神将不断发挥道德示范、价值引领作用，鼓励新一代知识分子到国家需要的地方去建设，到生活艰苦的地方去改变，到文化落后的地方去发展。

西迁老教授胡奈赛介绍说，当时迁校的时候，因为建设需要，国家要求所有高校要上新专业、筹建新专业，要培养国家急需的人才。学校从只有8个系，32个专业，到现在有80个专业。从1957年开始，西安的新校就筹建了高压技术、内燃机、核物理、计算机、自动化、半导体等一批新的专业，而且先后建设了45个实验室，其中18个尖端的专业实验室。当时师资不足，一个老师要讲几门课，但是所有老师都无怨无悔，没有叫苦的，艰苦创业，把这个担子挑起来，一定要让这棵大树在黄土高原枝繁叶茂，茁壮成长。

西迁精神还是一个群体意识，是团队精神，是交大人共同的价值选择和判断。在西迁的时候，真是做到了全校一盘棋，上下一条心，大家心往一处想，劲往一处使。人与人之间，部门与部门之间，扯皮推诿的情况甚少。大家都争着干，真正做到了人人为我，我为人人。

举一个例子，后勤的职工当时为了使教师没有一点后顾之忧，把全部精力放到科研和教学上，他们把担子挑起来，把方便留给教师，把困难留给自己。搬迁是一件非常细致、复杂、烦琐的事情，每个家搬过来都不容易。当时交大物资运到西安的至少700节车厢，物资要及时、安全地送到指定的地点。西迁教授卢烈英说：当时老师感觉到很方便，只要在家里拿手指，说哪些要搬走，哪些不搬，然后登记造册、打包装箱等都由后勤职工安排得好好的。教师一到西安新的住所，一进门，所有东西都摆好了，所以这个精神真的是难能可贵。而且在搬运的过程中做到了没有一点差错，没有一点损耗，有的教授开玩笑说自己家的筷子运过来都没有少一根。但是，很多后勤员工在西迁的过程中却累倒了……

1956年迁校的时候，他们还都是二十多岁的年轻人，斗志昂扬地投身祖国西部建设，成为西部开发的先行者。而现在都已经是近九十岁的耄耋老人了！很多已经长眠在这块黄土地了。

他们中有著名的教育家、教授，也有讲师、助教、管理职员、技术员，还有炊事员、理发师、花工等后勤服务人员，甚至包括酱菜厂、豆腐房、煤球厂的工人。他们以自身的艰苦奋斗，表现了与党同心同德的高尚情操，共同铸就了可歌可泣的"西迁精神"，是"胸怀大局"的精神写照，是一代中国知识分子响应党的号召为建设祖国西部而无私奉献的壮丽凯歌。

"作为承上启下的一代人，传承西迁精神，就是要传承好这些老师的精神力量。我们常说不忘初心，就是要为国家培养更多优秀杰出的人才，将西安交大建成世界一流大学，这些正是我们接好接力棒，为之不断奋斗的前进动力。"西安交大机械工程学院教授蒋庄德回忆西迁艰苦奋斗的往事："我的导师赵卓贤教授指导我从几何量测量开始从事科研工作，当时他有病在身，还一直坚持认真修改我的论文；已故的屈梁生院士当时家里冬天还点着炉子，雪夜约我到家里长时间讨论动态数据处理……"

交大西迁最珍贵的是迁来了一批有思想有大爱之人，他们不仅在西迁历史中做出巨大贡献，更成为治学之路的标杆。1994年胡奈赛退休后，一天也没有休息，继续在岗位上工作。她一边从事教学工作，一边搞科研。她说："干活让我愉快，工作让我有成就感。革命人永远年轻。"1997年至2013年，她是学校督导组专家。2014年至今，是学校教师教学发展中心专家组成员，平时的工作是培训、听课和教学改革等内容。采访刚结束，胡奈赛就背着小布包起身，因为下午她要和同事讨论"西迁精神"征文稿，晚上还要听课，工作安排得满满当当。

电信学院院长、2017年新当选的中国科学院院士管晓宏在1995年留学归国。面对多所东部高校伸出的橄榄枝，他却毅然选择回到当时生活和科研条件仍较为落后的西安交大从事系统工程理论与应用研究。

"当我走近他们，感受到他们的人格魅力，了解到他们每个人都有非同寻常的家世和经历，又都是交大西迁大军中的中坚力量，对他们更是敬由心生、感佩有嘉。"管晓宏院士说，初到西安交大任教时，他所在的相关学科云集了众多享有盛誉的西迁老教师。黄席椿、沈尚贤、蒋大宗、胡保生、万百五、罗晋生、郑守淇，这些在教科书和文献里看到的名字，突然间成了近在咫尺的先生。

## 华章之道

习近平总书记指出,幸福都是奋斗出来的。

作为知识分子爱国、奋斗精神的重要体现,西迁精神是千千万万普通人的所思、所想、所为、所成,交大人用实践赋予了西迁精神的时代内涵,也焕发出新的时代价值。西迁精神不会随着交大西迁盛举的结束而结束,它已经凝结成一种不断应对新问题的智慧、能力、动力和活力。伴随着第一批西迁人润物无声的感染与影响,越来越多的交大人沿着先辈走过的足迹,步履铿锵。

2014年,西安交大正式开启中国西部科技创新港的建设。在西咸新区沣西新城的渭河之滨,一个庞大的建筑群正在拔地而起,上百座塔吊、近万名建设者正在热火朝天地作业,打造中国西部科技创新港。教学科研板块159万平方米的建设任务,从2月动工到11月封顶,仅仅用了不到10个月,提前一个月完工,这让人不禁想起62年前迁校时的"交大速度"。

2020年全面投入使用后,这里将成为世界级科技中心,国家级科技成果研发转换平台,也将成为我国第一个没有"围墙"的大学。西安交通大学党委书记张迈曾认为,创新港是交大人的"二次西迁",就是要在这一片广袤的充满希望的土地上,再次从零开始。

新开垦的一块地,新的一张纸,大家知道其能够展现无限的可能。

"第二次西迁虽然距离不及首次西迁远,但是这次我们面临着更大的困难。1956年的西迁,前辈们主要是克服办学和生活上的困难,现在我们面临着创新的问题……"管晓宏认为,在新世纪科技飞速发展的今天,大学不但要有人师,还要有大楼。有了大楼,才会出更多的大师。中国西部创新港需要在新的起点上,完成一个创新的跨越发展,按照党中央的统一部署,把西安交大办成真正的世界一流大学,不能只是简单把东西搬过去。

2015年,西安交大还发起了"丝绸之路大学联盟",成立新丝绸之路经济带研究协同创新中心,得到了陕西省委、省政府的大力支持,已得到包括英法意及中国周边国家和地区在内的150余所高校的响应。

2017年9月,教育部、财政部、国家发展改革委公布的"双一流"建设高校及建设学科名单中,西安交大入选全国36所世界一流大学A类建设高校。同时,力学、机械工程、材料科学与工程等8个学科入选世界一流建设学科。

2018年1月,2017年度国家科学技术奖励大会上,西安交通大学主持的7个项目获得国家科学技术奖。国家自然科学奖、国家技术发明奖、国家科学技术进步奖获奖数量,西安交大位居全国高校第二。

围绕"双一流"和"创新港"建设的一系列改革,也取得了立竿见影的成效。

继分子生物学和遗传学、经济学与商学首次进入ESI世界排名前1%,学校进入ESI全球排名前1%学科增至14个之后,材料科学也在近期进入世界前1‰,学校进入前1‰的学科数增至两个(工程学和材料科学)。

在上海软科发布的"中国最好学科排名"中,西安交大电气工程、动力工程及工程热物理和力学三个学科排名全国第一。

如今的西安交大,不仅是重要的人才库、智力库,更是西部地区位居前列的科教高地。这一切,都离不开那一场浩浩荡荡的西迁,更离不开西安交大人对"西迁精神"的传承与弘扬。大力传承和弘扬"西迁精神","西迁精神"已融入血脉之中,已经内化成为西安交大建设世界一流大学的精神力量和动力源泉,随着时代的变革,历久弥新,经久不绝。

天地作广厦,日月作灯塔,哪里有事业,哪里有爱,哪里就是家!

在西安交通大学众多的奖学金中,有一类特殊的奖学金被称为"西迁奖学金",以交大西迁人的名义设立,由老一辈西迁人自己出资并感召了一批批交大人共同捐资助学,包括陈大燮奖学金、钟兆琳奖学金、姚熹铁电奖学金、王世绍助学金、陶文铨奖学金、李怀祖奖学金等共计36项奖(助)学金，捐资总额超过3100万元。

2018年11月28日下午，西安交通大学举行2017—2018学年学生表彰奖励大会，3.4亿余元用于资助学生。其中，26名学生获得由西迁老教授陶文铨、王世绍资助的"西迁人"奖（助）学金。

"西迁奖学金"获得者宋秉烨说：老教授们平时对我们悉心指导，现在又为我们颁奖，我很感动，我希望能够尽自己所学为社会做大事。

西安交大机械工程学院博士生崔敏超说：老一辈人的西迁事迹更是让人敬佩，我在西安交通大学度过了9年的时光，9年里交大教给我最重要的东西是树立了正确的价值观。我钻研的领域是机械工程，毕业后我依然会选择扎根西部，在机械制造领域追赶德国和日本，打破他们的技术垄断。

西安交大金河经济研究中心大三学生刘天皓说：获得奖学金不是终点，是一个新的起点，老一辈西迁人在艰苦的环境中取得了巨大的成就，我们现在的条件比他们当年好得多，因此，不断提升自己的能力和科研水平，用时不我待的紧迫感和更多的成绩回报母校，才是我们对西迁精神最好的诠释。

2017—2018学年，西安交通大学本科生资助总金额达到6463.82万元。5012名学生获得各类奖学金，总额1326.3万元，其中，795人获得国家级奖学金，3450人获得校级奖学金，767人获得64项社会奖学金，同时，在助学贷款、勤工助学、困难补助、学费减免、能力提升等方面资助3.7万人次，资助金额3504.98万元。

…………

历史犹如一条长河，流淌不断，交大西迁就是这样一段宝贵的历史，交大西迁的故事已经远去，但西迁精神永不褪色。物换星移，西迁人把毕生奉献给了大西北，他们中的大多数已献身于此，部分健在者也已入耄耋之年。

行文至此，笔者心潮澎湃，是什么连接了过去和未来？是什么让西迁精神历久弥新？

答案是：爱国、奋斗的基因。

2018年9月的一天，金沙曼和妹妹们给父亲金精在北京过了生日，96岁父亲和86岁的母亲精神矍铄，生日致辞时，两人充满感情地回忆起西迁的故事，不约而同，无怨无悔。父亲即席作诗《寄语母校》表达对母校的感恩之情：

万里求学南下北上，九十耕耘只愿国强；
七十春秋教书育人，百年名校育我成长。
西迁精神代代传承，争创一流奋发向上；
莘莘学子牢记校训，矢志不渝后人更强。

新时代，"胸怀大局、无私奉献、弘扬传统、艰苦创业"这16字蕴涵的精神，正蔓延至全中国学人，并随着时代的变革，经久不绝，必将鼓舞年轻一代不驰于空想、不骛于虚声，沿着前辈们爱国奋斗足迹，继续为祖国的伟大事业而奋斗不息……

爱国！奋斗！必定会成为新时代的主旋律和最强音。

（邢小俊，中国作家协会会员）

图书在版编目（CIP）数据

拾掇70年的片段：我和我的祖国／"学习强国"学习平台编. — 成都：天地出版社；济南：山东人民出版社，2019.10

ISBN 978-7-5455-5277-5

Ⅰ.①拾… Ⅱ.①学… Ⅲ.①中国文学—当代文学—作品综合集 Ⅳ.①I217.1

中国版本图书馆CIP数据核字（2019）第209766号

SHIDUO 70NIAN DE PIANDUAN：WO HE WODE ZUGUO
拾掇70年的片段：我和我的祖国

| | |
|---|---|
| 出 品 人 | 杨　政 |
| 编　者 | "学习强国"学习平台 |
| 特约编辑 | 陈修亮　张青玲　蒋起东 |
| 责任编辑 | 孙学良　曾　真　孙　晖　杨　露 |
| 装帧设计 | 段思雨　今亮后声 HOPESOUND pankouyugu@163.com |
| 版式设计 | 桑楚森 |
| 内文排版 | 四川最近文化传播有限公司 |
| 责任印制 | 王学锋 |

| | |
|---|---|
| 出版发行 | 山东人民出版社　天地出版社<br>（成都市槐树街2号　邮政编码：610014）<br>（北京市方庄芳群园3区3号　邮政编码：100078）|
| 网　　址 | http://www.tiandiph.com |
| 电子邮箱 | tianditg@163.com |
| 经　　销 | 新华文轩出版传媒股份有限公司 |

| | |
|---|---|
| 印　　刷 | 北京文昌阁彩色印刷有限责任公司 |
| 版　　次 | 2019年10月第1版 |
| 印　　次 | 2019年10月第1次印刷 |
| 开　　本 | 710mm×1000mm　1/16 |
| 印　　张 | 22 |
| 字　　数 | 314千字 |
| 定　　价 | 49.00元 |
| 书　　号 | ISBN 978-7-5455-5277-5 |

版权所有◆违者必究

咨询电话：（028）87734639（总编室）
购书热线：（010）67693207（营销中心）

本版图书凡印刷、装订错误，可及时向我社营销中心调换